리가타 미스터리

The Regatta Mystery

애거서 크리스티 추리 문학 76

리가타 미스터리

강호걸 옮김

해문

■ 옮긴이 강호걸

전문 번역인
번역서로 《복수의 여신》《황제의 코담배케이스》 등 다수.

리가타 미스터리

초판 발행일	1989년 09월 11일
중판 발행일	2009년 01월 20일
지은이	애거서 크리스티
옮긴이	강 호 걸
펴낸이	이 경 선
펴낸곳	해문출판사
주 소	서울시 마포구 합정동 392-2 써니힐 202호
TEL/FAX	325-4721~2 / 325-4725
홈페이지	http://www.agathachristie.co.kr
출판등록	1978년 1월 28일 (제3-82호)
가격	6,000원
ISBN	978-89-382-0276-5 04840
	978-89-382-0200-0(세트)

※ 잘못된 책은 바꾸어 드립니다.

차 례

리가타 미스터리

아이작 포인츠는 피우고 있던 여송연을 입에서 떼며 자못 만족스럽다는 투로 말했다.

"아주 조그만 항구군 그래."

그는 다트머스 항구(영국 데본 군(郡)에 있는 항구로 해군사관학교가 있음)에 요트를 정박시켜도 좋다는 허가서에 사인을 하고 다시 여송연을 입에 물고서 주위를 둘러보았다. 그런 그의 표정에는 외모와 주변 환경 등 자신의 전반적인 삶을 아주 만족스럽게 생각하는 사람들 특유의 자신만만함이 그대로 드러나 있었다.

먼저 그의 외모를 살펴보면, 아이작 포인츠는 약간 다갈색이 감도는 피부에 정력이 왕성해 보이는 쉰여덟 살의 남자였다. 살이 찌긴 했지만 아주 뚱뚱한 편은 아니었고, 그저 보기에 괜찮을 정도의 체구를 지니고 있었다. 그러나 그가 지금 이 순간 입고 있는 요트복은 약간 살찐 중년남자에게 그리 잘 어울리는 차림새가 아니다.

포인츠는 옷을 매우 말쑥하게 차려입고 있었으며, 바지는 구김살 하나 가지 않았고, 단추도 모두 단정하게 채워져 있었다. 요트 모자 아래로 보이는 그의 까무잡잡하면서도 약간 동양적인 얼굴에는 환한 미소가 감돌고 있었다.

다음은 그의 주변 환경인데, 여기서 주변 환경이라 함은 이곳에 동행한 그의 손님들을 가리키는 말이 될 것이다. 동료인 레오 스타인, 조지 경과 레이디 매로웨이(레이디는 귀족 부인에 대한 경칭), 사업상 알게 된 미국인 새뮤얼 레던과 학교를 다니는 그의 딸인 이브, 그리고 러스팅턴 부인과 이반 르웰린이 바로 그들이었다.

일행은 이제 막 포인츠의 요트인 '메리메이드호'에서 내렸다. 오전 중에는 요트 경주를 구경하고 이제 상륙해서는 잠시 축제에 참가해서 여러 가지 놀이들을 즐겨볼 요량이었다―코코넛 떨어뜨리기, 뚱보 아가씨, 인간 거미와 회전목마 등. 이런 놀이에 어느 누구보다도 열심인 사람은 이브 레던이었다. 그래서 그녀는 포인츠가 이제 그만 로열 조지 레스토랑으로 모두 저녁식사를 하러 가자고 말하자 혼자서 반대하고 나섰다.

"어머나, 포인츠 씨, 전 얼마나 캐러번에 있는 진짜 집시한테 제 운수를 점쳐보고 싶었는지 몰라요."

포인츠는 진짜 집시가 있다고는 생각지 않았지만 흔쾌히 그녀의 말을 받아들였다.

"딸애가 축제에 아주 정신이 팔렸나 봅니다. 하지만 지금 꼭 가야 한다면 너무 신경 쓰지 마십시오."

그녀의 아버지가 사과하듯이 말했다.

"시간이야 많은데요, 뭘."

포인츠가 아주 너그러운 어조로 말했다.

"꼬마 숙녀가 실컷 즐기도록 내버려둡시다. 레오, 우린 화살 던지기나 하세."

"25점 이상이 되면 상을 타게 됩니다."

화살 던지기 코너를 맡고 있는 남자가 콧소리가 많이 섞인 목소리로 단조롭게 읊듯이 말했다.

"점수가 적은 사람이 많은 사람한테 5파운드 주는 걸세." 포인츠가 말했다.

"그거 좋지." 스타인이 얼른 말을 받았다.

두 남자는 곧 게임에 빠져들어 갔다.

레이디 매로웨이는 이반 르웰린에게 낮은 목소리로 말을 걸었다.

"이브가 저래도 파티에서는 꽤 어른스럽더라고요."

르웰린은 그 말에 동의한다는 듯이 미소를 지었지만 어딘가 넋이 나간 표정이었다. 그날 온종일 내내 그는 정신 나간 사람 같았다. 누군가가 그에게 물어도 뚱딴지같은 대답이 나오기 일쑤였다.

패밀라 매로웨이는 그의 곁을 떠나 자기 남편에게 가서 말했다.

"저 젊은이 마음속에는 뭔가가 들어 있는 모양이에요."

조지 경이 중얼거리듯이 말했다.

"아니면 어떤 사람이?"

그리고 그는 재빨리 시선을 돌려 재닛 러스팅턴을 훔쳐보았다.

레이디 매로웨이는 이맛살을 약간 찌푸렸다. 그녀는 키가 꽤 큰 여자였는데, 옷을 매우 근사하게 차려입고 있었다. 그녀의 손톱에 칠한 보라색 매니큐어와 검붉은 산호색 귀걸이가 그렇게 잘 어울릴 수가 없었다. 그녀의 검은 눈동자는 한 치의 빈틈도 보이지 않고 있었다.

조지 경은 마치 '술 취한 영국 신사'처럼 태평스러워 보이는 타입의 사람이었다. 그러나 그의 밝은 푸른색 눈만은 자기 아내와 똑같이 예리하게 번쩍이고 있었다.

아이작 포인츠와 레오 스타인은 해턴 가든의 다이아몬드 상인들이었다. 그러나 조지 경과 레이디 매로웨이는 그들과는 신분이 전혀 다른 상류사회 사람들이었다. '앙티브앤드 주앙 레 팽'에 드나들고, '생 장 드 뤼즈'에서 골프를 치며, 겨울에는 마데이라(아프리카 서북방의 포르투갈령 섬) 섬에서 해수욕을 즐기는 세계적인 사람들인 것이다.

겉보기에 그들은 애써 땀을 흘리지도, 애써 실을 잣지도 않는 온실 속의 백합 같았다. 그러나 겉보기와 다를 가능성을 아주 배제할 수는 없었다. 상류사회 사람 중에도 열심히 일하는 습관이 있는 사람들이 상당수 있기 때문이다.

"저 애가 돌아오는군요."

이반 르웰린이 러스팅턴 부인에게 말을 걸었다.

그는 피부가 검은 젊은이였다. 굶주린 늑대의 모습을 약간 연상케 하는 그의 눈빛은 많은 여자들의 가슴을 설레게 할 만큼 매력적이었다.

그러나 러스팅턴 부인이 그에게 매력을 느꼈는지 아닌지를 말하기는 어려웠다. 그녀는 자신이 생각하는 바를 남에게 솔직히 털어놓는 성격이 아니었다. 그녀는 어려서 결혼했지만, 결혼한 지 1년이 채 못 되어 그만 비극으로 막을 내리고 말았다. 그 이후부터 재닛 러스팅턴이 어떤 사물이나 사람에 대해 무슨 생각을 하고 있는지 알 수 있는 사람은 거의 없었다. 모든 것에 대해 매혹적이긴 하지만 철저하게 무관심한 태도로 일관하고 있었기 때문이다.

이브 레던이 길고 부드러운 금발을 뒤로 휘날리며 춤추듯이 그들에게로 다가왔다. 그녀는 열다섯 살이었다. 다소 고집이 세긴 했지만 성격이 매우 활발한 아이였다.

"전 열일곱에 결혼하게 될 거래요."

그녀가 숨을 헐떡이며 소리쳤다.

"아주 부자하고 말이에요. 자식은 여섯을 둘 거고, 행운의 날은 화요일과 목요일이래요. 그리고 항상 푸른색이나 초록색 옷을 입어야 재수가 좋고, 행운석은 에메랄드래요, 그리고……."

"좋아, 우리 예쁜이. 이젠 그만 가보자꾸나."

그녀의 아버지가 말했다. 레던은 금발에 키가 큰 남자로 어딘가 모르게 얼굴에 우수가 감돌고 있었다.

포인츠와 스타인은 화살 던지기 놀이 코너에서 몸을 돌려나오는 중이었다.

포인츠는 싱글싱글 웃고 있었고, 스타인은 약간 기가 죽은 표정이었다.

"이건 순전히 재수 문제일세." 그가 말했다.

포인츠는 기분 좋다는 듯이 자신의 호주머니 위를 손으로 툭툭 쳤다.

"자네의 5파운드짜리 지폐는 여기 잘 모셔놓겠네. 자네 솜씨도 보통이 아니군. 우리 아버지도 왕년에 화살던지기 명수였지. 그건 그렇고, 여러분, 이제 가십시다. 이브, 네 운수를 점쳐 봤니? 혹시 피부가 검은 남자를 조심하라고 하지는 않든?"

"피부가 검은 여자예요."

이브가 그의 말을 고쳐 되받았다.

"눈이 사팔뜨기인 여자인데, 기회만 있으면 저를 해치려고 할지도 모른대요. 그리고 전 열일곱에 결혼하게 될 거래요……."

일행이 로열 조지 레스토랑을 향해 걸어가는 동안 그녀는 쉬지도 않고 내내 즐겁게 떠들어댔다.

생각이 깊은 포인츠가 미리 저녁 만찬을 예약해놓은 까닭에, 일행이 안으로 들어서자 웨이터가 굽실거리며 그들을 2층에 있는 특별실로 안내했다. 방 안에는 둥근 테이블이 놓여 있었다. 그리고 항구의 광장을 내다볼 수 있는 활

모양의 커다란 내닫이창이 열려 있었다. 축제에 참가한 사람들의 시끌시끌한 소리와 3개의 회전목마가 돌아가며 각기 내는 끽끽거리는 소리가 함께 뒤섞여 열린 창문을 통해 방 안에 있는 사람들 귀에까지 들려왔다.

"우리끼리 얘기를 좀 하자면 문을 닫아야겠군."

포인츠가 덤덤하게 말을 하더니 곧 그 말을 행동으로 옮겼다.

사람들이 자기 자리를 찾아 테이블에 둘러앉자, 포인츠는 만면에 환한 미소를 띤 채 사람들을 차례로 둘러보았다. 그는 내심 자신이 손님들을 잘 대접하고 있다고 느꼈고, 또 사람들이 그렇게 느끼기를 바랐다.

그의 눈길이 차례차례 사람들의 얼굴 위에 가서 멎었다.

레이디 매로웨이—멋진 여인이었다. 물론 그녀가 완벽하게 아름다운 것은 아니라는 것을 그도 잘 알고 있었다. 그는 자기가 평생토록 '사교계의 꽃'이라고 불러온 것이 사실 매로웨이 가문의 사람들과는 아무 관계도 없다는 사실을 잘 알고 있었다. 게다가 '사교계의 꽃' 역시 자신을 그런 존재라고는 꿈에도 생각지 않고 있었다.

어쨌든 레이디 매로웨이가 아주 세련된 모습을 하고 있는 여자인 것만은 틀림없는 사실이었다. 그래서 그는 만일 그녀가 브리지 게임에서 자기한테 약간 속임수를 쓴다 하더라도 별로 개의치 않을 것 같았다.

만일 조지 경이 그런 짓을 한다면 어림 반 푼어치도 없는 일이기는 하지만 말이다. 저 친구의 눈은 흐릿한 게 마치 썩은 생선의 눈동자를 보는 것 같단 말이야. 그리고 눈앞의 이익에만 급급한 그 뻔뻔스러움이라니…… 하지만 나 아이작 포인츠 앞에서야 그렇게 대놓고 뻔뻔스러울 수는 없을걸. 내가 만만치 않다는 걸 저 친구가 누구보다도 더 잘 알고 있으니까 말이야.

늙은 레던은 나쁜 친구는 아니야. 물론 대부분의 미국인들이 그렇듯이 쓸데없는 이야기를 길게 늘어놓는 것이 탈이긴 하지만 말이야. 정말 그는 끝도 없이 이야기를 길게 늘어놓기를 좋아했다.

게다가 그는 사람들한테 종종 터무니없이 자세한 정보를 요구함으로써 사람들을 당황하게 만드는 묘한 버릇을 갖고 있었다. 가령 다트머스의 인구는 얼마나 되느냐, 해군사관학교는 몇 년도에 세워졌느냐 등등 말이다. 그는 나를 일종의 도보여행 안내서쯤으로 여기는 모양이지.

이브는 명랑하고 귀여운 아이였다. 나는 그녀를 놀려주는 것이 재미있었다. 목소리가 약간 뜸부기 소리와 비슷한 것이 흠이기는 하지만, 그 애는 그래도 재치있는 소녀였다. 영리한 애란 말이야.

르웰린 청년—그는 약간 내성적인 청년 같았다. 마치 마음속에 무슨 비밀이라도 품고 있는 듯한 표정을 짓고 있다. 아마 요즘 돈이 좀 궁색한 모양이다. 글 쓰는 작가들이란 보통 그런 법이니까.

저 친구는 요즘 재닛 러스팅턴한테 열을 올리고 있는 모양이던데, 정말 멋진 여자지, 아름다우면서도 똑똑하단 말이야. 그렇지만 그녀가 쓰는 글은 별로 신통치가 못해. 그녀는 일종의 지식인다운 헛소리를 주절거려 놓았지만, 그녀의 말을 듣고 있을 기분은 별로 나지가 않거든.

그리고 늙은 레오! 그는 더 젊어지지도 날씬해지지도 않았다. 그런데 다행히도 지금 이 순간 그의 파트너는 그의 그런 모습에 대해 별로 신경 쓰는 것 같지가 않았다.

포인츠는 정어리가 콘월과 관계있는 것이 아니라 데번과 관계있는 것이라고 레던 씨에게 다시 가르쳐주고서 저녁 만찬을 들 준비를 했다.

"포인츠 씨……."

뜨거운 고등어 요리 접시가 사람들 앞에 놓이고 웨이터들이 방을 물러나자 이브가 입을 열었다.

"말씀하시지요, 아가씨."

"지금 이 자리에서도 그 커다란 다이아몬드를 몸에 지니고 계세요? 어젯밤에 우리한테 그걸 보여주시면서 아저씨는 항상 그걸 몸에 지니고 다니신다고 하셨잖아요?"

포인츠는 싱긋 미소를 지었다.

"암, 그렇고말고. 나는 그걸 내 마스코트로 삼았거든. 암, 그걸 항상 몸에 지니고 있고말고."

"제 생각에는 그건 너무 위험한 것 같아요. 무슨 축제일같이 사람들이 많이 모여 있는 곳에서 누군가가 그걸 아저씨한테서 소매치기해 갈지도 모르잖아요."

"그런 일은 있을 수가 없지." 포인츠가 말했다.

"그건 내가 아주 잘 간수하고 있으니까 말이야."

"그래도 훔쳐갈 수 있을지 모르잖아요."

이브가 굳이 고집을 피웠다.

"우리나라처럼 영국에도 강도가 있을 게 아녜요?"

"어쨌든 모닝 스타는 훔쳐갈 수가 없어." 포인츠가 말했다.

"무엇보다도 그건 특별히 만들어진 안쪽 주머니에 들어 있거든. 그리고 어쨌든, 이 포인츠 아저씨는 어떻게 행동해야 하는지를 잘 알고 있으니까 말이다. 어느 누구도 모닝 스타를 함부로 훔쳐가려는 생각은 할 수가 없을걸."

그러자 이브가 웃음을 터뜨렸다.

"후훗, 하지만 전 그걸 훔쳐낼 수 있다고 맹세해요."

"맹세코 네가 그렇게는 못할걸."

포인츠는 그녀한테 살짝 윙크를 했다.

"글쎄, 전 할 수가 있다니까요. 어젯밤 잠자리에 누워서 그 일에 대해 생각해봤는데요. 만일 아저씨가 그 다이아몬드를 이 방 안에 있는 사람들한테 돌려가며 구경시켜 준다면 정말 감쪽같이 그걸 훔쳐낼 방법을 제가 생각해냈다고요."

"그게 어떤 방법인데?"

이브는 머리를 한쪽으로 기울였다. 그녀의 금발이 아름답게 넘실거렸다.

"말하지 않을래요, 지금은 말이에요. 만일 제가 그걸 훔쳐낸다면 아저씨는 어떻게 하실래요?"

포인츠는 문득 자기가 젊었을 때의 기억이 되살아났다.

"너한테 장갑을 여섯 켤레 사주지."

"겨우 장갑?"

넌더리가 난다는 듯 이브가 짧게 외쳤다.

"요즘에 누가 장갑 같은 걸 껴요?"

"그렇다면, 실크 스타킹은 신겠지?"

"그럼요. 사실 오늘 아침에 제일 좋은 스타킹에 줄이 나가버렸거든요."

"그럼, 마침 잘됐구나. 최고급 실크 스타킹을 여섯 켤레 사주도록 하지."

"우와……." 이브가 신난다는 듯이 말했다.

"그럼, 만일 제가 못 훔치면요?"

"글쎄, 나는 새 담배쌈지가 하나 필요하긴 하다만."

"좋아요. 이것으로 계약은 끝났어요. 그럼, 지금부터 아저씨가 하실 일을 말씀드릴게요. 아저씨는 어젯밤처럼 그 다이아몬드를 사람들한테로 돌리셔야 해요……."

그녀는 웨이터 두 사람이 그릇을 치우기 위해 방으로 들어오자 입을 다물었다. 그들이 다음 코스로 들여온 닭고기요리를 막 먹기 시작했을 때 포인츠가 입을 열었다.

"이것 하나만은 잘 알아두어야 해요, 꼬마 아가씨. 만일 이게 진짜 절도를 의미하는 것이라면 난 어쩔 수 없이 경찰을 불러 너를 조사하게 할 수밖에 없단다."

"그건 두말할 필요도 없는 거죠. 하지만 아저씨가 경찰을 끌어들일 일은 없을 거예요. 그리고 레이디 매로웨이나 러스팅턴 부인은 아저씨만 좋으시다면 보석 찾는 일을 거들어 주셔도 돼요."

"어쨌든 그건 그렇다 치고……." 포인츠가 말했다.

"너는 지금부터 무엇으로 나설 셈이냐? 1급 보석도둑?"

"전 이 일을 제 경력에다 넣을지도 몰라요, 정말 이런 일로 돈을 벌 수만 있다면 말이에요."

"만일 네가 진짜로 모닝 스타를 훔쳐낼 수만 있다면 너는 엄청난 돈을 벌수 있게 될 거다. 설사 그 다이아몬드를 깎아 모양을 바꾼다 해도 그 보석은 3만 파운드 이상의 값어치가 나갈 테니까."

"와!" 이브가 탄성을 질렀다.

"그럼, 달러로는 얼마가 되는 거죠?"

그때 레이디 매로웨이가 감탄사를 내뱉었다.

"어머, 그럼 당신은 그런 보석을 직접 몸에 지니고 다니신다는 말이에요?"

마치 나무라기라도 하는 듯한 투로 말했다.

"세상에, 3만 파운드라니."

그녀의 검은 속눈썹이 바르르 떨렸다.

러스팅턴 부인이 부드러운 목소리로 말했다.

"정말 엄청난 돈이군요. 게다가 그 보석 자체가 또 얼마나 멋진 거예요⋯⋯. 정말 아름다운 보석이잖아요."

"그건 단지 탄소 덩어리에 불과한 것이라고요."

이반 르웰린이 말했다.

"보석을 훔쳐내기가 어려운 이유는 그 보석을 보호하는 방어물 때문이라는 것을 난 잘 알고 있소."

조지 경이 점잖게 말했다.

"그게 가장 큰 몫을 해내잖소? 어떻소, 내 말이?"

"자, 자, 빨리요." 흥분한 어조로 이브가 재촉했다.

"빨리 시작해요. 그 다이아몬드를 꺼내서 어젯밤 아저씨가 하신 대로 다시 말씀해보세요."

그러자 레던이 침울한 목소리로 나지막하게 중얼거렸다.

"정말 제 딸애의 행동에 대해 뭐라고 사과 드려야 할지 모르겠군요. 얘가 조금 흥분한 모양입니다⋯⋯."

"그걸로 됐어요, 아빠." 이브가 말했다.

"자, 그럼, 포인츠 씨, 시작해주세요."

미소를 지으며 포인츠는 안주머니에 손을 넣어 뒤적거렸다. 그러더니 마침내 뭔가를 끄집어내어 손바닥 위에 올려놓았다. 그것에 불빛이 반사되자 영롱하게 반짝거렸다.

다이아몬드였다⋯⋯.

약간 딱딱한 목소리로 포인츠는 가능한 한 그 전날 밤 자신이 메리메이드 호에서 한 이야기를 머릿속에 떠올리며 그대로 다시 되풀이했다.

"아마 이곳에 계신 여러 신사 숙녀분들께서는 이것을 직접 눈으로 구경하고 싶으시겠지요? 이건 정말 특별히 아름다운 보석이니까요. 나는 이 보석에 모닝 스타라는 이름을 붙여주었답니다. 그리고 이걸 내 마스코트로 삼았지요. 그리고 어디를 가든지 항상 내 몸에 지니고 다닌답니다. 이걸 한번 구경해보고 싶으시겠지요?"

그는 보석을 레이디 매로웨이한테 건네주었다. 그녀는 그 보석을 받아들고서 그것의 아름다움에 감탄사를 발하며 레던한테로 넘겨주었다.

그는, "멋지군요. 그래요, 정말 멋집니다."라고 하면서 약간 꾸민 듯한 어색한 태도로 르웰린에게 그 보석을 넘겼다.

그때 웨이터들이 방 안으로 들어와 보석을 돌리는 일이 잠깐 멈추어졌다.

그들이 다시 방에서 물러나 가자 이반이, "아주 멋있는 보석이로군요." 하고 중얼거리며 그것을 레오 스타인한테 넘겨주었다. 그는 그 보석을 이브한테 넘겨주었다.

"어쩜 이렇게 예쁘죠." 감탄한 듯 큰소리로 이브가 외쳤다.

"어머, 이를 어째!"

손에 들고 있던 보석을 어쩌다가 바닥에 떨어뜨린 이브가 깜짝 놀라 비명을 질렀다.

"그 보석을 바닥에 떨어뜨렸어요."

그녀는 앉아 있던 의자를 뒤로 밀고서 몸을 굽힌 채 식탁 밑을 손으로 더듬어 보았다. 그녀의 오른쪽에 앉아 있던 조지 경도 몸을 굽혔다. 그러자 유리잔이 식탁 위로 넘어지면서 식탁 위가 엉망진창으로 변했다. 스타인과 르웰린, 그리고 러스팅턴 부인까지 보석 찾는 일에 가세했다. 마침내 레이디 매로웨이마저 그 일에 뛰어들었다.

단지 포인츠만이 그 일에 뛰어들지 않았다. 그는 그대로 자리에 앉은 채 냉소적인 미소를 지으며 포도주를 홀짝홀짝 마시고 있었다.

"이걸 어쩌죠."

여전히 꾸민 듯한 태도로 이브가 말했다.

"정말 큰일 났네! 이게 대체 어디로 굴러간 거야? 도저히 찾을 수가 없잖아."

한 사람씩 보석 찾는 일을 거들어주던 사람들이 자리에서 일어섰다.

"정말 감쪽같이 사라져 버렸네, 포인츠."

조지 경이 미소를 지으며 말했다.

"아주 훌륭한 솜씨로군 그래."

인정하겠다는 듯이 고개를 끄덕이며 포인츠가 말했다.

"이브, 네 연기는 아주 훌륭했다. 그런데 이제 문제는 네가 그 보석을 어디에 숨겨두었느냐, 아니면 네 몸에 지니고 있느냐 하는 것이겠지?"

"제 몸을 한번 뒤져보셔도 좋아요."

연극 대사라도 읊조리듯 이브가 말했다.

포인츠의 시선이 방 한구석에 놓여 있는 칸막이에 가 닿았다. 그는 그것을 향해 고개를 끄덕이더니 레이디 매로웨이와 러스팅턴 부인을 쳐다보았다.

"두 숙녀분께서만 괜찮으시다면……."

"그럼요, 괜찮고말고요."

미소를 지으며 레이디 매로웨이가 말했다.

두 여자는 자리에서 일어섰다.

레이디 매로웨이가 말했다.

"너무 걱정하지 마세요, 포인츠 씨. 우리가 이 애의 몸을 철저하게 수색해볼 테니까요."

세 사람은 칸막이 뒤로 들어갔다.

방 안은 더웠다. 이반 르웰린은 창문을 열어젖혔다. 마침 신문 파는 사람이 그 아래를 지나가고 있었다. 이반이 동전 하나를 던져주자 그 사람도 신문을 한 장 던져주었다.

르웰린은 신문을 펼쳤다.

"지금 헝가리의 상황이 심상치 않은 모양입니다."

"그거 지방신문이오?" 조지 경이 물었다.

"오늘 핼턴에서 내가 관심을 갖고 있는 말이 출장하기로 되어 있는데……, 이름이 내티 보이라는 말인데."

"레오, 문을 잠그게. 이 일이 끝날 때까지는 아무래도 그 멍청한 웨이터 녀석들이 이 방을 드나들지 못하게 하는 것이 낫겠어."

포인츠가 말했다.

"내티 보이가 3:1로 이겼군요." 이반이 말했다.

"승산이 없었던 말이었는데."

조지 경이 중얼거렸다.

"대부분 리가타에 대한 기사들뿐이군요."

신문을 훑어보며 이반이 말했다.

세 젊은 여자들이 칸막이 뒤에서 나왔다.

"보석을 감춘 흔적이라고는 전혀 없는데요."

재닛 러스팅턴이 말했다.

"이 애의 몸에 보석이 감추어져 있지 않다는 것은 저도 보장하겠어요."

레이디 매로웨이도 거들었다.

포인츠는 그 보석을 찾아내려면 아무래도 마음을 단단히 먹지 않으면 안 되겠다고 마음속으로 생각했다. 레이디 매로웨이의 목소리는 아주 단호했으며, 그녀의 어조로 미루어봐서 몸수색이 철저하게 행해졌다는 것은 의심할 여지가 없는 일이었다.

"말해봐라, 이브, 너 혹시 그 보석을 삼켜버린 것은 아니냐?"

걱정스러운 표정으로 레던이 딸한테 물었다.

"그런 짓은 네 건강에 별로 이로운 게 못 된단 말이다."

"만일 그런 짓을 했다면 틀림없이 내가 보았을 거요."

레오 스타인이 재빨리 끼어들었다.

"난 저 애를 내내 지켜보고 있었으니까. 저 애는 아무것도 입속에 집어넣지 않았어요."

"저도 그렇게 뾰족뾰족하게 생긴 큰 물건은 삼키지를 못한다고요."

이브가 말하고는 자기 엉덩이에 두 손을 올려놓은 채 포인츠를 쳐다보았다.

"그럼, 과연 그 보석은 어디로 사라진 걸까요, 아저씨?"

"너 지금 네가 서 있는 자리에서 꼼짝 말고 그대로 있어야 한다."

포인츠가 말했다.

그 방 안에 있는 사람들 중에서 남자들이 우선 식탁 위의 물건들을 치우고 식탁보를 벗겨 낸 다음 식탁을 뒤집었다.

포인츠는 그것을 샅샅이 살펴보았다. 그런 다음 그는 이브가 앉아 있었던 의자와 그 양편에 있는 의자들에 주의를 돌렸다.

모든 물건들을 철저하게 살펴보았지만 아무 소용이 없었다. 나중에는 나머지 네 남자들마저 포인츠가 하는 일에 뛰어들었고 여자들도 합세했다.

이브 레던은 칸막이 바로 옆에 있는 벽 가까이에 서 있다가 그 모습을 보고 아주 재미있다는 듯이 웃음을 터뜨렸다.

그로부터 5분 뒤에 포인츠가 가벼운 신음소리를 내며 자리에서 일어나 힘없이 바지에 묻은 먼지를 털어냈다. 그에게서 항상 느껴지던 생동감도 이 순간만은 약간 손상당한 듯싶었다.

"이브, 내가 손들었다. 넌 지금까지 내가 만나본 보석 도둑 중에서도 최고로 솜씨가 좋은 도둑이로구나. 이번 보석 훔치기 놀이에서는 네가 나를 이겼어. 내 상식으로는 만일 그 보석이 네 몸에 숨겨져 있지 않다면 방 어딘가에 감추어져 있어야만 했어. 너의 솜씨는 최고야."

"그럼, 그 스타킹은 이제 제 것이 된 거죠?"

이브가 물었다.

"다 가지십시오, 꼬마 숙녀님."

"아니, 이브, 대체 그걸 어디다 숨겨놓은 거냐?"

궁금해 못 견디겠다는 듯 러스팅턴 부인이 물었다.

이브는 의기양양하게 앞으로 나왔다.

"제가 보여 드릴게요. 아마 여러분 모두 너무 어이가 없으실 거예요."

그녀는 저녁 식탁에 차려져 있던 물건들이 아무렇게나 쌓여 있는 구석에 있는 탁자로 다가갔다. 거기에서 그녀는 자기가 가지고 온 조그맣고 까만 이브닝 백을 집어들었다.

"자, 바로 여러분 눈앞에서 이렇게 나타납니다. 짠……."

기쁨과 승리에 가득 차 있던 그녀의 목소리가 갑자기 잦아들었다.

"어? 어……."

"얘야, 무슨 일이냐?" 그녀의 아버지가 말했다.

이브가 나지막한 목소리로 중얼거렸다.

"그게 없어졌어요……. 그게 없어졌어……."

"도대체 이게 어떻게 된 일이냐?" 포인츠가 앞으로 나서며 물었다.

이브는 재빨리 포인츠한테로 몸을 홱 돌렸다.

"이렇게 된 거였어요. 제가 갖고 있는 이 포셰트(어깨에 비스듬히 메는, 가죽끈이 비교적 긴 조그만 핸드백으로, 액세서리의 기능이 큼)에는 원래 걸쇠 중앙에 커다란 납유리 보석이 달려 있었는데, 그게 어젯밤에 떨어져 나갔어요. 그런데 어제 아저씨가 그 다이아몬드를 여러 사람들한테 돌려가며 구경시켜 주실 때 전 그 다이아몬드가 그 납유리 보석과 크기가 같다는 걸 알았죠. 그래서 전 밤에 세공용 찰흙으로 그 다이아몬드를 제 핸드백의 걸쇠 중앙에다가 붙여 놓으면 그 다이아몬드를 감쪽같이 훔쳐내는 방법으로는 최고겠구나 생각했었던 거예요. 어느 누구도 그걸 눈치 채지 못할 거라고 전 확신했죠.

그래서 오늘 밤 저는 그렇게 했어요. 우선 그 보석을 바닥에 떨어뜨렸죠……. 그리고 나서 손에 핸드백을 쥔 채로 몸을 구부려 그걸 찾았죠. 그리고 손에 쥐고 있었던 세공용 찰흙으로 납유리 보석 자리에 그 다이아몬드를 붙였어요. 그 뒤에 핸드백을 식탁 위에 올려놓은 다음 계속 다이아몬드를 찾는 척한 거죠. 전 그게 도난당한 편지와 다름없다고 생각했거든요. 아시겠지만, 사람들은 등잔 밑이 어두운 법이잖아요. 그리고 그곳에 붙여진 다이아몬드도 정말 평범한 모조 다이아몬드처럼 보일 거고요. 정말 아주 멋진 계획이었다고요. 아무도 그걸 눈치 챈 사람이 없었으니까."

"이상한 일이로군." 스타인이 중얼거렸다.

"지금 뭐라고 하셨지요?"

포인츠는 핸드백을 집어들고 아직도 다이아몬드를 붙였던 세공용 찰흙 찌꺼기가 남아 있는 빈 구멍을 들여다보았다. 그리고 천천히 입을 열었다.

"그렇다면 어디 떨어졌을지도 모르겠군. 자, 다시 한 번 찾아보도록 합시다."

다시 방 안을 뒤지는 일이 되풀이되었다. 그렇지만 이번에는 이상하게도 모두 입을 꾹 다문 채 방 안을 뒤지는 일에만 열중했다. 긴장감이 온 방 안을 맴돌고 있었다.

마침내 한 사람씩 차례대로 다이아몬드 찾기를 포기하고 몸을 일으켰다. 그들은 선 채로 서로의 얼굴만 멍하니 쳐다보았다.

"다이아몬드는 이 방 안에 없어."

스타인이 입을 열었다.

"그리고 이 방에서 나간 사람도 아무도 없소."

의미심장한 투로 조지 경이 말했다.

순간 방 안에는 침묵이 흘렀다.

이브가 흑 하고 울음을 터뜨렸다.

그녀의 아버지가 그녀의 어깨를 가볍게 토닥거려 주었다.

"자, 자……." 그가 어색한 표정으로 중얼거렸다.

조지 경이 레오 스타인 쪽으로 몸을 돌리고 말했다.

"스타인 씨, 방금 당신은 혼자 뭐라고 중얼거리셨지요? 내가 언뜻 듣고 무슨 말인지 다시 해보라고 했더니 당신은 아무것도 아니라고 했어요. 그렇지만 실제로는 나는 당신이 무슨 말을 했는지 똑똑히 다 들었소. 이브 양은 아까 자기가 다이아몬드를 어디다 숨겨놓았는지 우리들 가운데서는 아무도 아는 사람이 없었다고 말했소. 그랬더니 당신은 이렇게 중얼거렸어요. '이상한 일이로 군.' 하고 말이오. 지금 우리가 생각해봐야 하는 점은 어느 한 사람만은 그것을 눈치 챘을지도 모른다는 '가능성'이오. 그리고 그 사람은 지금 이 순간에도 이 방 안에 있고요. 그래서 나는 공평하면서도 명예를 손상시키지 않는 유일한 방법으로서 모든 사람들이 서로의 몸을 뒤져보는 것이 어떻겠냐고 제안하는 바입니다. 다이아몬드가 이 방을 나갔을 리는 없을 테니까 말이지요."

조지 경은 그 누구도 흉내 낼 수 없을 만큼 훌륭하게 늙은 영국 신사의 역할을 해내고 있었다. 그의 목소리는 성실함과 위엄을 갖춘 채 온 방 안에 울려 퍼지고 있었다.

"별로 기분이 좋지 않군, 이 모든 일들이 말이야."

포인츠가 침통한 표정으로 중얼거렸다.

"이게 모두 제 잘못이에요. 하지만 이렇게 될 줄은……."

이브가 훌쩍거리며 말했다.

"자, 얘야, 기운을 내거라." 스타인이 상냥하게 말했다.

"아무도 너를 탓하지는 않아."

레던이 학자다운 느릿느릿한 태도로 입을 열었다.

"좋습니다, 이 자리에 있는 사람들 모두가 조지 경의 제안을 전폭적으로 받아들이는 것이 좋을 것 같은데요. 어쨌든 나는 찬성입니다."

"나도 찬성하겠습니다."

이반 르웰린이 말했다.

러스팅턴 부인은 레이디 매로웨이가 찬성의 뜻으로 고개를 까닥해 보이는 모습을 쳐다보고 있었다. 마침내 그들 두 사람이 칸막이 뒤로 들어갔고, 훌쩍이고 있던 이브가 그들의 뒤를 따라 칸막이 뒤로 사라졌다.

어떤 웨이터가 한 사람 와서 문을 두드렸지만, 닫힌 문을 통해 그냥 물러가 있으라는 명령만 받았을 뿐이었다. 그로부터 5분 뒤에 8명의 사람들은 믿기지 않는다는 표정으로 서로의 얼굴만을 번갈아 쳐다보았다.

모닝 스타가 흔적도 없이 감쪽같이 사라져 버렸던 것이다……

파커 파인은 자기의 맞은편에 앉아 있는 가무잡잡한 청년의 흥분해 있는 모습을 유심히 쳐다보고 있었다.

"물론, 당신은 웨일스 사람이겠지요, 르웰린 씨?"

"그게 이번 일과 무슨 상관이 있다는 겁니까?"

파커 파인은 손질이 잘된 커다란 손을 내저었다.

"아무 상관이 없다는 것은 나도 잘 알고 있소. 다만 나는 여러 인종별로 각기 다르게 나타나는 정서적 반응의 정도를 분류하는 일에 관심이 있어서 말입니다. 그게 전부지요. 그럼, 이제는 당신이 가져온 그 특별한 문제에 대해 생각해보기로 합시다."

"내가 당신을 왜 찾아왔는지 사실은 나도 잘 모르겠습니다."

이반 르웰린이 말했다. 그의 두 손은 신경질적으로 서로 꽉 얽혀 있었고, 그의 거무스름한 얼굴은 수척해 보였다. 그는 파커 파인을 정면으로 쳐다보지 않고 있었는데, 꼬치꼬치 캐묻는 그 신사의 태도가 그를 못내 불안하게 만든 모양이었다.

"정말 당신을 왜 찾아왔는지 모르겠어요."

그는 똑같은 말을 되풀이했다.

"하지만 내가 어디를 찾아가야 한다는 거죠? 제기랄! 내가 뭘 어떡해야 한다는 말이냐고요? 나를 꼼짝달싹도 못하게 만드는 것이 바로 그런 무기력함이라고요……. 나는 당신이 낸 광고를 본 순간 옛날에 어떤 친구가 당신에 대해 해준 얘기가 생각나더군요. 그 친구는 당신이 무슨 문제든지 해결해줄 거라고 했거든요. 그래서……, 그래서, 이렇게 찾아온 거라고요! 하지만 내가 바보였던 것 같아요. 이건 어느 누구도 어떻게 할 수 없는 그런 상황이니까요."

"천만에요." 파커 파인이 말했다.

"나를 찾아온 것은 아주 잘한 일입니다. 나는 불행한 일을 해결하는 데는 전문가이니까요. 이번 일로 확실히 당신은 큰 괴로움을 겪고 있는 것 같군요. 당신이 지금 나한테 해준 이야기는 조금도 틀림이 없겠지요?"

"빠뜨린 이야기는 하나도 없는 것 같습니다. 포인츠 씨는 다이아몬드를 꺼내서 그것을 사람들한테 돌렸지요. 그런데 그 보석을 그 말괄량이 미국 애가 우스꽝스럽게 생긴 자기 핸드백에다 붙여놓았습니다. 그렇지만 우리가 그 핸드백을 살펴보러 갔을 때는 이미 다이아몬드가 없어지고 난 뒤였지요. 그 다이아몬드를 갖고 있는 사람은 아무도 없었습니다. 늙은 포인츠 씨, 그 사람 몸까지도 뒤져보았을 정도였으니까요. 그 사람 스스로 그렇게 하겠다고 나서더군요. 그런데 그 다이아몬드는 그 방 어디에도 없더란 말입니다. 정말 맹세할 수도 있어요! 방을 나간 사람도 아무도 없었고요……."

"가령 웨이터들까지도?"

파커 파인이 말 중간에 끼어들었다.

르웰린은 고개를 저었다.

"웨이터들은 그 애가 그 다이아몬드를 가지고 쓸데없는 짓을 하기 전에 모두 방을 나갔지요. 그리고 그 뒤에 포인츠 씨가 그들이 다시 들어오지 못하도록 문을 잠가버렸습니다. 그래요, 그건 우리 중 누군가가 갖고 있는 겁니다."

"정말 그럴는지도 모르겠군요."

파커 파인이 생각에 잠긴 표정으로 말했다.

"그놈의 빌어먹을 석간신문 때문이었어."

이반 르웰린이 침통하게 중얼거렸다.

"사람들이 그걸 생각해낼 줄 알았어요. 그것만이 유일한 방법이었다고 말입니다……."

"다시 한 번 그때의 상황을 자세히 얘기해보시지요."

"그건 아주 간단한 일이었습니다. 나는 창문을 열어젖히고 그 사람을 부르면서 동전 한 개를 아래로 던져주었습니다. 그러자 그 사람이 나한테 신문을 던져주었지요. 그런데 알다시피, 그것만이 다이아몬드가 방을 나갈 수 있었던 유일한 방법이라는 겁니다. 다시 말해 창문 바로 아래에 있는 거리에서 기다리고 있었던 공범자한테 내가 그 다이아몬드를 던져주었다는 것이지요."

"하지만 그것만이 유일한 방법은 아니었습니다."

파커 파인이 말했다.

"그럼, 무슨 별다른 방법이라도 생각해내셨다는 말입니까?"

"만일 말입니다, 당신이 정말 그것을 창밖으로 던지지 않았다면 분명히 다른 방법이 사용되었을 거란 뜻이지요."

"아, 무슨 말인지는 알았습니다. 하지만 난 당신이 그것보다는 좀더 명확한 것을 두고 하는 말인 줄 알았어요. 아무튼 내가 자신 있게 말할 수 있는 것은 난 그 다이아몬드를 창밖으로 내던지지 않았다는 사실입니다. 물론 나를 믿어달라고 말하는 것이 무리라는 것은 알고 있습니다. 그 누구라도 그럴 테니까요."

"아, 물론 나는 당신을 믿습니다."

파커 파인이 말했다.

"정말이십니까? 어째서죠?"

"범죄형의 타입이 아니니까요." 파커 파인이 말했다.

"다시 말해 보석을 훔칠 만한 특수범죄형의 타입이 아니라는 것이지요. 물론 당신이 저지를 수 있는 범죄들도 있습니다. 하지만 지금 이 자리에서 그런 얘기까지 할 필요는 없을 것 같군요. 아무튼 난 당신을 모닝 스타를 훔친 도둑이라고는 생각지 않습니다."

"다른 사람은 다 그렇게 생각한다고 해도 말이지요?"

쓸쓸한 표정으로 르웰린이 중얼거렸다.

"그렇습니다." 파커 파인이 말했다.

"사람들은 그때부터 나를 수상쩍게 생각하기 시작했습니다. 매로웨이는 신문을 집어들더니 창문을 흘끗 쳐다보더군요. 아무 말 없이 말입니다. 하지만 포인츠 씨는 그게 무슨 뜻인지를 즉시 알아차렸습니다! 그들이 무슨 생각을 하고 있는지 난 잘 알 수 있었지요. 사람을 대놓고 몰아세우지는 않지만 사실은 그게 더 미칠 지경이었다고요."

파커 파인은 그의 심정을 충분히 이해하겠다는 듯이 고개를 끄덕였다.

"그야말로 설상가상이로군요."

"예. 그들이 나를 의심하고 있다는 것은 틀림없는 사실입니다. 그 뒤에 어떤 친구가 오더니 나한테 질문을 퍼부어대는 것이었습니다—그 친구 말로는 형식적인 조사일 뿐이라고 했습니다만. 하지만 내가 보기엔 그 친구도 새 예복 와이셔츠를 차려입은 수많은 경찰 중 한 사람에 불과한 것 같았습니다. 솜씨만은 아주 좋더군요—전혀 눈치를 못 채게 했으니까요. 다만 그동안 돈에 궁색해 있던 내가 갑자기 돈을 흥청망청 써댄다는 사실에는 노골적으로 관심을 보이더군요."

"정말 그랬습니까?"

"예, 한두 마리의 말에 행운이 따랐던 겁니다. 다행이랄까 불행이랄까, 내가 돈을 건 말이 경마에서 이겼거든요. 그렇지만 그렇게 해서 돈을 벌게 되었다는 것을 다른 사람들한테는 증명할 길이 없잖습니까? 물론 거기에 대해 사람들이 대놓고 반박하지는 못하겠지요. 하지만 그런 방법은 사실 돈의 출처를 밝히기 싫어하는 친구들이 얼마든지 쉽게 생각해낼 수 있는 방법이기도 하지요."

"나도 동감입니다. 그 사람들은 아마 당신이 범인이라는 것을 증명하려고 더 기를 쓰고 대들겠지요."

"오! 나는 내가 실제로 체포되어 도둑이라는 누명을 쓰는 것이 두려운 것은 아닙니다. 아니, 어떻게 보면 그건 차라리 쉬운 일일지도 모르지요. 자신이 어떤 입장에 처해있다는 것쯤은 누구든 잘 알고 있기 마련이니까요. 하지만 사람들이 전부 나를 이번 사건의 범인으로 믿고 있으니 그야말로 끔찍한 일이 아니겠습니까."

"특별히 어느 한 사람이 맘에 걸리는 모양이로군요."

"무슨 말씀이신지요?"

"그냥 추측일 뿐입니다. 별로 대수로운 일도 아니고……."

파커 파인이 다시금 편안해 보이는 자기의 손을 내저었다.

"그 자리에는 평소에 당신이 맘에 두고 있던 사람도 있었지요? 러스팅턴 부인이라는 여인 말입니다."

거무스름한 르웰린의 얼굴이 빨개졌다.

"왜 하필이면 그녀입니까?"

"오, 이보시오, 선생, 아까 당신이 한 이야기 중에는 분명히 당신이 크게 신경 쓰는 사람의 의견도 들어 있었습니다─아마도 숙녀였을 것이 분명하고. 그런데 그 자리에 있었던 여자들은 누구누구였지요? 그 미국인 말괄량이? 레이디 매로웨이? 하지만 설령 레이디 매로웨이가 당신을 그런 식으로 평가함으로써 당신한테 충격을 주었다고 해도 당신은 지금처럼 안절부절못하지는 않을 겁니다. 나는 그 숙녀에 대한 당신의 마음을 알고 있습니다. 그러므로 그 숙녀는 러스팅턴 부인일 수밖에 없지요."

르웰린은 가까스로 입을 열었다.

"그녀는……, 그녀는 옛날에 상당히 불행한 경험을 한 적이 있습니다. 그녀의 남편은 아주 형편없는 건달이었지요. 그 이후로 그녀는 사람을 쉽게 믿으려 들지 않습니다. 그녀가……, 만일 그녀 생각에……."

그는 더 이상 말을 잇지 못했다.

"아, 좋아요." 파커 파인이 입을 열었다.

"나도 이번 사건이 중요하다는 것을 알고 있습니다. 그러니 명백하게 해결되어야만 하겠지요."

그러자 이반의 입가에 언뜻 미소가 떠올랐다.

"말로는 쉬운 일이지요."

"그리고 해결하기도 아주 쉽습니다."

파커 파인이 말했다.

"그렇게 생각하십니까?"

"아, 물론입니다. 문제의 선이 너무 분명하게 그어져 있으니까요. 이번 사건에서는 너무 많은 가능성들이 배제되어 있습니다. 따라서 대답은 아주 극도로 단순한 것일 게 분명하지요. 실제로 난 이미 희미한 빛줄기를 발견해냈다고나 할까……."

르웰린은 믿기지 않는다는 표정으로 그를 쳐다보았다.

파커 파인은 자기 앞으로 메모철을 당겨놓고 펜을 집어들었다.

"물론 당신은 나한테 그 파티의 장면을 간략하게 묘사해줄 수 있으시겠지요?"

"벌써 다 해 드렸잖습니까?"

"개개인의 인상착의, 예를 들어 머리 색깔 같은 그런 것들을 얘기해 달라는 겁니다."

"아니, 파커 파인 씨, 그런 것들이 이번 사건과 무슨 상관이 있다는 겁니까?"

"상관이 있다마다요, 젊은이, 아주 상관이 많지요. 분류학적인 면으로 보나, 기타 여러 면으로 보나 말이오."

여전히 미심쩍은 태도로 이반은 그 요트 파티에 참석했던 사람들의 인상착의를 자세히 설명해주었다.

파커 파인은 한두 가지 메모를 해놓더니 그 메모철을 다시 옆으로 밀쳐두고는 말했다.

"아주 좋습니다. 그런데 포도주 잔이 깨졌다고 했지요?"

이반은 다시 그를 쳐다보았다.

"예, 식탁에서 떨어지는 바람에 산산조각이 났습니다."

"위험한 것이지요, 유리 파편이란 말입니다." 파커 파인이 말했다.

"그건 누구 잔이었습니까?"

"그 꼬마, 이브의 잔이었던 것 같아요."

"아하! 그럼 그 애 바로 옆에는 누가 앉았었습니까?"

"조지 매로웨이 경이었습니다."

"누가 식탁에서 그 잔을 떨어뜨렸는지 보지는 못했습니까?"

"유감스럽게도 보지 못했습니다. 그게 문제가 되는 겁니까?"

"꼭 그런 것은 아니지요. 그렇습니다. 그건 부수적인 문제이지요. 자……"

그가 자리에서 일어섰다.

"아주 좋은 아침입니다, 르웰린 씨. 사흘 뒤에 다시 한 번 들러주시겠습니까? 그때까지는 모든 일들이 아주 만족스럽게 해결될 것 같으니까요."

"지금 농담을 하고 계신 겁니까, 파커 파인 씨?"

"선생, 나는 직업상의 일을 두고 농담을 해본 적은 한 번도 없습니다. 그렇게 되면 내 손님들한테 신뢰를 받지 못하게 되니까요. 그럼, 금요일 11시 30분에 다시 뵙지요. 고맙습니다."

이반은 마음이 상당히 혼란한 가운데 금요일 아침 파커 파인의 사무실로 들어섰다. 그의 마음속에서는 희망과 회의가 서로 뒤엉켜 싸우고 있었다.

파커 파인은 자리에서 일어나 환한 미소를 지으며 그를 맞이했다.

"그동안 안녕하셨소, 르웰린 씨? 자, 앉으시지요. 담배 피우시겠소?"

르웰린은 자기 앞에 놓인 담배 상자를 옆으로 밀어놓았다.

"어떻게 됐습니까?"

"정말 아주 잘 해결됐답니다. 경찰이 어젯밤에 그 갱을 체포했죠."

파커 파인이 말했다.

"갱이라고요? 무슨 갱 말씀입니까?"

"아말피 갱 말입니다. 나는 당신의 이야기를 듣는 순간 바로 그들 생각이 떠오르더군요. 나는 처음부터 그것이 그들의 수법이라는 것을 알아챘지만, 당신이 해준 그 손님들의 인상착의를 듣고 나니 마음속에 남아 있었던 한 가닥 의심마저도 깨끗이 사라져 버리더군요."

"대체 아말피 갱이란 어떤 사람들입니까?"

"아버지와 아들, 그리고 며느리, 만일 피에트로와 마리아가 정말 결혼했다면 말입니다—그게 의심스러운 노릇이긴 합니다만. 어쨌든 그렇게 구성된 갱단이지요."

"도대체 무슨 말인지 전 통 모르겠군요"

"이건 아주 간단한 겁니다. 이름은 이탈리아식이고, 틀림없이 혈통도 이탈리아인의 피를 이어받았겠지만 사실 늙은 아말피가 태어난 곳은 미국이었습니다. 그의 수법은 매번 거의 비슷하지요. 그는 진짜 사업가처럼 위장을 하고 몇몇 유럽 지역에서 보석 사업을 하는 거물로 모습을 나타냅니다. 그러고 나서 속임수를 쓰는 거지요. 이번 사건의 경우 그는 아주 신중하게 모닝 스타에 대해 조사를 해보았습니다. 포인츠의 과작성은 동업자들 사이에서도 아주 유명한 것이었습니다. 마리아 아말피는 그의 어린 딸의 역할을 맡았지요. 정말 놀라운 여잡니다. 적어도 스물일곱 살은 되었을 그녀가 거의 항상 열여섯 살짜리 역할을 멋지게 해내니 말입니다."

"이브는 아닙니다!"

숨이 턱에 닿은 듯한 숨찬 목소리로 르웰린이 외쳤다.

"맞습니다. 그 갱단의 세 번째 멤버가 로열 조지 레스토랑에 보조 웨이터로 위장해 들어가 있었으니까요. 아시다시피 휴일 같은 때는 보조 웨이터들이 필요한 법이지요. 어쩌면 진짜 웨이터를 한 사람 돈으로 매수해놓은 다음 자기가 그 웨이터로 분장했을지도 모르고요. 어쨌든 무대는 준비됐습니다.

이브는 늙은 포인츠에게 도전장을 던지고 그와 내기를 겁니다. 그는 바로 그 전날 밤에 한 대로 다이아몬드를 그곳에 있는 사람들한테 돌립니다. 그러다가 웨이터들이 방으로 들어오자 레던은 그들이 방을 나갈 때까지 그 보석을 손에 쥐고 있습니다. 그들이 방을 나가면서 다이아몬드 역시 그들과 함께 방에서 사라집니다. 피에트로가 걷어가는 접시 밑바닥에 츄잉 껌으로 붙여진 채 말입니다. 그렇게 간단한 일이었습니다!"

"하지만 그 뒤에 내가 그 보석을 직접 봤는데요?"

"아니, 아닙니다. 당신은 얼핏 보아서는 구별이 잘 안 될 정도로 비슷하게 만들어진 모조품을 본 거지요. 당신 말대로 스타인은 그 보석을 별로 유심히 보지를 않았습니다. 그런 다음 이브가 그걸 바닥에 떨어뜨린 뒤에 유리컵도 함께 떨어뜨려 유리조각과 모조 보석을 한데 섞어 발로 힘껏 짓밟아버린 것이지요. 놀랍게도 다이아몬드는 흔적도 없이 사라져 버리고 맙니다. 그러고 나서 이브와 레던은 그 누구보다도 열심히 보석 찾는 일에 나섰던 겁니다."

"저⋯⋯, 나는⋯⋯."

당황하여 할 말도 잃은 채 이반은 고개만 흔들고 있었다.

"당신은 내가 설명해준 손님들의 인상착의를 듣고 그 갱들의 소행임을 알아보셨다고 했는데요, 그렇다면 옛날에도 그들이 이런 속임수를 쓴 적이 있다는 말입니까?"

"아주 똑같은 속임수는 아니었지만, 대체로 그들의 수법은 다 비슷비슷하니까요. 그보다 나는 당신의 이야기를 들으면서 즉시 그 꼬마 아가씨 이브한테로 주의를 집중시켰지요."

"아니, 어째서요? 나는 그녀를 조금도 의심해보지 않았는데요. 그녀를 의심하는 사람은 아무도 없었습니다. 그녀는 그야말로⋯⋯, 그야말로 어린애였으니까요."

"그것이 바로 마리아 아말피만이 가지고 있는 독특한 재능이지요. 그녀는 그 어떤 어린애보다도 더 어리게 보일 수 있으니까요! 그리고 세공용 찰흙만 해도 그렇습니다! 겉으로 보기에는 이번 내기가 아주 우연히 시작된 것처럼 보였습니다만⋯⋯. 그 꼬마 아가씨는 자기 입으로 그 세공용 찰흙을 미리 준비해 갖고 있었다고 말했잖아요. 그건 곧 이번 사건이 사전에 계획된 일이었음을 말해주는 것이었지요. 그래서 당신 이야기를 듣는 순간 즉시 나는 그녀를 의심했던 겁니다."

르웰린은 자리에서 일어섰다.

"아무튼, 파커 파인 씨, 정말 뭐라고 감사의 말씀을 드려야 좋을지 모르겠군요."

"분류학 덕분이지요." 파커 파인이 중얼거리듯이 말했다.

"범죄자의 유형별 분류 말이오. 나는 그 일에 아주 비상한 관심을 갖고 있답니다."

"저⋯⋯, 그러면 이번 일에 대한 보수는 얼마나 드려야 할지⋯⋯."

"수수료라면 그렇게 많이 주실 필요는 없습니다."

파커 파인이 말했다.

"잘못하면 모처럼 딴 경마의 배당금에, 그러니까, 너무 큰 구멍이 뚫리지 않겠습니까? 그 대신, 젊은이, 내 충고 한마디 하지요. 앞으로는 경마 같은 일에 너무 열을 올리지 않도록 하십시오. 말이란 동물은 원래 그리 믿을 만한 동물이 못 되니 말입니다."

"잘 알았습니다."

이반이 말했다.

그는 파커 파인과 악수를 하고 나서 사무실을 나왔다. 그는 택시를 잡고 재닛 러스팅턴이 살고 있는 아파트 주소를 대주었다.

그는 지금 자기 마음속을 가득 채우고 있는 이 기쁨을 그대로 고스란히 그녀에게 갖다 바치고픈 충동을 느끼고 있었던 것이다.

당신은 정원을 어떻게 가꾸시나요?

에르큘 포와로는 편지를 가지런히 한 다음에 맨 위에 놓여 있는 것을 집어 들었다. 발신인을 흘끗 보고 나서는 봉투를 뒤집어서 조그만 페이퍼 나이프를 갖다 댔다. 이 칼은 이런 때 쓰려고 아침을 먹는 테이블 위에 언제나 준비해 놓는 것이었다. 내용물을 꺼내보니 그것 역시 봉투였는데, 자주색 봉랍으로 꼼 꼼하게 봉해져 있었고 '친전(親展)'이라고 쓰여 있었다.

에르큘 포와로의 타원형 얼굴에서 눈썹이 약간 치켜 올라갔다. 입속에선, '걱정도 팔자로군.' 하며 다시 한 번 페이퍼나이프로 잘라내서 그제야 편지가 나왔다. 불안정하고 어색하게 써나간 글씨체였는데 주의를 환기시키려는 듯 군데군데 밑줄을 쳐놓았다.

에르큘 포와로는 읽기 시작했다. 여기에도 또 '친전'이라고 쓰여 있었고, 오 른쪽 끝에 주소가 적혀 있었다—차먼스 그린, 벅스, 로즈뱅크 저택에서.

날짜는 3월 21일로 되어 있었다.

친애하는 포와로 씨,

갑자기 편지 드리게 된 점 양해해주시기 바랍니다. 오랫동안 사귀어온 믿음직한 친구가 '요즘 저의 고민을 옆에서 보다 못해 선생님께 의논해 보라고 권해 주었답니다. 그렇다고 이 친구 또한 실제로 그 사정을 알 고 있는 것은 아닙니다. 그것은 순전한 가정문제여서 '저 혼자의 가슴 에 묻어두고 아무에게도 말하지 않고 있었습니다만 그 친구의 말로는 선생님께 부탁하면 '신중하신' 분이니까 경찰에서 개입할 만한 문제로 번질 염려는 없을 것이라고 하더군요. 설령 제가 느끼는 이 일이 사실 이라고 해도 경찰의 손에 넘겨지는 것은 '견딜 수 없습니다.' 요즘 불면

증인데다가 작년 겨울에 큰 병을 앓았던 탓으로 제가 직접 조사해볼 기
력도 없을뿐더러, 설령 그럴 생각이 있다고 해도 저는 '방법'도 모르고
'능력' 또한 없습니다. 그렇다고 경찰과 의논할 수도 없는 것은, 아까도
말씀드렸다시피 이것은 아주 미묘한 집안 문제이므로 여러 가지 이유에
서 '절대로' 세상에 알려져서는 안 되기 때문입니다. '진상'만 알게 되면
뒷일은 제가 알아서 처리할 수 있습니다. 아니, 꼭 그렇게 해야만 된다
고 생각합니다. 이상과 같은 점을 이해해주시는 조건으로 이 사건을 맡
으실 수 있다면 오른쪽 주소로 연락해주시기 바랍니다.

애밀리아 배로비

포와로는 이 편지를 두 번이나 읽어보고는 눈썹을 다시 약간 치켜 올렸다.
그리고 그 편지를 옆에다 내려놓고 쌓여 있는 우편물 중에서 다음 편지를 한
통 접어들었다.

그는 언제나 10시 정각부터 일을 시작하는 사무실로 들어섰다. 거기에는 이
미 비서인 레몬 양이 그날 일에 대한 지시를 받기 위해서 기다리고 있었다.
이 비서는 마흔여덟 살의 노처녀인데, 유감스럽게도 미인은 아니었다. 그녀의
전체적인 인상은 많은 뼈가 제 맘대로 마구 튀어나와 있다고 해야 할 판이었
다. 그녀는 질서정연함에 대해서는 포와로 이상으로 철저했고 생각하는 능력
또한 우수했지만 시키지 않는 한은 적극적으로 생각하려 들지 않았다.

포와로는 그날 아침 배달된 편지 다발을 그녀에게 건네주며 말했다.

"아, 마드모아젤, 이것 좀 부탁해요. 모두 적당히 거절하는 답장을 보내주시
오."

레몬 양은 갖가지 내용의 편지를 재빨리 훑어보며 그 하나하나에 상형문자
비슷한 표시를 해나갔다. 그녀만이 읽을 수 있는 암호의 일종으로 그 뜻은,
'애교 있게 사절한다.', '단호하게 거절한다.', '칭찬을 섞어가며', '쌀쌀맞아도
무방하다' 등등이다. 그것을 끝낸 그녀는 다음 지시사항을 기다리는 듯이 고개
를 들어 쳐다보았다.

포와로는 애밀리아 배로비의 편지를 건네주었다. 그녀는 이중 봉투에서 내

용물을 꺼내어 다 읽고 나서는 미심쩍은 얼굴로 물었다.

"이건 어떻게 할까요, 포와로 씨?"

그렇게 말하면서 연필을 집어들고는 속기용지 위에다 받아쓸 준비를 했다.

"레몬 양, 이 편지를 어떻게 생각하시오?"

이맛살을 조금 찌푸린 레몬 양은 연필을 놓고 편지를 다시 한 번 읽기 시작했다.

레몬 양에겐 편지의 내용 같은 것은 적당한 답장을 써주는 데 필요한 점을 제외한다면 아무런 의미도 없었다. 아주 드문 일이기는 하지만 그녀의 고용주는 그녀에게 사무적인 능력 이상의 인간적 능력을 발휘할 필요가 있는 의견을 물어올 때가 있었다. 그럴 때 레몬 양은 다소 귀찮아했다.

그녀는 완전한 기계여서 남의 일에는 전혀 관심을 갖지 않았다. 그 철저함이란 칭찬을 해도 좋을 정도였다. 인생에서 그녀의 진정한 보람은 완벽한 서류 분류방식을 고안해내는 데에 있었다. 밤 시간은 침대 속에서도 그 시스템을 생각했다. 그러면서도 레몬 양은 순수한 인간적인 일에 있어서도 좋은 의논 상대가 될 수 있었다. 에르큘 포와로는 그것을 잘 알고 있었다.

"어떻겠소?"

포와로는 재촉했다.

레몬 양이 대답했다.

"이 노부인은 대단히 떨고 있군요. 강풍에 시달리고 있는 것 같아요."

"그럴듯하군! 그녀의 마음속에 태풍이 일어났다는 뜻이오?"

이미 오랫동안 영국에서 살고 있는 포와로가 이 정도의 속어를 이해하지 못할 리가 없다. 그렇게 생각한 레몬 양은 대답도 없이 이중 봉투를 흘끗 보고는 말했다.

"비밀, 비밀이라고만 하고 아무런 설명도 없군요."

"맞소." 에르큘 포와로가 말했다.

"나도 그런 걸 생각했소."

레몬 양의 손이 다시 한 번 속기용지 위에서 받아쓸 준비를 했다. 이번에는 에르큘 포와로도 반응을 보였다.

"이렇게 써줘요. 찾아오기 싫다면 이쪽에서 찾아가겠다. 적당한 날짜와 시간을 정해 달라. 타이프로는 안 되오. 펜으로 써서 보내도록 해요."

"알았습니다, 포와로 씨."

포와로는 다시 몇 통의 문서를 보여주면서, "이건 청구서요." 하고 말했다.

레몬 양의 유능한 손이 재빨리 그것들을 분류했다.

"이 두 장 말고는 모두 지불하겠습니다."

"흠! 그 두 장은 왜? 잘못된 건 아닌 것 같은데."

"이 두 상점하고는 최근에 거래를 시작했거든요. 너무 빨리 지불하면 오히려 의심을 받아요. 나중에 가서 외상거래를 하기 위해 무리해서 지불하는 것처럼 느껴지거든요."

"그렇군!" 포와로는 중얼거리듯이 말했다.

"영국 상인에 대한 당신의 깊은 조예에는 그저 경의를 표할 뿐이오."

레몬 양은 진지한 얼굴로 말했다.

"그들에 대해서라면 저는 모르는 것이 없답니다."

애밀리아 배로비 양에게 답장을 적절하게 써서 보냈지만 아무런 소식도 없이 끝나버렸다. 에르퀼 포와로는 생각했다. 배로비 양은 아마 스스로 그 수수께끼를 풀었겠지. 그러나 그렇다면 '이미 수고를 끼치지 않아도 되게 되었다고 정중한 사절의 편지를 보내올 만도 하다'고 포와로는 좀 뜻밖이라고 생각했다.

그로부터 닷새가 지나서 레몬 양은 아침 지시를 받고 나서 말했다.

"지난번 편지를 보낸 배로비 양 말인데요…… 답장이 없는 것도 당연한 일이었어요. 그분 돌아가셨더군요."

"흠……, 돌아가셨다고?"

그것은 질문이라기보다는 오히려 대답같이 들렸다.

레몬 양은 핸드백을 열고 신문에서 오려낸 것을 꺼냈다.

"지하철 안에서 봤기 때문에 찢어왔어요."

언제나 빈틈이 없는 여자라고 새삼스럽게 감탄했다. '찢어왔다'고 말은 했지만 그 기사는 가위로 깨끗이 오려져 있었다. 모닝 포스트 지(祇)의 '출생, 사망,

결혼'의 광고란 1단이었는데, 다음과 같은 내용이다.

> 3월 26일, 차먼스 그린, 로즈뱅크 저택의 애밀리아 제인 배로비, 졸지에
> 73년의 일생을 마쳤습니다. 고인의 희망에 따라서 조화(弔花)는 사절하
> 는 바입니다.

포와로는 다 읽고 나서 입속으로 중얼거렸다.
"졸지에라……."
그리고 갑자기 시원시원한 어조로 말했다.
"아, 레몬 양. 지금 곧 편지를 써주겠소?"
연필이 재빨리 움직였다. 그녀의 관심은 여느 때처럼 서류분류법에서 떠나
지 않았지만 레몬 양의 손은 신속하고 정확하게 속기장 위를 달리고 있었다.

친애하는 배로비 양
아직도 답장을 받지 못했습니다만 이번 금요일에 차먼스 그린 부근에
볼일이 있어서 그날 찾아뵙고 편지로 말씀하신 문제에 대해 다시 자세
하게 의논을 드리고자 합니다.

에르퀼 포와로

"이것을 타이핑해줘요. 즉시 우체통에 넣으면 오늘 밤 차먼스 그린에 도착
하게 될 테지."
다음 날 오전에 검은 테를 두른 편지가 도착했다.

친애하는 포와로 씨
보내주신 편지에 대한 회신입니다. 이모님이신 배로비 양은 지난 26일
세상을 떠나셨으므로 말씀하시는 건은 이미 아무 소용이 없게 된 듯합
니다.

메리 델라폰테인

포와로는 혼자 미소 지었다.

"아무 소용이 없게 되었다고……. 흠, 없게 되었는지 있게 되었는지 그걸 알고 싶군. 우선 부딪쳐 봐야지, 차먼스 그린으로!"

로즈뱅크 저택—그녀와 같은 계층의 비슷한 인품을 지닌 사람들 사이에서는 즐겨 붙이는 이름이지만, 이 건물에는 그 이름에 어울리는 무엇인가가 있었다.

에르퀼 포와로는 현관문으로 이어지는 샛길을 걸으면서 가끔 걸음을 멈추고 양쪽에 곱게 단장된 화단을 감탄하는 눈으로 보고 있었다. 가을이라도 되면 장미가 화사하게 피어 어우러질 것이고, 지금도 수선화와 일찍 피는 튤립, 그리고 파란 히아신스 같은 종류가 한창 꽃망울을 터뜨리고 있었다. 맨 끝의 화단은 한쪽에 조개껍데기로 줄을 지어 테를 둘러놓았다.

포와로는 입속으로 중얼거렸다.

"아이들이 노래하는 영국 동요에 분명히 이런 것이 있었지.

마음이 비뚤어진 아가씨

당신은 정원을 어떻게 가꾸시나요?

새조개, 때죽나무,

베실꾸리 같은 것으로 테를 둘러서

한 연은 아니었던 것 같은데."

그는 곰곰이 생각해보았다.

"하지만 적어도 귀여운 아가씨가 한 명쯤은 나타나서 노래 가사가 현실로 나타날 듯도 한데."

과연 현관문이 열리고 모자를 쓰고 앞치마를 두른 깔끔한 젊은 하녀가 얼굴을 내밀고는, 앞뜰에서 답답하게 콧수염을 기른 외국인 신사가 큰소리로 혼자 중얼거리고 있는 것을 이상한 듯이 바라보았다. 푸르고 동그란 눈과 장밋빛 뺨을 가진 무척 귀여운 하녀였다.

포와로는 모자를 들어 올리고 정중한 말투로 말을 걸었다.

"실례합니다만, 애밀리아 배로비 양이 여기에 살고 계십니까?"

예쁘장한 하녀는 동그란 눈을 더욱 동그랗게 떴다.

"모르고 계신가요? 애밀리아 양은 돌아가셨습니다. 갑자기요. 화요일 밤에……."

하녀는 우물거렸다. 두 가지의 본능 사이에서 망설이는 것이 분명했다. 하나는 외국인에 대한 불신감, 또 하나는 그녀와 같은 계층에 있는 사람이면 누구나 갖고 있는 감정, 다른 사람의 병이나 죽음 같은 것을 들려주는 데서 오는 야릇한 즐거움이었다.

"너무나 놀라운 일인데요"

별로 놀라지도 않으면서 에르퀼 포와로가 말했다.

"오늘 찾아뵙기로 약속했었는데. 그럼, 여기 사시는 또 다른 부인을 뵙게 해주시지요"

젊은 하녀는 좀 미심쩍어하면서 말했다.

"마님 말씀인가요? 말씀은 전하겠습니다. 하지만 만나주실지 모르겠군요"

"만나보겠다고 하실 겁니다."

포와로는 그렇게 말하고 명함을 꺼내주었다. 포와로의 위엄있는 어조는 효과가 있었다. 장밋빛 뺨을 한 하녀는 쩔쩔매며 포와로를 홀 오른쪽에 있는 응접실로 안내하고는 명함을 들고 여주인을 부르러 갔다.

에르퀼 포와로는 실내를 둘러보았다. 진황색 벽지, 천정 가까이 둘러친 프리즈, 어렴풋한 색채의 크레톤 사라사 벽걸이, 장밋빛 쿠션과 커튼, 거기에 꽤 많은 도자기 장식품, 영국 가정이라면 어디에서나 볼 수 있는 틀에 박힌 응접실이며, 특히 눈을 끌 만한 분명한 개성을 나타내는 것은 하나도 없었다.

지극히 민감한 포와로는 자기를 보고 있는 시선을 느끼고 갑자기 뒤돌아보았다. 아가씨가 혼자 프랑스풍의 문 앞에 서 있었다. 몸집이 작고 얼굴색이 좋지 않았으며, 새까만 머리칼에 의심 많은 눈을 하고 있었다.

그녀가 방 안으로 들어오는 것을 보고 포와로가 가볍게 고개를 숙이자 아가씨가 별안간 퉁명스럽게 말했다.

"왜 오셨지요?"

포와로는 대답하지 않았다. 눈썹을 조금 치켜 올렸을 뿐이었다.

"변호사는 아니시죠, 그렇죠?"

유창한 영어이긴 했지만 그녀를 영국인으로 보는 사람은 없을 것이다.

"변호사가 아니면 안 될 이유라도 있소, 아가씨?"

그 아가씨는 불쾌한 얼굴로 그를 쳐다보면서 말했다.

"그럴지도 모른다고 생각했을 뿐이에요. 이러다가 언젠가는 누군가가 찾아와서, '그분은 자신이 한 일의 참뜻을 알지 못했다.' 이런 말을 할 것이 아닌가 하는 생각을 하고 있었어요. 전에 그런 이야기를 들은 적이 있으니까요. 부당한 강제, 분명히 그런 말이었지요? 하지만 그건 틀렸습니다. 그분은 제게 돈을 주고 싶어 하셨어요. 그래서 저는 그것을 받았고……. 그럴 필요가 있다면 저도 변호사를 대겠어요. 돈은 제 것이에요. 그분이 그렇게 쓰셨으니까요. 그러니까 이렇게 되는 것이 당연한 일 아니겠어요?"

여자는 턱을 내밀고 눈을 번득였는데 그 모습은 무척 심술궂게 보였다.

문이 열리고 키가 큰 여인이 들어와서, "카트리나!" 하고 불렀다.

이 아가씨는 몸을 으쓱하고는 얼굴을 붉히며 뭐라고 중얼거리면서 프랑스식 문으로 나갔다.

단 한마디로 이 사태를 깨끗이 처리해 버리는 키 큰 여인에게 포와로는 얼굴을 돌렸다. 그녀의 목소리에는 권위와 모멸과 좋은 집안에서 자란 사람들이 지니고 있는 빈정거림이 엿보였다.

포와로는 대번에 이 여자가 이 집의 소유자인 메리 델라폰테인이라는 것을 알아차렸다.

"포와로 씨인가요? 제가 편지를 보냈는데 받아보시지 않았나요?"

"그러셨군요. 마침 제가 런던을 떠나 있었거든요."

"알았습니다. 그것으로 설명이 되는군요. 제 소개를 하지요. 제 이름은 델라폰테인입니다. 이쪽은 남편이고요. 배로비 양은 저의 이모님이 됩니다."

델라폰테인 씨는 너무 조용히 들어왔기 때문에 포와로는 들어온 줄도 몰랐었다. 백발이 섞인 키가 큰 사람이었는데, 태도는 지극히 분명치 않았다. 노상 신경질적으로 턱에 손가락을 가져가는 버릇이 있었다. 가끔 아내를 쳐다보는 것은, 어떤 종류의 이야기든지 아내가 나서서 해주기를 바라고 있기 때문일 것이다.

"불행한 일을 당하셔서 상심하고 계신 중에 폐를 끼치게 된 것을 용서하시기 바랍니다." 에르큘 포와로가 말했다.

"당신 탓이 아닌 것은 알고 있습니다."

델라폰테인 부인이 말했다.

"저의 이모님은 화요일 저녁에 돌아가셨습니다. 그건 정말로 뜻밖의 일이었습니다."

"예, 정말 뜻밖의 일이었지요." 델라폰테인 씨도 거들었다.

"우리에게는 커다란 충격이었고"

그의 시선은 외국 아가씨가 나간 프랑스식 문쪽을 향하고 있었다.

"실례합니다. 저는 이만 가보겠습니다."

에르큘 포와로가 말했다. 그는 일어나서 문쪽으로 한 발을 내디뎠다.

"잠깐!" 델라폰테인 씨가 말했다.

"당신은……, 그, 애밀리아 이모님과 약속이 있었다고 했나요?"

"그렇습니다."

"용건을 말씀해주시겠어요?" 그의 아내가 말했다.

"우리들이 할 수 있는 일이라면……."

"이것은 개인적인 성질의 것이어서……."

포와로는 그렇게 말한 뒤에 날카로운 어조로 덧붙였다.

"사실 저는 사립탐정입니다."

델라폰테인 씨는 만지고 있던 조그만 도자기 인형을 떨어뜨릴 뻔했다.

부인은 당황한 듯한 얼굴로 말했다.

"오, 탐정이라고요? 그런 당신이 이모님과 약속이 있었다고요? 상상이 안 되는군요!"

그녀는 포와로를 바라보았다.

"좀더 자세히 말씀해주실 수 없겠습니까, 포와로 씨? 그건……, 너무도 뜻밖의 일이군요"

포와로는 잠깐 입을 다물고 있었다. 그런 다음에 신중하게 말했다.

"부인, 저로서도 어찌해야 좋을지 선뜻 판단하기 어려운 상태라서요."

"이봐요, 당신……." 델라폰테인 씨가 입을 열었다.

"이모님이 러시아인에 대한 이야기를 하지 않았소?"

"러시아인?"

"그래요, 그래. 볼셰비키이지. 공산당원, 빨갱이, 그런 것들 말이오."

"헨리! 쓸데없는 말은 하지 말아요!"

부인이 말했다.

"미안, 미안, 이야기가 너무 뜻밖이라서."

델라폰테인 씨는 풀이 죽은 목소리로 말했다.

메리 델라폰테인은 포와로를 정면으로 쳐다보았다. 그 새파란 눈은 물망초 색을 띠고 있었다.

"자세한 이야기를 들려주시면 고맙겠습니다만, 포와로 씨. 저에게는 물을 만한 이유가 있기 때문입니다."

델라폰테인 씨는 경계하는 눈치였다.

"쓸데없는 말은 안 하는 것이 좋아, 특별히 무슨 까닭이 있는 것도 아닌 것 같은데."

부인은 또 강한 시선으로 남편의 입을 다물게 하고는 말했다.

"어떻습니까, 포와로 씨?"

에르퀼 포와로는 천천히 고개를 저었다. 분명히 유감스럽다는 느낌이 담겨 있기는 했지만 어쨌든 고개를 저으며 말했다.

"부인, 지금으로서는 아무 말씀도 드릴 수가 없을 것 같군요."

그러고는 인사를 하고 모자를 집어들고 문쪽으로 걸어갔다. 메리 델라폰테인도 홀까지 따라나왔다.

현관 앞까지 와서 포와로는 걸음을 멈추고 그녀를 보았다.

"부인께서는 원예를 즐기는 것 같군요."

"제가요? 아, 예, 정원을 손질하는데 꽤 시간을 보내고 있습니다."

"그건 좋은 일이지요."

다시 한 번 머리를 숙여 인사하고 그는 문을 향해 성큼성큼 걸어갔다. 문을 지나서 오른쪽을 흘끗 보았다. 그는 거기서 두 가지, 그의 관심을 끄는 것을 보았다. 2층 창문에서 그를 내려다보고 있는 병색을 띤 얼굴과 거리의 반대쪽을 군인 같은 자세와 태도로 왔다 갔다 하고 있는 사나이였다.

에르퀼 포와로는 혼잣말로 중얼거렸다.

"결정적이군. 이 구멍에는 분명히 쥐가 있어! 그렇다면 고양이는 이 시점에서 어떻게 해야 하지?"

그는 우선 가까운 우체국에 가보기로 했다. 거기서 전화를 두세 군데 걸어보고는 만족할 만한 좋은 결과를 얻은 듯했다. 이어서 그 길로 차먼스 그린 경찰서로 가서 심스 경감을 만나보기로 했다.

꽤나 뚱뚱한 심스 경감은 그를 친절하게 맞아주었다.

"포와로 씨지요? 예, 그렇게 보이는군요. 방금 군 경찰서장으로부터 전화로 당신이 오신다는 말을 들었습니다. 내 방으로 가시지요."

문을 닫고 경감은 손으로 포와로에게 의자를 권하고는 자신도 의자에 앉아서 이 방문객을 날카롭게 살피고 있었다.

"상당히 빨리 현장에 출동하셨군요, 포와로 씨. 우리가 낌새를 알아차리기도 전에 로즈뱅크 사건의 조사에 나서다니 정말 두 손 들었습니다. 대체 어디서부터 짐작을 하셨습니까?"

포와로는 받은 편지를 꺼내어 경감에게 건네주었다. 경감은 그것을 상당히 흥미 있게 읽어나갔다. 그러고는 말했다.

"이거 재미있군요. 다만 곤란한 것은 이건 여러 가지 뜻으로 받아들일 수가 있다는 겁니다. 좀더 분명하게 썼더라면 수고를 훨씬 덜 수 있었을 텐데. 안타깝군요."

"하지만 우리의 도움이 필요하지 않았을지도 모릅니다."

"무슨 뜻이지요?"

"그녀는 죽지 않아도 되었을는지도 모르지요."

"거기까지 생각하셨습니까? 그렇군요. 그랬을는지도 모르겠군요."

"그래서, 경감님, 부탁입니다만, 사건의 경위를 들려주시지 않겠습니까? 사실 나는 아무것도 모르고 있어서요"

"좋습니다. 어렵지 않죠. 이 노부인은 화요일 저녁식사 뒤에 갑자기 용태가 나빠졌습니다. 아주 위급한 상태였지요. 경련, 발작, 그 밖에 여러 가지 증상으로 괴로워해서 바로 의사를 불렀습니다만 도착했을 때는 이미 죽은 뒤였습니다. 발작에 의한 사망이라고 생각되기도 했지만, 의사의 눈에는 좀 이상하게 보였는지 망설이는 기색을 나타내더니 무조건 사망증명서를 발급할 수는 없다고 하더군요. 그 저택의 가족들은 현재 그런 상태로 시체해부 결과만 기다리고 있는 형편입니다만, 우리가 알고 있는 것은 그보다는 조금 앞서 있습니다. 의사가 바로 귀띔해줘서, 그 의사와 경찰의가 함께 시체 해부를 했거든요. 그리고 그 결과는 아주 명백한 것이었습니다. 배로비 양의 사망은 다량의 스트리크닌이 원인이었습니다."

"흠!"

"정말 끔찍한 짓이죠. 문제는 누가 스트리크닌을 먹였는가 하는 점입니다. 사망 직전에 복용한 것은 분명하고, 처음에는 저녁 식탁의 요리에 넣었을 것이라고 보았습니다만, 이것은 솔직히 말해서 완전히 빗나가고 말았습니다. 그 사람들은 뚜껑이 딸린 수프 그릇에서 아티초크가 들어 있는 수프를 들었고, 생선 파이와 애플파이를 먹었을 뿐입니다."

"그 사람들이라면?"

"배로비 양, 델라폰테인 씨, 그리고 그의 부인, 이렇게 세 사람이지요. 배로비 양에게는 전속 간호사 역할을 하는 러시아계 혼혈 처녀가 있었지만, 그 처녀는 가족들과 함께 식사를 하지는 않습니다. 가족이 식당에서 나가고 난 다음에 남은 음식을 먹는답니다. 하녀도 하나 있습니다만, 그날 밤에는 외출 허락을 받아서 식사준비를 끝내고는 수프는 스토브 위에, 생선 파이는 오븐에 넣고, 애플파이는 식은 채 그냥 두고 외출했다고 하더군요. 요는 세 사람이 모두 같은 음식을 먹었고, 설사 그렇지 않다고 해도 그런 방법으로 스트리크닌을 먹일 수는 없을 거란 말입니다. 그 독약은 담즙처럼 혀를 찌를 만큼 쓰니까요. 의사 말로는 천분의 일로 희석해도 혀가 그 맛을 느낄 수 있다고 하더구면요"

"커피는?"

"커피라면 조금은 더 가능성이 있겠지요. 하지만 배로비 양은 커피를 마신 적이 없습니다."

"알았습니다. 정말 더할 수 없이 어려운 사건이로군요. 식사 때 그녀는 뭘 마셨나요?"

"물입니다."

"점점 더 어렵군."

"정말 골치 아픈 사건입니다."

"그런데 배로비 양 말입니다, 재산은 좀 있었나요?"

"안락한 생활을 해온 듯합니다. 그렇다고 정확한 숫자를 알아낸 것은 아닙니다만. 한편 내가 조사한 바에 의하면 델라폰테인 집안은 경제적으로 상당히 옹색한 형편인 것 같았습니다. 그 저택을 유지하는 데도 배로비 양의 상당한 도움이 있었던 거죠."

포와로는 살짝 미소를 짓고는 말했다.

"그러니깐 당신은 델라폰테인 씨 부부를 의심하고 있군요? 그래, 둘 중 어느 쪽이라고 생각하십니까?"

"어느 쪽을 특별히 의심하고 있달 수는 없지만 어쨌든 그들에게 뭔가가 있다고 생각합니다. 그 두 사람이 유일한 친척이니까요. 배로비 양이 죽고 나면 상당한 재산이 굴러들어올 것은 확실합니다. 그렇게 되면 인간의 본성이 움직이기 시작하니까요."

"그러니까 때로는 그것이 비인간적으로도 움직인다는 뜻이군요. 아니, 정말 말씀 그대로입니다. 그런데 배로비 양은 다른 것을 먹거나 마시지는 않았습니까?"

"그것이 사실은……."

"바로 그겁니다! 나도 느끼고 있습니다. 당신은 확실한 단서를 쥐고 있군요. 지금은 아무 말도 안 하지만……. 수프, 생선 파이, 애플파이, 바보 같은 짓이지! 당신은 이미 사건의 핵심에 다가서 있군요."

"핵심에 이르렀다고 할 순 없습니다만 사실은 배로비 양은 식사 전에 오블라토(전분으로 만든 얇은 원형 박편(薄片))에 싼 것을 먹었습니다. 캡슐도 아니고 알약도 아닌, 가루약을 오블라토에 싸서 말입니다. 소화를 위해서였던 것 같습니다만"

"좋은 정보를 주셨습니다. 오블라토에 싼다면 스트리크닌으로 바꿔치기하는 것도 문제없으니까요. 물과 함께 마셔버리면 맛도 느끼지 못하고 목구멍을 넘어갈 것이고 말입니다."

"말씀하신 대로입니다. 다만 문제는 그것을 준 것이 그 처녀라는 점입니다."

"러시아 아가씨 말입니까?"

"그렇습니다. 카트리나 리거라고 하죠. 그 아가씨는 잔심부름도 하고 또 배로비 양 전속 간호사이기도 해서 배로비 양에게서 꽤 여러 가지 귀찮은 지시를 받았던 것 같습니다. 저걸 갖고 오너라, 그걸 치워라, 이번에는 이쪽을 치워라, 등을 문질러라, 약을 만들어라, 약국에 다녀와라, 이런 식으로 말입니다. 그런 노부인을 전적으로 돌보고 있으면 얼마나 일이 많은지는 당신도 아실 겁니다. 노부인 쪽에서는 상냥하게 부리고 있는 것 같아도 실제로 그녀들이 필요로 하고 있는 것은 흑인 노예 같은 것이니까요"

포와로는 미소를 머금고 있었다.

심스 경감은 말을 계속했다.

"제가 말씀드리려는 것은 그런 이유로 해서 상상하시는 이상으로 그 아가씨는 배로비 양을 싫어했을 거라는 겁니다. 하지만 그렇다고 배로비 양에게 왜 독약을 먹였겠습니까? 배로비 양이 죽고 나면 그 아가씨는 실업자가 되는데요. 요즘 같은 세상에 새로 직업을 구한다는 것은 좀처럼 쉽지 않지요. 우선 그 아가씨는 간호사 자격증이 있는 것도 아니니까요."

"하지만, 오블라토가 들어 있는 통이 제대로 검사 되지 않았다면 그 집에서 사는 사람이라면 누구에게나 그럴 기회가 있었던 것이 되는군요."

포와로가 말했다.

"그 점이라면, 포와로 씨, 우리도 생각해보았습니다. 당신이니까 말씀드립니다만, 우리도 이미 조사에 착수했습니다. 물론 극비리에 말입니다. 마지막으로 쓰인 처방전은 언제 작성된 것인가, 평소 어디에 넣어두는가? 인내와 노력을 필요로 하는 일입니다만, 최후의 승리를 얻기 위해서는 결국 이것이 최상의 길이지요. 거기에 배로비 양의 고문 변호사 문제도 있습니다. 그 사람은 내일 만나보기로 했지요. 다음에는 은행지점장……, 할 일은 무척 많습니다."

포와로는 일어섰다.

"그런데 심스 경감님, 부탁이 하나 있습니다. 앞으로 일의 진행 상태를 간단히라도 알려주시면 고맙겠는데요. 이것이 내 전화번호입니다."

"알았습니다, 포와로 씨. 한 사람 머리보다는 두 사람 머리가 낫다고 하니까요. 당신도 이런 편지를 받았으니 사건 수사에 뛰어들 의무가 있다고 해야겠군요."

"끝까지 친절히 대해 주셔서 정말 고맙습니다, 경감님."

포와로는 정중하게 악수를 하고 밖으로 나갔다.

다음 날 오후 포와로를 찾는 전화가 걸려왔다.

"포와로 씨지요? 심스 경감입니다. 그 사건 말인데요, 뜻밖의 사실을 알게 되었습니다. 앞으로 재미있게 됐습니다."

"무슨 일인가요? 말씀해보시지요"

"먼저 말씀드릴 것은, 이것이 꽤 중대한 문제인데 B양의 유산은 조카에게는 조금만 남겨주었을 뿐이고, 나머지 전액은 K에게 돌아갑니다. 유언장에 K의 헌신적인 보살핌을 생각해서라는 식으로 쓰여 있다는 겁니다. 이제 모든 사정을 알게 되었습니다."

포와로는 눈앞에 어떤 모습이 떠올랐다.

우울해 보이는 얼굴, 열변을 토하는 듯하던 처녀.

"돈은 제 것이에요. 그분이 그렇게 쓰셨으니까요. 그러니까 이렇게 되는 것이 당연한 일 아니겠어요?"

유언장이 발표되어도 카트리나는 놀라지 않겠지, 이미 알고 있으니까.

심스 경감의 목소리가 이어졌다.

"두 번째는 K 말고는 아무도 오블라토에 손을 댄 사람이 없었답니다."

"분명합니까?"

"그 점은 그 아가씨 자신도 부인하지 않습니다. 이 점을 어떻게 생각하십니까?"

"대단히 재미있군요."

"우리에게는 한 가지 더 필요한 것이 있습니다. 스트리크닌이 어떤 경로를 거쳐서 그녀의 손에 들어갔는지, 그 증거입니다. 그러나 그것은 어렵지 않을 것으로 생각합니다."

"하지만 지금으로서는 아직 증거를 잡은 것이 아니잖습니까?"

"곧 잡게 될 겁니다. 검시심문이 오늘 아침에 있었지요."

"어땠습니까?"

"1주일 연기되었습니다."

"그래, 그 젊은 여자, K는?"

"일단 용의자로서 유치해두었습니다. 만일의 경우를 대비해서 말이지요. 다시 말하자면 혹시 공범자가 있을지도 모르고, 그가 그녀를 빼돌릴는지도 모르기 때문이지요."

"아니, 그런 일은 없을 겁니다. 그 아가씨에게는 친구가 없어요."

"그럴까요? 하지만, 포와로 씨, 거기에 무슨 증거라도 있습니까?"

"아니, 그렇게 생각되었을 뿐이오. 그래, 다른 것은?"

"중요한 의미가 될 만한 것은 그게 전부입니다. 다만 요즘 B양은 주식에 손을 댄 듯한 흔적이 있었는데, 상당히 많이 손해를 본 것으로 생각됩니다. 이것 또한 흥미 있는 사실이지요. 그러나 사건의 줄거리와 어떤 관계를 갖고 있는지 확실하게는 모르겠습니다. 아마도 현재로서는 사건과 관계가 없다고 봐도 좋을 겁니다만."

"그렇군요. 당신 생각이 틀림없겠지요. 일부러 전화를 주셔서 정말 고맙습니다."

"인사를 받게 되면 이쪽에서 오히려 미안해집니다. 약속은 지키는 사람이라는 것만 알아주기 바랍니다—게다가 당신이 흥미를 느낄 것 같아서요. 사건이 마무리될 때까지는 당신의 도움이 필요할 텐데. 그때는 잘 봐주십시오."

"그런 말씀을 해주시니 나도 으쓱해지는군요. 가령 내 손으로 카트리나의 공범자라도 잡게 된다면 도움이 되겠군요."

심스 경감은 놀라서 말했다.

"분명 당신은 카트리나에게는 친구 같은 것은 없다고 말씀하신 것 같은데요?"

"내 실수였습니다." 에르큘 포와로가 말했다.

"그녀에게는 친구가 한 명 있었어요."

경감은 다시 질문을 하려고 했지만 포와로는 수화기를 내려놓았다.

그런 다음 그는 찌푸린 얼굴로 레몬 양이 타자기를 치고 있는 옆방으로 들어갔다. 그녀는 고용주의 발걸음 소리를 듣고는 키에서 두 손을 떼고 무슨 일이냐는 듯이 그를 올려다보았다.

"아아, 레몬 양. 부탁이 있소." 포와로가 말했다.

"당신이 주인공이 되었다고 가정하고 이 이야기를 생각해봤으면 좋겠소."

레몬 양은 단념한 듯한 표정으로 두 손을 무릎 위에 내려놓았다. 그녀로서는 타이프를 치고 청구서를 지불해주고 서류를 정리하고 만날 사람과의 약속을 메모해두는 일에는 흥미가 있었지만, 그녀 자신이 공상적인 위치에 앉아서 상상력을 동원한다는 것은 더없이 우울한 일이었다. 그러나 이것도 근무에 속하는 의무의 일부라고 생각했는지 마지못해 승낙했다.

"당신은 러시아 처녀요."

포와로는 시작했다.

"예." 레몬 양은 되도록 영국인답게 보이면서 대답했다.

"당신은 이 나라에서 친구도 없이 외롭게 살아가고 있소. 그런데도 러시아에는 돌아가고 싶지 않은 이유를 여러 가지 갖고 있지. 현재 어떤 노부인의 시중꾼이고 간호사이며 말동무이기도 한 그런 일에 종사하고 있소. 이것저것 하는 일이 많은 힘든 역할이지만 원만히 잘해 나가고 있고, 불평 한마디 하지 않고 있소."

"예."

레몬 양도 또한 순순히 대답은 했지만, 그녀 자신은 어떤 노부인이 되든 그런 사람의 상대가 되면 도저히 순순히 복종하게 될 것 같지는 않았다.

"그 노부인이 당신에게 마음 깊이 호감을 갖게 되어 유산을 고스란히 물려주려고 마음먹었소. 그래서 그 말을 당신에게 해주었소."

포와로가 거기서 말을 잠깐 멈추자 레몬 양은 다시 한 번, "예." 하고 대답했다.

"그런데 거기서 노부인은 어떤 새로운 사실을 발견하게 되었소. 아마 돈에 대한 문제라고 생각되는데, 당신이 반드시 노부인에게 충실하기만 한 것은 아니었다는 사실을 발견했다고 합시다. 아니, 어쩌면 훨씬 더 심각한 문제일지도 모르는, 맛이 이상한 약을 먹였다든가 몸에 해로운, 즉 독이 되는 식사를 주었다거나 한 거요. 어찌 되었든지 노부인은 어떤 이유로 해서 당신에게 의혹을 품기 시작했소. 그리고 마침내 명망 있는 사립탐정(요컨대 이 세상에서 가장 유명한 사립탐정), 그것은 나를 말하는 것이지만, 그에게 편지를 보냈소.

그 얼마 뒤에 내가 그 노부인을 방문하기로 했지. 그것이 불에 기름을 부은 결과가 되어 그녀의 중대한 행동을 재촉하게 되었소. 명탐정이 도착했을 때는 이미 노부인은 죽은 뒤였고, 재산은 당신 손에 들어가 있소……. 어떻소, 이상과 같은 경위는? 합리적인 줄거리라고 생각되오?"

"예, 아주 합리적이군요." 레몬 양이 말했다.

"러시아인으로서는 대단히 합리적인 행동입니다. 하긴 저 개인으로서는 처음부터 그런 일자리는 사양하겠지만요. 제가 바라는 일자리는 일의 범위가 한정되어 있는 곳이어야만 하거든요. 그리고 사람을 죽인다는 것은 물론 꿈에도 생각할 수 없습니다."

포와로는 한숨을 쉬었다.

"역시 헤이스팅스가 없어서 안 되겠군. 그 친구라면 이런 경우에 그 풍부한 상상력을 동원할 수가 있는데. 워낙 로맨틱한 사람이니까! 실제로는 그 상상이 대부분은 적중이 안 되고 빗나가지만, 그렇기는 해도 참고는 될 수 있는데."

레몬 양은 입을 다물고 있었다. 헤이스팅스 대위에 대해서는 그전부터 들어왔지만 특별히 흥미를 느낀 적은 없었다. 그녀는 얼른 다시 일을 시작하고 싶어서 눈앞에 있는 타이프 용지를 바라보고 있었다.

"당신이 보기에는 합리적이라는 말이구먼?"

포와로는 중얼거리듯이 말했다.

"선생님은 그렇게 생각되지 않나요?"

"애석하지만 나도 그렇게 생각된단 말이야."

포와로는 다시 한숨을 쉬었다.

전화벨이 울리자 레몬 양이 전화를 받기 위해 방에서 나갔다. 그녀는 돌아오더니, "또 심스 경감님의 전화입니다."라고 말했다.

포와로는 얼른 전화 앞으로 달려갔다.

"여보세요, 어떻게 됐습니까?"

심스의 목소리가 들려왔다.

"스트리크닌을 싸둔 것이 발견되었습니다. 그 아가씨의 침실에서 말입니다. 매트리스 밑에 숨겨놓았더랍니다. 부하가 그 뉴스를 갖고 방금 돌아왔습니다. 이것으로 사건은 거의 해결이 된 것 같군요."

"그렇구먼. 나도 그렇게 생각합니다." 포와로가 말했다.

지금까지의 그의 목소리와는 달리 확신을 갖고 있는 듯이 들렸다. 그는 전화를 끊고 책상 앞에 앉아서 거기 있는 물건들을 기계적으로 정리하면서 혼잣말로 중얼거렸다.

"뭔가가 잘못되었어. 분명히 그런 느낌이야, 아니, 느낌 같은 것이 아니야. 이 눈으로 그것을 본 것이 확실해. 회색 뇌세포, 정신 차려! 생각하고 다시 생각해봐! 모든 것이 논리적이고 질서정연하단 말인가? 그 아가씨……, 재산에 대한 걱정. 델라폰테인 부인. 그녀의 남편, 그 남편이 러시아인에 대한 말을 했고, 바보 같은 민족이라고 했지만, 그 사람은 똑똑한 편은 아니었어. 거기에 그 방, 정원……, 앗, 거기다! 정원!"

그는 긴장한 얼굴로 일어났다. 그의 눈은 초록빛으로 반짝이고 있었다. 그는 펄쩍 뛰듯이 옆방으로 달려갔다.

"레몬 양, 그 일은 그대로 두고 조사를 좀 해줘요."

"조사라고요, 포와로 씨? 저는 그 방면에는 별로 익숙지가 못한데요……."

포와로가 말을 가로막았다.

"언젠가 당신은 상인에 대해서라면 뭐든지 알고 있다고 했었지?"

"틀림없이 그렇게 말했죠."

레몬 양은 자신 있게 대답했다.

"그렇다면 문제는 간단해. 차먼스 그린으로 출장을 가서 생선가게를 찾아봐요."

"생선가게요?"

레몬 양은 의아한 얼굴로 되물었다.

"맞아요, 로즈뱅크 저택에 생선을 대주고 있는 생선장수를 찾아요. 찾거든 여기 적힌 대로 질문하도록 해요."

그렇게 말한 그는 종이 한 장을 그녀에게 건네주었다.

레몬 양은 그것을 받아들고 멍하니 보고 있다가 알겠다는 듯이 고개를 끄덕이고는 타자기의 뚜껑을 닫았다.

"나도 갑니다. 차먼스 그린까지 함께 갑시다. 당신은 생선가게로, 나는 경찰서로 가는 거요. 베이커가(街)에서라면 30분도 채 안 걸리는 곳이오."

목적지에 도착하니 뜻밖이라는 얼굴로 심스 경감이 맞아주었다.

"이거 정말 빠르군요, 포와로 씨. 전화로 통화한 지 불과 한 시간도 채 안 됐는데."

"부탁이 있어요. 카트리나, 분명히 그런 이름이었지. 그 아가씨를 만나보고 싶은데 허락해주시겠습니까?"

"카트리나 리거라고 합니다. 만나보도록 하십시오. 별 상관없습니다."

카트리나라는 아가씨는 얼마 전에 만났을 때보다 얼굴빛이 더 좋지 않았고, 더욱 우울한 얼굴을 하고 있었다.

포와로는 되도록 부드럽게 말을 걸었다.

"아가씨, 내가 적이 아니라는 것을 믿어주길 바라요. 그리고 사실 그대로를 말해주었으면 좋겠소."

그녀의 눈은 반항적으로 번득였다.

"전 사실만을 말했어요. 누구에게나 사실대로 말하고 있다고요! 그분이 독살되었다고 해도 독을 넣은 것은 제가 아니에요. 모두 잘못된 거예요. 당신들은 제가 재산을 차지하게 내버려두지 않으려는 거란 말이에요."

찢어지는 듯한 목소리로 외치고 있는 것이 마치 궁지에 몰린 쥐 같다고 느껴졌다.

포와로가 말했다.

"아가씨, 싸두었던 스트리크닌에 대해서 말해줘요. 그것을 맡아 갖고 있었던 사람은 당신뿐이었소?"

"지난번에도 분명히 말했잖아요. 그건 그날 오후 약국에서 지어온 거라고요. 핸드백에 넣어서 돌아와서는—그게 마침 저녁식사하기 바로 전이었어요. 상자를 열고 그 약 봉투 하나를 물 한 컵과 함께 배로비 양에게 드렸습니다."

"당신 말고는 아무도 손댄 사람이 없군요."

"예, 없어요."

궁지에 몰려 있는 쥐는, 용기를 짜내어 말했다.

"그리고 배로비 양은 저녁식사로 우리가 알고 있는 그것들 말고는 먹은 것이 없다고 했지요? 수프, 생선 파이, 애플파이뿐이지요?"

"예."

절망적인 '예'였다. 어두운 그 눈, 어느 구석에서도 빛을 찾아볼 수 없는 눈이었다.

포와로는 그녀의 어깨를 두드려 주면서 말했다.

"힘내요, 아가씨. 머지않아 자유의 몸이 될 거요. 그리고 재산도, 안락한 생활도."

그녀는 의심스러운 눈빛으로 그를 바라보았다.

그가 면회실을 나서자 심스 경감이 말을 걸어왔다.

"당신의 전화에 대한 이야기인데요, 나는 이해할 수가 없군요. 그 아가씨에게 친구가 있다고 말씀하셨는데."

"그녀에게도 친구가 꼭 한 사람 있어요. 바로 납니다!"

에르큘 포와로는 그렇게 말하고는 어리둥절해 있는 경감을 남겨두고 경찰서를 빠져나왔다.

그린 캣 다방에서 만나기로 한 레몬 양은 잠시 뒤에 나타났다. 그리고 그녀의 보고는 곧바로 요점으로 들어갔다.

"주인 이름은 러지라고 하는데 큰 길가에 가게가 있더군요. 선생님이 생각하시던 그대로 분명히 한 다스 반을 팔았다고 했어요. 여기 그 남자가 한 말을 그대로 적어왔습니다."

그녀는 그것을 포와로에게 건네주었다.

"이거다. 이거야!"

만족해하는 소리가 마치 고양이가 골골거리는 소리와 비슷했다.

에르퀼 포와로는 로즈뱅크 저택으로 갔다. 앞뜰에 들어서니 이미 해는 저녁노을을 드리우고 있었다.

메리 델라폰테인이 집에서 나와 놀란 목소리로 말했다.

"어머, 포와로 씨! 또 오셨군요?"

"예, 또 왔습니다."

포와로는 잠깐 말을 멈췄다가 다시 말했다.

"부인, 처음 제가 찾아봤을 때 들은 동요가 떠올랐습니다.

'마음이 비뚤어진 아가씨

당신은 정원을 어떻게 가꾸시나요?

새조개, 때죽나무,

베실꾸리 같은 것으로 테를 둘러서'

그러나 부인, 그것은 새조개가 아니고 굴 껍데기였군요."

그는 손가락으로 굴 껍데기를 가리켰다.

당황한 그녀의 마른 침 삼키는 소리가 들리는 듯했다. 잠시 뒤 그녀는 입을 다문 채 눈으로 묻고 있었다.

포와로는 고개를 끄덕이며 말했다.

"그렇습니다. 나는 알고 있지요. 하녀는 식사 준비를 마치고 외출했습니다. 하녀 카트리나는 당신들이 먹은 것은 그들이 말한 그것뿐이라고 증언하게 되었지요. 당신이 상냥한 이모님을 위해서 그녀가 좋아하는 굴을 한 다스 반이나 사가지고 돌아온 것은 당신과 남편 말고는 아무도 몰랐던 겁니다. 굴속에 스트리크닌을 넣는 건 쉬운 일이지요. 굴은 단숨에 삼키는 것이니까. 이렇게 말입니다. 그러나 껍질은 남게 마련이지요. 그렇다고 그대로 둘 수는 없었 겠고. 하녀의 눈에 띄면 안 되니까 말입니다.

그래서 당신은 이것을 화단의 장식처럼 테를 두르는 데 쓰기로 한 거지요. 하지만 그러기에는 수가 너무 모자랐습니다. 그래서 테두리는 미완성인 채 끝 나버린 거지요. 결과는 실패였습니다. 애써 좌우균형이 잡혀 있었던 멋진 정원 이 그것 하나로 망가지고 말았으니까 말입니다. 이 몇 개의 굴 껍데기가 한 외국인의 주의를 끌었던 겁니다. 처음 찾아왔을 때 이것이 내 눈에 거슬렸거 든요.”

메리 델라폰테인이 말했다.

“그 편지로 추측하게 된 거로군요. 저도 이모님이 편지를 보내신 것은 알고 있었어요. 하지만 어느 정도까지 말씀하셨는지는 모르고 있었죠.”

포와로는 대답을 얼버무렸다.

“나는 이것이 가족 간의 문제인 줄은 알고 있었습니다. 이것이 카트리나에 관한 것이었다면 그렇게까지 숨길 필요는 없었으니까요. 나는 알고 있습니다. 당신이나 당신 남편은 자신의 사업을 위해서 배로비 양의 주식에 손을 댔습니 다. 그것을 그녀가 눈치 챘기 때문에······.”

메리 델라폰테인은 고래를 끄덕이며 말했다.

“우리는 오랫동안 그렇게 해왔어요. 조금씩이었지만. 이모님이 알아차렸을 줄은 전혀 몰랐죠. 나중에야 이모님이 사립탐정에게 편지를 보낸 것을 알았습 니다. 그뿐만 아니라 재산을 카트리나에게 물려준다는 유언장을 만든 것도, 그 쥐새끼 같은 계집아이에게······.”

“그래서 스트리크닌을 카트리나의 침실에 가져다 놓았군요? 알았습니다. 그 것으로 모든 것이 설명되는군요. 당신은 자신과 남편의 죄가 내게 발견될까 봐 아무것도 모르는 처녀에게 살인죄를 뒤집어씌웠습니다. 부인, 당신은 그 처 녀가 가엾지도 않았나요?”

메리 델라폰테인은 어깨를 으쓱했다. 그 푸른 눈은 물망초 색을 띤 채 포와 로의 눈을 보고 있었다.

그는 처음 이 저택을 찾아오던 날 그녀의 연기가 참으로 완벽했던 일, 남편이 일부러 실수를 저질렀던 일들을 떠올랐다. 수준 이상의 여자, 그러나 비인간적인 여자였다.

그녀가 말했다.

"가엽다고요? 그 뱃속 검고 파렴치한 생쥐가?"

그녀는 분명히 분노에 떨고 있었다.

에르퀼 포와로는 조용히 대답했다.

"부인, 나는 이렇게 생각합니다. 당신은 지금까지 오직 두 가지밖에는 사랑한 적이 없습니다. 하나는 당신 남편이고……."

그녀의 입술이 떨리고 있었다.

"또 하나는, 당신의 정원."

포와로는 주위를 둘러보았다. 화단의 꽃을 바라보며 그는 자기가 한 일, 지금부터 하려는 일을 원망하지 말아 달라고 꽃에게 빌고 있는 듯했다.

폴렌사 만의 사건

그날 아침 일찍 바르셀로나(스페인의 항구도시)에서 마요르카 섬(스페인 동쪽 지중해의 섬)으로 가는 배가 섬의 수도 팔마에 도착했다.

파커 파인은 섬에 발을 내딛는 순간부터 환멸을 느껴야 했다. 호텔은 어디고 할 것 없이 만원이었다. 겨우 찾아낸 것이 거리 중심지에 있는 호텔이었다. 안뜰밖에는 보이지 않는 벽장 같은 방이어서 바람도 제대로 들어오지 않았다. 이런 곳에 묵게 될 줄은 파커 파인 씨도 예상치 못했었다. 그러나 호텔 주인은 그의 실망 같은 것은 안중에도 없었다.

"마음에 드셨습니까, 이 방?"

호텔 주인은 이렇게 말하고 어깨를 으쓱했다.

팔마도 이젠 인기가 좋군! 환율시세가 유리하기 때문이기도 하겠지만 영국인, 미국인 할 것 없이 누구나 겨울철에는 마요르카로 몰려드는 것이다. 섬 안은 가는 곳마다 사람으로 가득 차 있었다. 영국 신사로서는 아무래도 방을 구하기가 어려울 성싶었다. 포멘토에라도 간다면 또 모르지만, 거기 또한 숙박료가 너무 비싸다. 주머니 두둑한 미국인들조차도 뒷걸음질치는 곳이다.

파커 파인은 커피와 롤빵으로 식사를 마치고 서둘러 대사원을 보러 갔지만 건축미를 감상할 기분은 아니었다.

그래서 친절한 택시 운전사를 붙잡고 의논했다. 그 남자는 어설픈 프랑스어에 그의 모국어인 스페인어를 섞어가며 솔레르, 알카디아, 폴렌사, 포멘토 등 유수한 호텔 이름을 꼽으며 그 장점을 설명하고는 방을 잡을 가능성은 충분하지만 다만 방값이 너무 비싸다고 했다.

파커 파인은 하는 수 없이 값이 비싸다면 어느 정도인지 물어보았다.

택시 운전사가 설명해주었다.

'그런 곳들은 방값을 치르기가 억울할 만큼 바가지를 씌우죠. 영국인이 이곳으로 놀러 오는 이유 중 하나가 호텔 값이 적당하고 싼 비용으로도 이용할 수 있기 때문이라는 것을 그 사람들은 모르나 봐요.'

파커 파인은 고개를 끄덕이며 물었다.

"그런데 포멘토에 묵는다면 돈을 얼마나 더 내야 합니까?"

"그야 엄청난 값이죠."

"그렇겠지, 하지만 구체적으로 얼마라는 겁니까?"

운전사는 그때야 그 액수를 말했다. 예수살렘과 이집트의 호텔에서 바가지를 쓴 적도 있어서 파커 파인은 그 값을 듣고도 놀라지는 않았다.

일단 의논이 끝나자, 운전사는 파커 파인의 여행가방을 아무렇게나 택시에 실었다. 마지막 목적지를 포멘토로 정했지만 섬을 한 바퀴 돌면서 도중에 좀더 싼 호텔이 없는지 찾아보기로 하고 택시는 부지런히 달렸다. 그러나 부호들이 주로 이용하는 종착점의 호텔까지는 가지 않아도 되었다.

빽빽하게 집이 들어찬 거리를 지나, 해안을 따라 이어진 길가에서 피노 도로라는 호텔을 발견했기 때문이다. 그곳은 바다로 뛰어들려는 듯이 서 있는 조그만 건물로서, 아침 안갯속에 떠오른 그 모습이 마치 한 폭의 그림을 연상케 했다.

파커 파인은 한눈에 여기다, 하는 생각이 들었다. 찾고 있었던 곳이 바로 이곳이라는 생각이 들었던 것이다. 그는 택시를 세우고 빈방이 있기를 빌면서 페인트로 단장한 문에 들어섰다.

호텔을 경영하고 있는 중년부부는 영어도 프랑스어도 할 줄 몰랐다. 그러나 결과는 만족할 만한 것이었다. 파커 파인은 바다를 내려다볼 수 있는 방을 빌리게 된 것이다. 택시 운전사는 여행가방을 날라오면서 그 '최신식 호텔'의 바가지를 쓰지 않게 되어 다행이라고 말하며 요금을 받고는, 스페인식으로 요란하게 인사를 하고 떠났다.

파커 파인은 시계를 보고 이제 겨우 10시 15분 전이라는 것을 알고는, 눈부신 아침 햇살을 받고 있는 조그만 테라스로 나가 그날 아침의 두 번째 커피와 롤빵을 주문했다.

테라스에는 테이블이 네 개 있었다. 파커 파인의 것과 이제 막 식사가 끝나 접시를 치우고 있는 것, 다른 두 곳은 손님이 차지하고 있었다. 파인의 가까이에 있는 테이블에는 아버지와 어머니, 그리고 꽤 나이가 들어 보이는 두 딸, 이렇게 넷으로 된 독일인 가족이 있었고, 그 너머 테라스 구석에는 분명히 영국인으로 보이는 모자(母子)가 자리하고 있었다.

어머니는 쉰다섯 살 정도. 백발이 섞였지만 곱게 빗어 넘긴 머리였다. 유행을 쫓는 차림새는 아니었지만 고상한 감각의 트위드 천으로 된 코트와 스커트를 입고 있었고, 해외여행에 익숙해진 영국 여인다운 침착성이 몸에 배어 있었다. 맞은편 의자에 앉아 있는 청년은 스물다섯 살쯤 되어 보였는데, 그 또한 사회적 계층과 나이에 어울리는 복장을 하고 있었다.

미남은 아니었지만, 그렇다고 보기 싫은 얼굴도 아니다. 키는 너무 크지도 작지도 않았다. 모자 사이가 좋다는 것은 보이는 것만으로도 알 수 있었다. 두 사람은 가벼운 농담을 나누며 웃고 있었다.

그들이 이야기하던 중에 어머니의 눈이 파커 파인의 눈과 마주쳤다. 그녀는 세련된 솜씨로 곧 그 시선을 피했지만 그 짧은 시간에도 파인을 관찰하고 그에 대한 평가를 이미 마친 것이 분명했다.

그를 영국인으로 추측하고, 언젠가는 스스럼없이 말을 걸어오겠지.

파커 파인에게는 그런 것에 특별히 군소리를 할 이유는 없었다. 외국에서 만나게 되는 동포는 남자든 여자든 그를 지루하게 하는 경우가 많았지만, 그래도 그는 되도록 상냥하게 대해 주곤 했었다.

지금도 또 그런 기분이다. 이 조그만 호텔에서 그렇게 하지 않고는 서먹서먹함을 피할 수 없기 때문이다. 그리고 이런 경우 그 부인은, 이른바 '호텔에서의 매너'를 갖춘 것이 틀림없었다.

청년은 의자에서 일어나 웃으면서 뭐라고 말하고는 호텔 안으로 들어갔다. 부인은 우편물과 핸드백을 들고 일어나 바다를 향해 놓여 있는 다른 의자로 가서 앉고는 '콘티넨털데일리 메일' 지(紙)를 펼쳐들었다. 파커 파인에게는 등을 보이게 된 셈이었다.

커피를 다 마신 파커 파인은 부인 쪽을 보았다. 순간 그의 몸이 굳어졌다.

불안을 느꼈던 것이다—모처럼의 휴가를 조용하게 보내게 되기를 바랐었는데 뜻밖의 불안이!

그녀의 등 뒤에 무서운 의혹의 그림자가 어른거리고 있었던 것이다. 그는 지금까지 많은 등을 바라보며 그것을 분류해왔다. 그 굳은 자세는 긴장을 나타내고 있었고, 얼굴을 보지 않아도 눈물을 참고 있다는 것을 알 수 있었다. 이 부인은 온 힘을 다해 자신을 지탱하고 있는 것이다.

사냥꾼에게 쫓기는 것이 버릇이 된 짐승처럼 파커 파인은 조심스럽게 호텔 안으로 들어갔다. 30분쯤 전에 그는 프런트에서 숙박부에 사인을 했었다. 지금도 거기 펼쳐진 채 놓여 있는 숙박부에는 단정한 펜글씨로 '파커 파인, 런던'이라고 서명되어 있었다. 그 몇 줄 위에 다음과 같이 쓰여 있었다.

'R. 체스터 부인, 배질 체스터—데븐셔 군(郡) 홈 파크'

파커 파인은 펜을 들어 재빨리 서명을 고쳤다. 조금 무리하게 보였지만, 크리스토퍼 파인으로 고쳤다. 이렇게 해두면 가령 R. 체스터 부인이 폴렌사 만에서 불행한 나날을 보내고 있다고 하더라도 그렇게 간단히 자기를 알아보고 어떤 의논을 해오려고 하진 않겠지.

해외에서 만나게 되는 대부분의 동포가 그의 이름을 알고 있었다. 그리고 그가 낸 신문 광고를 못 보고 넘어가는 일은 거의 없었다. 그것은 참 이상한 현상으로, 본국에 있을 때는 몇천이나 되는 사람들이 매일 타임스지를 읽고 있으면서도 파커 파인을 알고 있느냐고 물으면 그런 이름은 지금껏 한 번도 들은 적이 없다고 솔직하게 대답한다. 그런데 일단 고국을 떠나고 보면 어떤 신문 기사라도 빼놓지 않고 꼼꼼하게 읽는 탓인지 그가 낸 광고도 반드시 읽는 것이었다.

지금까지도 그는 모처럼의 휴가를 몇 번이나 망쳤었다. 살인에서 협박 미수까지 온갖 사건을 다 가져왔다. 그래서 그는 이 마요르카 섬에서는 어디까지나 조용히 지내고 싶다고 자신에게 다짐하고 있었는데, 그 부인의 등을 보자 조용하길 바라는 그의 생각이 흔들리게 됨을 본능적으로 느꼈던 것이다.

파커 파인은 피노 도로 호텔에 짐을 풀게 되어 천만다행이란 생각이 들었다. 그렇게 멀지 않은 곳에 마리포사라는 비교적 큰 호텔이 있었고, 거기에는 꽤 많은 영국인이 묵고 있었으며, 또 가까이에 예술가 부락이라는 곳도 있었다. 바다를 따라 어촌까지 걸어가면 술집도 있고 해서 이야기 상대도 궁하지 않았다. 쇼핑할 수 있는 상점도 몇 집 있었다.

모든 것이 평화롭고 쾌적한 곳이었다. 젊은 여자들은 바지차림으로 어깨에 화려한 색깔의 스카프를 쓴 차림으로 '술집 맥'에 모여 앉아 조형적(造型的) 가치라든지 추상파 같은 것에 대해서 토론하고 있었다.

파커 파인은 도착한 다음 날 체스터 부인이 말을 걸어와서 그곳에서 바라보이는 전망에 대해 이야기며, 당분간은 좋은 날씨가 이어질 것 같다는 등, 다시 말하자면 인사처럼 하는 말을 주고받았다. 그런 다음에 그 부인은 독일 부인과 뜨개질에 대한 이야기를 나누었고, 이어 두 사람의 덴마크 신사와 최근의 우려할 만한 정국에 대해 유쾌한 듯 토론을 벌였다. 이 두 외국 신사는 새벽부터 일어나 11시가 되도록 산책으로 시간을 보내는 습관이 있었다.

파커 파인이 보기에 배질 체스터는 착실한 청년 같았다. 그는 파커 파인에게 정중하게 대했고, 윗사람의 말은 무엇이나 경청했다. 가끔 이 세 사람의 영국인은 저녁식사 뒤에 커피를 함께 마시기도 했다.

세 번째 날 저녁 차를 마신 지 10분쯤 지나 배질이 자리를 떴기 때문에 파커 파인은 체스터 부인과 마주앉은 꼴이 되었다. 두 사람은 화초재배에 관한 이야기에서부터 환율시세의 하락으로 프랑스에서의 생활이 어렵게 되었다는 이야기, 이제는 저녁식사 뒤에 차도 못 마시게 되었다는 등 억지로 화제를 이어나가고 있었다.

매일 밤 일어나는 사실이었는데, 아들이 곁에서 떠나고 나면 부인은 언제나 입술을 떨곤 하는 것이었다. 그러나 재빨리 그것을 감추어 남에게 그런 자신을 보이지 않으려고 했지만 파커 파인의 눈을 벗어날 수는 없었다. 방금도 그와 똑같은 몸짓 뒤에 아무 일도 없었던 것처럼 부인은 여러 가지 화제를 즐기고 있는 것이었다.

그러나 부인의 이야기는 조금씩 배질의 이야기로 옮겨갔다. 학교 성적이 얼마나 좋았는지에 대한 이야기, 누구에게나 귀여움을 받았고, 아버지가 살아 있었더라면 얼마나 자랑스러워했을는지 모른다는 이야기, 부인 또한 배질이 단

한 번도 다른 젊은이들처럼 거칠게 군 적이 없었던 것을 고맙게 생각한다는
둥……

"물론 나는 그 아이에게 젊은 친구들과 사귀도록 권하고 있답니다. 하지만
솔직히 말해서 그 아이는 나와 함께 있는 것이 더 좋은가 봐요."

부인은 겸손한 척하면서도 자식 자랑을 하는 것이었다.

그러나 파커 파인은 마음만 먹으면 언제라도 할 수 있는 맞장구는 그만두
고 다음과 같이 말했다.

"정말 그렇군요. 이곳에는 젊은 사람들이 꽤 많은 것 같군요. 호텔이 아니고
이 부근 말입니다만."

그 순간 체스터 부인의 얼굴이 긴장으로 굳어지는 것을 파인의 눈은 놓치
지 않았다. 부인도 말했듯이 분명히 '예술가'들은 많이 있었다. 그녀의 생각이
낡은 탓인지 진짜 예술가와는 달라 보였지만 어쨌든 많은 청년들이 아무 일도
하지 않고 빈둥거렸으며, 여자들은 여자들대로 놀랄 만큼 술을 퍼마셨다.

그 다음 날 아침 배질이 파커 파인에게 말을 걸어왔다.

"당신이 계셔서 정말 다행이라고 생각합니다. 특히 어머니를 위해서 말이죠.
어머니는 저녁식사 뒤에 당신과 대화하는 것을 낙으로 삼고 계시거든요."

"당신네들은 여기 와서 처음엔 뭘 하고 지냈나요?"

"솔직히 말하면 어머니와 둘이서 피켓(둘이서 하는 트럼프 놀이)을 했죠."

"그랬었군."

"물론 금방 싫증이 나버렸습니다. 그래서 저는 여기서 친구를 몇 사람 사귀
었지요. 굉장히 명랑하고 재미있는 친구들이랍니다. 하지만 어머니 마음에 드
는 친구라고는 생각되지 않아서……."

그는 웃었다. 그것 또한 재미있는 일이라는 듯이.

"어머니는 놀랄 만큼 구식이셔서, 바지를 입은 아가씨만 봐도 충격을 받는
답니다."

"그렇겠지."

파커 파인도 고개를 끄덕이며 말했다.

"나는 어머니에게 말씀드렸지요. 시대가 변했다는 것을 좀 생각하시라고요.

우리 주위에 있었던 아가씨들은 정말 견딜 수 없을 정도로 답답한 여자들뿐이
라서……."

"알 만해."

이 청년의 말은 파인에게 흥미를 느끼게 했다.

그는 인생 드라마의 관찰자였기 때문이며, 다만 자기 자신은 그 무대에 등
장하는 것을 피하고 있을 뿐이었다. 그런데 거기에 파커 파인의 처지에서 보
면 최악이라고 할 사태가 발생했다. 그와 안면이 있는 수다쟁이 부인이 마리
포사 호텔에 숙박하게 된 것이다. 두 사람은 다방에서, 더구나 체스터 부인도
있는 자리에서 만나게 된 것이다.

수다쟁이 부인은 반가운 목소리로 말했다.

"어머, 파커 파인 씨! 그 유명한 파커 파인 씨가 애딜라 체스터와 함께 있
다니! 두 분은 서로 아는 사이였나요? 어머, 그랬군요. 같은 호텔에 묵고 계시
나요? 애딜라는 아나요, 이분이 둘도 없는 천재라는 걸? 세기의 경이(驚異)—어
떤 고민이라도 단번에 해결해버리신다고요! 어머, 모르셨어요? 들으셨을 텐데,
이분의 광고, 읽은 적이 없나요? '고민이 있으신 분은 파커 파인 씨와 의논하
십시오.'라는 광고 말이에요. 이분이 해결 못하는 일은 하나도 없답니다. 멱살
을 잡고 싸우던 부부도 이분이 중간에 끼어들면 금세 원만한 사이가 되며, 당
신이 사는 것에 흥미를 잃고 있다면 아주 스릴 있는 모험을 가르쳐 주는, 방
금도 이야기했듯이 마술사 같은 분이라고요!"

칭찬은 끝없이 이어졌다. 파커 파인은 가끔 어설픈 항의를 했다. 그를 보는
체스터 부인의 얼굴이 불쾌해 보인 탓도 있었기 때문이다. 그리고 더구나 부
인이 이 수다스러운 여자와 다정하게 이야기하며 해안을 따라 돌아가는 것을
보고는 완전히 두려움에 떨게 되었다.

파국은 예상보다 빨리 왔다. 그날 밤 커피를 마신 뒤에 체스터 부인이 갑자
기 말을 꺼냈다.

"파인 씨, 살롱까지 와주시겠어요? 할 이야기가 있어요."

그는 부탁하는 대로 할 수밖에 없었다.

체스터 부인의 자제심은 가는 실보다 못했는지 살롱의 문이 닫힌 순간 뚝

끊어지고 말았다. 의자에 앉은 부인 눈에서 눈물이 한꺼번에 넘쳐 나왔다.

"내 아들을……, 파커 파인 씨! 그 아이를 구해 주세요. 어떻게 해서라도 구해 주셔야만 합니다. 난 가슴이 찢어질 것 같아요."

"부인, 나는 제삼자로서……."

"니나 위철리에게서 들었어요. 당신은 못 하는 일이 없다고 그 사람이 말하더군요. 왜 좀더 빨리 당신과 의논하지 않았느냐고요. 지금부터라도 모든 것을 당신에게 털어놓고 부탁한다면 잘 해결될 거라고 가르쳐 주었답니다."

파커 파인은 마음속으로 수다쟁이 위철리 부인을 저주했지만 어쩔 수 없이 단념하고 말했다.

"그럼, 사실을 검토해보기로 하죠. 여자문제지요?"

"그 아이가 무슨 말을 했나요?"

"간접적으로요."

순간 체스터 부인 입에서 다음과 같은 말이 봇물처럼 터져 나왔다.

그 여자는 말할 수 없이 천한 아가씨로 술도 마시고, 말씨도 상스럽고, 입고 다니는 옷까지도 마음에 안 든다. 자기 언니가 네덜란드인 화가와 결혼해서 이곳에 살고 있기 때문에 그 아가씨도 여기에 와 있게 되었다지만, 그 환경은 듣기만 해도 얼굴이 붉어지는 일뿐이란다. 친구들의 태반은 결혼도 하지 않고 함께 살고 있다. 배질도 지금은 사람이 아주 변해 버렸다. 전에는 그렇게 조용하고, 진지한 문제에만 흥미를 느꼈으며, 한때는 고고학을 전공하겠다고 할 정도였는데 등등.

"그렇군요. 자연은 복수한다는 바로 그거로군요."

파커 파인이 말했다.

"무슨 뜻인지요?"

"젊은 사람이 진지한 문제에만 흥미를 갖는 것은 건강치 못하다는 겁니다. 계속 여자를 바꾸어가며 바보 같은 짓을 하는 것이 오히려 자연스럽다는 뜻이죠."

"부탁입니다. 파인 씨, 진지하게 들어주세요."

"나는 진지합니다. 혹시 그 젊은 아가씨는 어제 함께 차를 마신 그분이 아닌가요?"

만일 그 여자라면 파인이 보기에도 좀 이상했다. 회색 면바지에 가슴둘레에는 진홍색 스카프로 느슨하게 두르고 새빨갛게 립스틱을 칠한 여자. 그녀는 차(茶)가 아닌 칵테일을 주문했었다.

"보셨군요? 무서운 일이에요! 그전의 배질이라면 그런 아가씨를 좋아하지는 않았을 텐데."

"그렇게 말씀은 하시지만, 배질에게 여자친구와 사귈 기회를 준 적이 없었던 거 아닙니까?"

"제가요?"

"지금까지의 배질은 불평 없이 부인과 함께 지냈어요. 그러나 그것이 반드시 좋은 것은 아니었습니다. 아마 이번 일이 기회가 되어 예전의 그를 극복하게 되는 것은 아닐까요—부인만 방해하지 않는다면."

"모르시는군요. 그 아이는 그 아가씨, 베티 그레그와 결혼하려고 해요. 약혼까지 했답니다."

"그렇게까지 진전됐습니까?"

"그럼요, 파커 파인 씨. 그러니까 어떻게 좀 해주셔야겠어요. 그 비참한 결혼에서 그 아이를 구해 주십사 하는 겁니다! 그대로 두면 그 아이의 인생을 아주 망치고 말 거예요."

"본인이 그럴 마음이 없는 한 누구의 인생도 망쳐지는 것은 아닙니다."

"아니에요. 배질은 쓰러지고 말 거예요."

체스터 부인은 강경하게 주장했다.

"나는 배질에 대한 걱정은 하지 않습니다."

"그럼, 그 아가씨 걱정을 하고 있나요?"

"아니, 내가 걱정하는 것은 부인이지요. 부인은 모처럼 갖게 된 권리를 그냥 버리고 계시거든요."

체스터 부인은 기습을 당한 모습으로 그를 바라보았다.

"20대에서 40대까지는 자신의 인생이라고 할 수 없습니다. 가족 간의 감정적인 인간관계에, 말하자면 손발에 수갑이 채워진 듯한 상태이며, 그것도 인생이라고 단념하고 있어야만 할 상태이지요. 그러나 그 뒤에는 새로운 단계가 찾아오게 되지요. 거기서 비로소 인생을 생각하고 관찰하며 다른 사람에게서 뜻있는 일을 발견하고 자기 자신에 대한 진실을 알게 됩니다. 진실한 인생이, 뜻있는 인생이 우리의 것이 되고 전체로서의 인생을 맛보게 되는 것이지요. 그냥 한 장면이 아니고, 배우가 연기를 하는 장면이 아니고, 인생 그 자체를 알게 되는 겁니다. 다시 말하자면 남자든 여자든 45세가 되기까지는 실제 그, 또는 그녀의 인생이라고 할 수는 없는 거죠. 그 나이가 되어야 비로소 개성을 얻게 되는 겁니다."

체스터 부인이 말했다.

"그 나이 이후의 나는 배질 하나를 위해서 살아왔어요. 나에게는 그 아이만이 전부였다고요."

"그를 전부라고 생각한 것이 잘못되었습니다. 그 잘못에 대한 대가를 부인은 여기서 받고 있는 거죠. 그를 사랑하는 것은 좋습니다. 마음껏 사랑하세요. 그러나 또한 부인은 애딜라 체스터입니다. 그것을 잊지 말아야 합니다. 부인도 하나의 인격이라는 것을, 단지 배질의 어머니만은 아니라는 것을 말이죠."

"하지만 배질의 일생이 망쳐지는 것은 나로선 참을 수 없는 일이에요."

그는 그녀의 얼굴의 섬세한 선과 걱정으로 가득 찬 눈을 바라보았다. 무척 사랑스러운 여성이었다. 그는 그녀에게 상처를 주고 싶지 않았다.

"할 수 있는 데까지는 해보십시다." 그가 말했다.

그는 배질 체스터를 찾아냈다. 그는 묻기도 전에 자신의 처지를 털어놓고 싶어 했다.

"정말 골치예요. 우리 어머니는 어쩔 수가 없다니까요. 편견이 심하고 마음이 좁고…… 너그러운 마음으로 보면 베티가 얼마나 멋진 여자인지 아실 텐데 말입니다."

"그래, 베티는?"

그는 한숨을 쉬며 말했다.

"베티도 역시 골칫거리인 것은 마찬가지예요. 좀더 순응하는 마음이 있었다면 만사 잘된 텐데. 립스틱만이라도 바르지 않는다면 사정이 훨씬 달라질 겁니다. 그런데 어머니 앞에 나설 때는 일부러 그런 모양으로, 예, 현대적인 척, 어머니가 놀랄 만한 행동만 골라가면서 하는 겁니다."

파커 파인은 미소를 지었다.

"베티도 어머니도 모두 좋은 사람들입니다. 그래서 그렇게 좋은 사람들끼리 만나기만 하면 금방 친해질 줄만 알았죠."

"자네는 아직도 알아야 할 일이 많이 있다네."

"베티 좀 만나주시지 않겠습니까? 그녀에게도 알아듣도록 말씀해주셨으면 합니다만."

파커 파인은 기꺼이 그 부탁을 받아들이기로 했다.

베티와 그녀 언니 부부는 바다에서 그리 멀지 않은 조그만 별장에서 살고 있었다. 그들의 생활은 경쾌할 만큼 간소한 것이었다. 가구라고는 의자가 셋, 테이블 하나에 각자의 침대뿐이었다. 벽에 붙어 있는 붙박이 찬장에는 꼭 필요한 정도의 컵과 접시만이 놓여 있었다.

언니의 남편인 한스는 흥분하기 쉬운 청년으로서, 빗질이라고는 한 적이 없어 보이는 금발이 이마를 덮고, 기묘한 영어로 너무나 빠르게 떠들어대며 끊임없이 이리저리 걸어 다니고 있었다. 아내인 스텔라는 자그마했고, 역시 금발이었다. 베티 그레그는 그와 반대로 붉은색 머리칼에 주근깨와 장난기 어린 눈이 돋보였다. 그녀는 지난번 피노 도로 호텔에서 본 것처럼 야단스러운 화장은 하지 않았다.

그녀는 파인에게 칵테일을 내밀며 반짝이는 눈으로 말했다.

"어떻게 오셨지요? 그이가 어머니와 티격태격하는 것 때문인가요?"

파커 파인은 고개만 끄덕였다.

"그래, 당신은 어느 편이신가요? 젊은 애인들 편인가요, 아니면 말 많은 분 편인가요?"

"질문해도 괜찮겠죠?"

"좋아요."

"아가씨는 이 문제를 요령 있게 잘 풀어나가고 있다고 생각하나요?"

"아뇨, 천만에요." 그레그 양은 솔직히 대답했다.

"하지만 그 늙은 고양이는 저를 화나게만 하는걸요(그녀는 주위를 둘러보며 배질에게 들리지 않는지 확인하고 나서 말을 계속했다). 그분은 언제나 저를 초조하게 만든답니다. 몇 년이나 되었는지 모르지만 배질을 앞치마 끈에 꼭 매어두고—그런 꼴이라면 어떤 남자라도 바보처럼 보이겠죠. 배질도 사실은 그렇게 바보가 아니에요. 다시 말하자면, 그분 어머니는 좀 지나친 숙녀라고요."

"그러나 그 자체는 그렇게 나쁜 건 아니지요. 다만 시대에 좀 뒤떨어졌을 뿐이지."

베티 그레그의 눈이 갑자기 빛났다.

"그렇담, 빅토리아 시대에 치픈데일풍 의자를 다락방에 넣어두었다가 시대가 바뀐 다음에 꺼내서, '어때 멋진 의자지'라고 하는 것과 다를 것이 없군요."

"글쎄, 그렇게도 말할 수 있겠군."

베티 그레그는 잠시 생각에 잠겨 있다가 입을 열었다.

"선생님 말이 옳을지도 몰라요. 솔직히 말하면 저를 화나게 하는 것은 오히려 배질이에요. 그이는 어머니가 저를 어떻게 생각할까 그 걱정만 하는 거예요. 그래서 저는 더욱 반발하고 싶어지는 거지요. 지금이라도 그이는 어머니 품에 안기기만 하면 저하고 한 약속 같은 것은 단념해 버릴 거라고 생각해요."

"그럴지도 모르겠구먼." 파커 파인이 말했다.

"만일 그의 어머니가 적당한 방법을 쓰기만 한다면 말이오."

"선생님은 그 적당한 방법을 그녀에게 가르쳐 줄 생각인가요? 그 부인은 자신의 머리로 그런 생각은 해낼 수 없을 거예요. 덮어놓고 반대한다고 고집을 부릴 뿐일 거예요. 하지만 선생님이 꾀를 내어준다면……"

그녀는 입술을 깨물면서 푸른 눈으로 파인을 똑바로 쳐다보았다. 숨김이라고는 없는 솔직한 눈이었다.

"선생님 이름은 들은 적이 있어요. 파커 파인 씨는 인간의 심리에 대해 밝으시다고요. 배질과 제가 잘해나갈 거라고요 생각하시나요?"

"그 물음에 대답하기 위해서는 세 가지 질문에 응해 줘야만 하겠소"

"어머, 적성 테스트인가요? 좋아요, 물어보시죠"

"아가씨는 잘 때 창문을 열어두시오, 잠가두시오?"

"열어두죠. 저는 신선한 공기를 좋아하거든요."

"아가씨와 배질은 음식에 대한 취향이 같은가요?"

"그래요."

"아가씨는 일찍 자는 것과 늦게 자는 것 중 어느 쪽이 좋은가요?"

"그건 비밀인데요, 사실은 일찍 자는 쪽을 좋아해요. 10시 30분이 되면 하품이 나와요. 그리고 이것도 비밀인데요, 아침 이른 시간은 정말 기분이 좋아요. 물론, 그런 가난뱅이에게나 어울리는 습관을 다른 사람에게는 말할 수 없지만."

"그렇다면 두 사람은 천생연분이로군."

"건성으로 하시는 테스트 같네요."

"그렇진 않소. 나는 완전히 실패로 끝난 결혼을 적어도 일곱은 알고 있소. 그 원인은 남편은 밤중까지 깨어 있고 싶어 하는데 아내는 9시 30분이 되면 잠들어 버리기 때문이지요. 아니면, 그 반대이거나."

베티가 말했다.

"아무도 행복해지지 않는다는 것은 슬픈 일이에요. 배질과 저, 그리고 우리를 축복해주는 그이의 어머니."

파커 파인은 잔기침을 하며 말했다.

"무슨 방법이 있긴 있을 거요."

그녀는 의심스러운 눈으로 그를 바라보며 말했다.

"저를 놀리시려는 건 아닌가요?"

파커 파인의 얼굴은 아무 말도 하고 싶지 않은 표정이었다. 체스터 부인에 대해서도 안심시키는 말만 하고 와서는 말이다.

말하자면 파인의 태도는 어정쩡한 것이었다. 약혼이 반드시 결혼을 뜻하는 것은 아니니 너무 속상해하지 말라며, 자신은 일주일쯤 솔레에 가 있겠다고 하고서 그동안 체스터 부인은 되도록 자신의 마음을 내보이지 말고 매사를 묵인하는 척하라고 지시해두었다.

솔레에서는 즐거운 한 주일을 보냈다. 돌아와 보니 전혀 예기치 않은 사태가 발생해 있었다.

피노 도로 호텔의 현관을 들어서자마자 제일 먼저 파인의 눈에 띈 것은 체스터 부인과 베티 그레그가 함께 차를 마시는 장면이었다.

배질은 그 자리에 없었다. 체스터 부인은 좀 여위어 보였다. 베티도 또한 얼굴색이 창백했다. 화장기가 전혀 없었고, 지금까지 울고 있었는지 눈두덩이 부어 있었다. 두 사람은 파인을 발견하고는 반가운 듯 인사를 했지만, 두 사람 다 배질에 대한 소식은 입에 담지 않았다.

그때 그는 앞에 앉은 아가씨의 몸이 갑자기 굳어지는 것을 보았다. 자존심에 크게 상처를 입은 얼굴이었다.

파커 파인은 뒤돌아보았다. 배질 체스터가 바다 쪽으로 난 층계를 올라오는 중이었다. 예쁜 처녀와 함께였다.

이국적인 분위기의 놀라운 미모였다. 엑조틱(異國風)한 미녀, 햇볕에 그을린 육체가 돋보였다. 그 누구라도 한 번쯤 다시 보지 않을 수 없는 모습이었다. 몸에 걸치고 있는 것이라고는 엷은 하늘색 크레이프 천 한 장뿐이었다. 황토색 파운데이션에 진홍색 립스틱을 바른 짙은 화장이었지만, 그런 화장조차도 뛰어난 미모를 더욱 돋보이게 하는 것이었다. 당사자인 배질로서는 그녀의 얼굴에서 눈을 뗄 수조차도 없는 듯했다.

"늦었구나, 배질." 어머니가 말했다.

"베티를 맥 술집에 데리고 가겠다고 하지 않았니?"

"제 탓이에요."

처음 보는 미모의 아가씨는 콧소리로 아양을 떨었다.

"너무 시간을 뺏었군요." 그러고는 배질을 향해 말했다.

"달링, 내게 위스키라도 한잔 갖다 줘요!"

그리고 그녀는 신발을 벗어 던지고는 두 다리를 뻗고서 털썩 주저앉았다.

그 발톱에도 손톱에 맞추어 에메랄드 그린 색 매니큐어가 칠해져 있었다. 두 여자는 거들떠보지도 않고 그녀는 파커 파인 쪽으로 몸을 약간 기대었다.

"이렇게 재미없는 섬은 없어요. 전 배질을 만나기 전까진 지루해서 죽을 뻔했어요. 하지만 이분은 정말 마음에 들어요!"

"이쪽은 파커 파인 씨, 라모나 양이랍니다."

체스터 부인이 소개했다.

여자는 마음에 없는 미소를 띠며 소개에 응했다.

"그럼, 당장 파커 씨라고 부르겠어요. 제 이름은 돌로레스예요."

여자는 낮은 목소리로 말했다.

배질이 마실 것을 가지고 돌아왔다.

라모나 양은 이야기 상대를 배질과 파커 파인 두 사람으로 한정했다(하긴 대부분이 눈으로만 하는 대답이었지만). 나머지 두 여성에 대해서는 조금도 관심을 두지 않았다. 베티가 한두 번 대화에 끼어들려 했지만 상대편 여자는 잠깐 쳐다보았을 뿐 하품만 하는 것이었다.

갑자기 돌로레스가 일어섰다.

"이젠 가봐야겠어요. 전 다른 호텔에 묵고 있거든요. 어느 분이 바래다주시겠어요?"

배질이 벌떡 일어섰다.

"내가 바래다주지."

체스터 부인이 말했다.

"배질……."

"곧 돌아올게요, 어머니."

"어머, 어머니 곁을 떠나도 되나요? 어머니 곁에만 붙어 있는 줄 알았는데, 난."

라모나 양이 노골적으로 말했다.

배질은 창피한 듯이 얼굴을 붉혔다.

라모나 양은 체스터 부인에게 가볍게 눈인사만 하고, 파커 파인에게는 눈부신 미소를 보내면서 배질과 함께 자리를 떴다.

두 사람이 가버리자 서먹서먹한 침묵이 이어졌다. 파커 파인은 자신이 먼저 입을 열 기분이 아니었다. 베티 그레그는 손가락을 깍지 끼고 바다를 바라보고 있었다. 체스터 부인은 얼굴이 벌게져서 화만 내고 있었다.

베티가 말했다.

"폴렌사 만의 새로운 친구를 어떻게 생각하세요?"

그 목소리에는 자신감이 없는 듯했다.

파커 파인은 신중하게 대답했다.

"좀……, 그……, 지나치게 이국적이군."

"이국적이라고요?"

베티의 얼굴에 잠깐 가시 돋친 웃음이 지나갔다.

체스터 부인이 말했다.

"무서운 여자예요……. 예, 정말 무서운 여자지요. 저런 여자라면 배질을 미치게 하는 것은 아주 간단하겠죠."

베티가 날카로운 목소리로 말했다.

"아녜요, 배질은 끄떡없어요."

"발톱에까지 매니큐어를 바르고."

체스터 부인은 몸서리를 쳤다.

베티가 갑자기 일어섰다.

"체스터 부인, 저는 돌아가겠어요. 아무래도 저녁식사 때까지 있을 순 없어요."

"어머, 그럼……, 배질이 실망할 텐데."

"글쎄, 그럴까요?"

베티는 웃으면서 말을 이었다.

"하여튼 돌아가겠어요. 머리가 아파서요."

그녀는 두 사람에게 웃고서는 돌아섰다.

체스터 부인은 파커 파인 쪽을 보고 앉으며 말했다.

"이런 곳엔 오지 않는 건데 그랬어요. 와선 안 될 곳이나 봐요."

파커 파인은 가엾다는 듯이 고개를 저었다.

"더구나 당신이 솔레에 가 계신 것도 나빴고요. 이곳에 그냥 계시기만 했더라도 이렇게까지 되지는 않았을 거예요."

파커 파인도 그냥 있을 수는 없었다.

"부인, 젊고 아름다운 여성이 문제라면 저로서도 어쩔 수가 없습니다. 모두가 아드님의 마음에 달렸지요. 배질은 아주 감수성이 예민한 성격인가 봅니다."

"아니, 그렇지는 않았어요."

체스터 부인은 눈물을 글썽이며 말했다.

파커 파인은 분위기를 밝게 해보려고 애쓰면서 말했다.

"어쨌든, 이 새로운 매력이 그레그 양에 대한 아드님의 지나친 열중에 찬물을 끼얹어준 것 같군요. 그런 점에선 다행이군요."

"무슨 말씀을 하시는지 모르겠군요."

체스터 부인이 말했다.

"베티는 귀여운 아가씨이고, 또 배질을 무척 사랑하고 있는데요. 이번 일만 해도 얼마나 의젓하게 대처하고 있어요! 우리 배질이 정신이 나갔지."

파커 파인은 놀라운 이 변화를 지켜보고 있었다. 여자의 마음을 믿을 수 없다는 것은 지금까지도 수없이 보아온 일이지만.

그는 상냥하게 타이르듯 말했다.

"정신이 나간 것은 아닙니다, 마법에 걸렸을 뿐이지요."

"그 여자는 스페인 여자예요. 그 여자만은 정말 곤란해요."

"하지만 굉장한 미인이던데요."

체스터 부인은 어깨를 으쓱했다.

배질이 바다로 난 층계를 뛰어올라 왔다.

"다녀왔습니다. 어머니, 베티는 어디 있지요?"

"돌아갔다. 머리가 아프다는구나. 무리도 아니지."

"화가 난 모양이군요."

"배질, 넌 베티에게 너무했다고 생각지 않니?"

"어머니는 입을 다물고 있는 게 좋아요. 내가 다른 여자와 사귈 때마다 이런 소란을 피운다면 베티와 결혼한다고 해도 즐겁게 살아갈 수 있을 것 같지가 않군요."

"너희는 약혼했다는 것을 알아야 해."

"분명히 우리는 약혼했죠. 그렇다고 해서 자기만의 친구를 가져선 안 된다는 법은 없지 않겠어요? 현대의 젊은 사람들은 제각기 자신의 인생을 살아가는 겁니다. 그럴 때 질투는 버려야 하는 거라고요."

그는 잠깐 입을 다물었다가 말을 이었다.

"베티가 함께 식사를 할 생각이 없다면, 난 마리포사 호텔로 가야겠어요. 거기서 함께 식사를 하자고 붙잡는 걸 뿌리치고 왔거든요."

"얘, 배질……."

청년은 화가 난 듯이 어머니를 보고는 곧 층계를 뛰어 내려갔다.

체스터 부인은 '보시는 바와 같습니다.' 하는 듯이 파커 파인 쪽을 보면서, "아시겠지요?"라고 말했다.

파인은 알 수 있었다.

다시 이틀이 지나자 사태는 최악의 상태에 달했다.

베티와 배질은 도시락을 준비해서 소풍을 가기로 약속했었다. 베티가 피노 도로 호텔에 와보니 배질은 약속을 잊었는지 돌로레스 라모나와 포멘토에 가고 난 뒤였으며, 그날은 하루 종일 돌아오지 않을 거라고 했다.

베티는 입술을 깨물었을 뿐 그 이상 흐트러진 모습은 보이지 않았으나, 마침내 일어서서 체스터 부인 앞에 섰다(테라스에는 두 여성 말고는 아무도 없었다).

"좋아요. 괜찮아요." 베티가 말했다.

"하지만, 지금까지 있었던 애기는 없었던 것으로 하는 것이 좋겠군요."

그녀는 배질에게서 받은 반지를 손가락에서 빼내었다. 배질은 나중에 진짜 약혼반지를 사주기로 했었던 것이다.

"체스터 부인, 이거 맡아두셨다가 배질에게 돌려주세요. 그리고 그에게 걱정하지 말라고 해주세요. 아무것도 마음 쓸 거 없다고 하더라고요……."

"베티, 그런 말 하면 안 돼! 그 아이는 베티를 사랑하고 있어요, 정말로."

"그렇게 보이세요?"

아가씨는 쓴웃음을 지으며 말을 이었다.

"하지만, 저에게도 자존심이 있어요. 그 사람에게 말해주세요. 아무것도 걱정할 것 없다고요. 그리고 제가, 행복하길 빌고 있다고 하더라고요."

해질녘에 배질은 돌아와서 자초지종을 듣게 되었다.

반지를 보고 얼굴을 약간 붉히며 말했다.

"그녀의 생각이 그렇다면야. 좋아요, 그것이 아마 가장 좋은 방법이겠죠"

"배질!"

"어머니, 솔직히 말해서 요즘 우리 사이는 원만치 못해요."

"누가 나쁜 게냐?"

"특별히 내가 나쁘다고는 생각되지 않아요. 질투만큼 불쾌한 것은 없으니까요. 그리고 나는 이해할 수가 없어요. 어째서 어머니는 우리를 결혼시키려는 거죠? 처음엔 베티와의 결혼을 절대 반대하셨잖아요?"

"그것은 그 아가씨를 다 알기 전 이야기지. 얘, 배질, 설마 낮에 왔던 그 아가씨와 결혼하려는 건 아니겠지?"

배질 체스터는 진지한 얼굴로 말했다.

"저는 결혼하겠어요—그녀만 좋다면 당장에라도. 그러나 아마 그렇게 쉽게 승낙할 것 같지는 않군요"

소름이 체스터 부인의 등골을 지나갔다. 그녀는 즉시 파커 파인을 찾아 나섰다. 그는 조용히 방 한쪽 구석에서 독서에 빠져 있었다.

"부탁이에요! 살려주세요! 배질의 일생이 엉망이 되어버릴 거예요"

파커 파인은 배질 체스터의 일생이 엉망이 된다는 이야기는 귀가 아프게 들려왔다.

"제가 좀 도와 드릴 수 있겠습니까?"

"그 무서운 여자와 만나주세요. 필요하다면 돈은 얼마든지 내겠습니다."

"꽤 많이 들지도 모르겠는데요"

"상관없습니다."

"아까운 생각이 드는군요. 생각해보면 다른 방법도 있을 것 같습니다만"

자신 있느냐는 듯이 부인은 그를 바라보았다.

파커 파인은 고개를 저으며 말했다.

"책임지겠다고 말씀드릴 순 없습니다만, 할 수 있는 데까지는 해보지요. 전에도 이와 비슷한 문제에 손을 댄 적이 있었지요. 그러나 배질에게는 아무 말

마십시오. 돌이킬 수 없는 일이 일어날지도 모르니까요."

"알고 있어요."

파커 파인은 밤 12시가 되어서야 마리포사 호텔에서 돌아왔다. 체스터 부인은 자지 않고 기다리고 있었다.

"어떻게 됐나요?" 부인이 황급히 물었다.

그는 눈을 반짝이며 말했다.

"돌로레스 라모나 양은 내일 아침 폴렌사를 출발해서 내일 밤에는 이 섬을 떠나게 됩니다."

"어머, 파커 파인 씨! 도대체 무슨 수를 쓰셨기에 그렇게 되었죠?"

"비용은 1페니도 들지 않았습니다."

거기서 또 파커 파인은 눈을 반짝이며 말했다.

"나는 처음부터 그 여자라면 마음대로 할 수 있을 거라는 생각이 들었는데, 틀린 생각이 아니더군요."

"멋져요. 파인 씨, 니나 위철리가 말한 것이 사실이었군요. 말씀해주세요. 저……, 사례를 얼마나 해야 할지."

"1페니도 받을 생각 없습니다. 저도 마음이 상쾌합니다. 만사 잘되기를 바라고 있었으니까요. 물론 아드님은 그 여자가 갑자기 자취를 감추고 어디로 갔는지 모른다는 것을 알게 되면 펄펄 뛰겠죠. 그러나 한두 주일 지나면 다시 안정을 되찾게 될 것이니 안심하십시오."

"베티만 그 아이를 용서해준다면……."

"분명히 용서할 겁니다. 두 사람은 어울리는 커플이니까요. 그리고 저도 역시 내일은 이 섬을 떠날 생각입니다."

"어머, 파커 파인 씨! 그렇게 섭섭하게……."

"아드님이 세 번째 아가씨에게 빠지기 전에 떠나는 것이 좋을 것 같아서요."

파커 파인은 배 난간을 잡고 팔마의 불빛을 바라보고 있었다. 그의 곁에는 돌로레스 라모나가 서 있었다. 그는 진정으로 말했다.

"정말 잘해주었어, 마들렌. 너를 전보로 부른 것은 정말 잘했다고 생각해.

진짜 네가 이렇게 얌전한 아가씨인 줄 안다면 그들도 놀라겠지."

마들렌 드 사라. 일명 돌로레스 라모나. 그리고 동시에 매기 세이머스인 그녀는 새침한 얼굴로 말했다.

"도움이 되셨다니 전 정말 기뻐요, 파커 파인 씨. 그리고 제게는 멋진 기분 전환이 되었고요. 그런데 선실에 가서 좀 쉬었으면 해요. 전 뱃멀미를 하거든요."

그 몇 분 뒤에 파커 파인의 어깨를 두드리는 사람이 있었다. 뒤돌아보니 배질 체스터였다.

"배웅을 나왔습니다. 파커 파인 씨, 베티도 안녕히 가시라고 전해 달라고 하더군요. 저와 그녀의 진정한 감사를 받아주십시오. 선생님의 도움으로 모든 것이 잘됐습니다. 베티와 어머니는 모녀처럼 다정하게 이야기를 나누고 있습니다. 어머니를 속인 것은 마음에 걸리지만, 그거야 어쩔 수 없는 일이지요. 우리 어머니는 보셨다시피 옹고집이시니까요. 어쨌든 이제는 만사 OK이고, 한 이틀 조심해서 연극을 계속하면 끝나는 일입니다. 선생님에게는 감사하다는 말씀을 어떻게 드려야 할지 모르겠군요. 베티도 저도."

"행복하길 빌겠네." 파커 파인이 말했다.

"감사합니다."

잠시 침묵이 흐른 뒤 배질은 짐짓 대수롭지 않은 듯 말했다.

"드 사라 양은 어디 있나요? 그분에게도 인사를 하고 싶은데."

파커 파인은 흘끗 날카로운 시선을 보내며 말했다.

"드 사라 양은 이미 잠들었을 걸세."

"애석하군요……. 그러나 언제 다시 런던에서 볼 날이 있겠지요."

"사실은 그녀는 내 심부름으로 여기서 곧바로 미국 출장을 떠나게 되어 있다네."

"그렇습니까!"

배질은 기가 막힌다는 듯이 말을 꺼냈다가 다시 말했다.

"아니, 걱정 안 하셔도 됩니다. 저는 끄떡없으니까요."

파커 파인은 혼자 슬그머니 미소를 떠올렸다.

나중에 자기 선실로 가다가 마들렌의 선실문을 두드리며 말했다.

　"기분은 어때, 좀 나아졌나? 우리들의 젊은 친구가 찾아왔었어. 그 역시 또 마들렌 병에 걸린 것 같더군. 그 친구는 2~3일이면 낫겠지만. 그러나 마들렌만큼 사람의 마음을 혼란스럽게 하는 여자도 흔치는 않다고"

노란 붓꽃

에르퀼 포와로는 벽에 붙은 전기 라디에이터 앞으로 길게 발을 뻗었다. 질서의식이 강한 그는 빨갛게 달아오른 전열선이 자로 잰 듯 나란히 줄지어 있는 이 기구가 특별히 마음에 들었다.

그는 혼자 중얼거렸다.

"석탄불은 정말 모양이 제멋대로란 말이야! 질서 같은 것은 도무지 찾아볼 수 없거든."

그때 전화벨이 울렸다. 포와로는 자리에서 일어나면서 시계를 보았다.

11시 30분이었다. 이런 시각에 누가 전화를 걸었을까? 하긴, 잘못 걸려온 것일 수도 있지.

"아니면……." 그는 뒤틀린 미소를 지으며 중얼거렸다.

"신문사 하나쯤 소유하고 있는 대부호가 별장의 서재에서 시체로 발견되기라도 했을까? 왼손에는 반점이 들어 있는 난꽃을 움켜쥐고, 가슴에는 요리책에서 찢어낸 쪽지가 핀으로 꽂혀 있다든지……."

그런 생각들을 하며 그는 수화기를 집어들었다.

곧 여자 목소리가 들려왔다—부드럽고 허스키한 음성이었는데, 절박하고 절망적인 처지에 놓여 있다는 느낌이 들었다.

"에르퀼 포와로 씨? 에르퀼 포와로 씨인가요?"

"예, 바로 내가 에르퀼 포와로입니다만."

"포와로 씨, 얼른 와주세요. 지금 곧……, 전 위기에 빠져 있어요. 아주 위험해요!……예, 물론 알고 있어요……."

포와로의 목소리도 날카로워졌다.

"당신은 누굽니까? 어딘가요?"

수화기 속의 목소리는 작아졌지만 더욱 다급하게 말했다.

"부탁이에요! 빨리! 생사문제예요……. '백조원'에 있어요. 얼른 와주세요! 노란 붓꽃이 있는 테이블……."

말소리가 끊어지고, 이상한 신음소리가 들리더니, 전화가 끊겼다.

에르퀼 포와로는 수화기를 내려놓고 의혹에 가득 찬 얼굴로 가만히 중얼거렸다.

"뭔가 아주 심상치 않은 일이 일어났군."

'백조원'의 입구에서 뚱뚱한 루이지가 황급히 뛰어나왔다.

"어서 오십시오, 포와로 씨. 자리를 마련해 드릴까요?"

"아니, 아니, 괜찮네, 루이지. 여기서 친구들과 만나기로 했는데. 안에 들어가서 찾아봐야겠어ㅡ아마 벌써 오진 않았을 거야. 아니, 잠깐. 저 구석 테이블에 노란 붓꽃이 꽂혀 있군. 폐가 안 된다면 좀 물어봐야겠는데. 다른 테이블에는 튤립을 꽂아두고(핑크빛 튤립이로군) 그런데 왜 저 테이블만은 노란 붓꽃을 꽂아놓았지?"

루이지는 어깨를 으쓱하곤 대답했다.

"그렇게 해달라고 부탁해서요. 특별 주문이거든요. 틀림없이 그 자리에 오실 숙녀분들 가운데 그 꽃을 좋아하시는 분이 계신 모양입니다. 그 테이블은 미국의 부호인 바턴 러셀 씨의 자리이지요."

"아, 그래? 말하자면 고객을 위해 숙녀분들의 취향을 일일이 신경 쓸 필요가 있다는 거로군."

"말씀하신 대롭니다." 루이지가 대답했다.

"저쪽 테이블에 친구가 하나 앉아 있군. 가서 인사라도 해야겠는데."

포와로는 두세 쌍의 남녀가 춤추고 있는 플로어를 방해가 되지 않도록 조심해 가면서 그곳으로 다가갔다. 문제의 테이블에는 여섯 명의 자리가 준비되어 있었는데, 지금은 한 사람이 자리에 앉아 있을 뿐이었다.

젊은 남자는 무엇을 생각하고 있는지 침울한 얼굴로 샴페인 잔을 기울이고 있었다. 다가가 보니 포와로가 예상하고 있었던 사람과는 아주 거리가 멀었다.

이 토니 채플과 함께 어울리는 사람들을 위험한 사건이나 멜로드라마적인 사건과 관련지어 생각한다는 것은 너무 비약적인 연상이라는 생각이 들었다.

포와로는 자연스럽게 테이블 옆에서 발을 멈췄다.

"여, 앤터니 채플 아니시오?"

"아, 명탐정 포와로 씨로군요!" 청년은 큰소리로 말했다.

"하지만 앤터니라고 부르지는 마십시오. 친구들 사이에서는 토니로 통하고 있습니다."

그리고 그는 의자를 하나 끌어내 주며 말했다.

"우선 앉으시지요. 그리고 범죄학 강의라도 들려주십시오! 아니, 더 나아가서 범죄를 위한 건배라도 들까요?"

그는 빈 잔에 샴페인을 따라주며 말했다.

"그런데 포와로 씨, 이 노래와 춤으로 어우러진 자리에서 뭘 하고 계십니까? 여기에는 시체 같은 것은 굴러다니지 않는데요."

포와로는 샴페인 잔에 입을 갖다 대며 말했다.

"당신은 꽤 기분이 좋아 보이는구먼."

"기분이 좋다고요? 천만의 말씀을! 불쌍한 인생이지요. 우울의 늪에 아주 빠져버린 꼴인데요. 말하자면 저 곡, 지금 연주하는 곡이 무슨 곡인지 아십니까?"

포와로는 물론 몰랐지만 다만 짐작으로 대답했다.

"글쎄, 아마 '연인에게 버림받은 탄식'이든가."

"음악에도 조예가 깊으신데요. 하지만 조금 틀리셨군요. '사랑처럼 슬픈 건 없어'라는 곡입니다."

청년은 말했다.

"그랬던가?"

"제가 아주 좋아하는 곡이지요." 토니 채플은 슬픈 듯이 말했다.

"마음에 드는 레스토랑에서 마음에 드는 밴드, 그리고 마음에 드는 여자와 함께 하고 있는데 불행하게도 그녀는 다른 남자와 춤추고 있답니다."

"그래서 우울하다는 거요?"

"그렇습니다. 저는 폴린과 다투고 말았습니다. 우리 둘 사이에 심한 말이 오고 갔지만 그중 5퍼센트 정도가 제 말이라면 95퍼센트는 그녀의 저주에 찬 말이었습니다. 제가 '하지만, 달링, 내 설명도 좀 들어줘.' 하고 말하면 그녀의 입에서는 또다시 5대 95의 비율로 우격다짐이 튀어나오는 겁니다. 그러니 아무래도 결말이 나질 않아요." 하고 토니는 슬픈 듯이 말했다.

"차라리 죽고 싶은 심정입니다."

"폴린은 누구요?" 포와로가 물었다.

"폴린 웨더비. 바턴 러셀의 처제죠. 젊고, 예쁘고, 돈은 주체할 수 없을 만큼 많이 갖고 있습니다. 오늘 밤엔 바턴 러셀의 초대를 받았지요. 그 사람에 대해서는 이미 알고 계시겠죠? 미국의 대실업가이며 패기 있고 개성 있는 뛰어난 사람. 그의 아내가 폴린의 언니였습니다."

"이 모임의 다른 멤버는?"

"이제 곧 음악이 끝날 테니까 만나실 수 있을 겁니다. 롤라 발데즈가 있습니다. 아시겠지만 남미의 댄서로 메트로폴의 새로운 쇼에 나가고 있지요. 그리고 스티븐 카터. 카터는 아시다시피, 외무부 관료답게 대단히 입이 무거워서 우리들 사이에서는 침묵의 스티븐으로 알려져 있답니다. 자기는 국가에 대한 의무상 그걸 말할 자유가 없다는 식이지요. 아, 돌아오는군요."

포와로는 일어섰다. 그리고 그는 모두에게 소개되었다. 바턴 러셀, 스티븐 카터, 세뇨라 롤라 발데즈, 그녀는 검은 머리에 감미로운 향기가 풍기는 여성이었다. 폴린 웨더비, 이 여자 또한 아름답고, 금발에, 수레국화를 닮은 눈을 하고 있었다.

바턴 러셀이 말했다.

"이분이 그 유명한 에르퀼 포와로 씨로군요. 만나 뵙게 되어 대단히 영광입니다. 어떻습니까, 우리 테이블에 합석하시면? 다른 약속이 없으시다면 말입니다."

토니 채플이 끼어들었다.

"볼일이 있으실지도 모르지요. 시체와의 약속이라든가, 실종된 백만장자 사건이라든가, 아니면 진귀한 루비를 도둑맞았다거나."

"이거 정말 너무하시는군요. 아무리 나라도 일 년 내내 일에만 매달려 있을 수는 없잖겠소? 탐정이란 직업을 가진 사람은 즐거움도 모르고 사는 줄 아시오?"

"그렇게 말씀은 하시지만, 아마 카터와 약속이 있어서 오셨겠죠. 그는 UN 총회에서 최근에 돌아왔고, 또 현재 국제정세는 긴장감을 띠고 있으니까요. 도둑맞은 설계도를 즉시 찾아내지 못하면 혹시라도 내일 선전포고를 하는 거 아닙니까?"

폴린 웨더비가 신랄한 어조로 말했다.

"토니, 역시 당신은 완전히 바보로군요."

"바보라서 미안해, 폴린."

토니 채플은 풀이 죽어 입을 다물고 말았다.

"대단하군요, 아가씨."

"전 누구든 바보 같은 말을 하는 사람을 보면 속이 뒤집혀요."

"그렇다면 나도 조심해야겠는데."

"아니, 아니, 포와로 씨. 선생님을 두고 한 말은 아니에요."

그녀는 미소를 띠고 물어보았다.

"선생님은 정말로 셜록 홈스 같은 일을 하시나요? '놀라운 추리'라는 그 작업을?"

"아, 추리 말입니까, 소설과 달라서 실생활에서는 그렇게 간단하지 않지요. 하지만 한번 해볼까요? 자, 시작합니다. 노란 붓꽃은 당신이 좋아하는 꽃입니까?"

"아니에요. 포와로 씨, 제가 좋아하는 것은 은방울꽃과 장미예요."

포와로는 한숨을 쉬었다.

"실패로군. 그럼, 다시 한 번 하겠습니다. 오늘 밤 당신은 누군가에게 전화를 걸었지요?"

폴린은 큰소리로 웃으며 손뼉을 쳤다.

"맞았어요."

"여기 온 지 얼마 되지 않아서죠?"

"그것도 맞았어요. 저 문 안으로 들어가서 바로 전화를 걸었어요."

"흐흠……, 그건 좀 빗나갔군. 다시 말하자면 당신은 이 테이블로 오기 바로 전에 전화를 걸었다는 말인가요?"

"예."

"그렇다면 정말 빗나갔는데."

"아, 아니에요. 선생님의 좋은 머리는 정말 사람을 놀라게 하는군요. 제가 전화를 건 것을 어떻게 아셨어요?"

"아가씨, 그것은 위대한 탐정의 비밀이라서요. 그리고 당신이 전화한 상대는, 알파벳 P로 시작되는 이름의 남자, 아니면 H로 시작되는……, 아닌가요?"

폴린은 웃으면서 대답했다.

"틀렸어요. 하녀에게 전화했어요. 아주 중요한 편지를 부쳐야 하는데 깜박 잊고 왔거든요. 그래서 얼른 부치라고 일렀지요. 하녀의 이름은 루이즈예요."

"모르겠군. 정말 이유를 알 수 없어."

그때 다시 연주가 시작되었다.

"한번 출까, 폴린?" 토니가 물었다.

"방금 추어서 지금은 춤추고 싶은 생각이 없어요!"

"정말 너무하군!"

토니는 이를 악물며 내뱉듯이 말했다.

포와로는 자기 옆자리에 앉은 남미 출신 여자에게 말을 걸었다.

"세뇨라, 마음 같아서는 한번 추자고 청하고 싶지만 나는 나이를 너무 먹어 버려서요."

롤라 발데즈가 말했다.

"어머, 그 말씀은 엉터리예요! 아직 젊으시면서. 머리도 검고."

포와로는 잠시 어리둥절했다.

그때 바턴 러셀이 엄숙한 목소리로 말했다.

"폴린, 나는 형부로서, 또 후견인으로서 처제를 댄스 플로어로 청하고 싶은데, 어떨까? 지금 연주되고 있는 곡이 왈츠인데 내가 출 줄 아는 스텝은 왈츠 뿐이거든."

"물론 상대해 드리죠, 바턴. 자, 추실까요?"

"착한 아기로군, 폴린. 정말 착해."

두 사람은 자리에서 일어나 함께 걸어나갔다.

토니는 의자에 앉은 채 몸을 뒤로 젖혔다. 그리고 스티븐 카터를 바라보며 말했다.

"자네는 너무 입이 무거워, 카터. 재미있는 화제로 이 모임을 즐겁게 해볼 생각은 없나?"

"무슨 소리야 채플. 왜 또 그런 소릴 하지?"

"뭐? 왜 그러는지 모르겠나?" 토니가 말했다.

"모른다네."

"그럼, 마시게. 떠들기 싫으면 마셔야지."

"아니, 마시고 싶지 않아."

"그럼, 내가 마시지."

스티븐 카터는 어깨를 으쓱했다.

"잠깐 실례하네. 저기 아는 사람이 있구먼. 이야길 좀 해야겠어. 이튼 학교에 함께 다녔던 사람이지."

스티븐 카터는 일어나서 몇 걸음 떨어져 있는 테이블로 걸어갔다.

토니는 우울한 얼굴로 말했다.

"쳇, 이튼 출신이 어떻다는 거야!"

에르퀼 포와로는 여전히 옆자리의 검은 미인에게 말을 건네고 있었다. 머뭇머뭇 거리면서.

"한 가지 묻겠습니다만, 세뇨라는 어떤 꽃을 좋아하십니까?"

"어머, 어째서 그런 걸 물어보시죠?"

롤라는 좀 차갑게 말했다.

"마드모아젤, 나는 여자에게 꽃을 보낼 때 어떤 꽃을 좋아하는지 신경을 쓰는 편이래서요."

"어머, 꽃을 선물하신다고요? 기뻐요, 포와로 씨. 그렇담 말씀드리죠 제가 가장 좋아하는 꽃을 카네이션 그것도 송이가 크고 새빨간 것 아니면, 흑장미죠"

"정말 취향이 멋지군요. 그러니까 노란 붓꽃 같은 것은 좋아하지 않는군요"

"노란 꽃? 예, 그런 것은 저의 성격에 맞지 않아요."

"좋습니다…… 그런데 마드모아젤, 오늘 밤 당신은 이곳에 온 뒤로 친구에게 전화한 적이 있습니까?"

"제가요? 친구에게 전화를? 참 이상한 걸 물으시네요."

"아니, 그, 나는 워낙 호기심이 많은 사람이라서."

"예, 그렇게 보이시는군요."

그녀는 검은 눈을 크게 뜨고서 그를 바라보며 말했다.

"아주 위험한 분이신데요."

"아니, 아니, 천만에. 아주 위험하진 않습니다. 아주 쓸모있는 사람이지요— 위험한 경우에는. 아시겠습니까?"

롤라는 킥킥거리며 웃었다. 하얀 이가 가지런했다.

"아니, 아니. 당신은 위험한 분이세요."

그녀는 웃으면서 말했다.

에르퀼 포와로는 한숨을 쉬었다.

"이해를 못 하시는군. 그런데 이야기가 좀 이상해졌는데."

그때 토니가 멍청한 상태에서 깨어난 듯이 갑자기 말이 많아졌다.

"롤라, 춤추자고. 자."

"예, 좋아요. 포와로 씨에게는 그럴 용기가 없으신 것 같으니까요!"

토니는 그녀를 댄스 플로어 쪽으로 인도해 나가면서 어깨너머로 포와로에게 말했다.

"선생님은 지금부터 시작된 범죄에 대한 연구나 해두십시오."

"의미심장한 말이로군. 확실히 의미심장해……."

포와로는 대답했다. 그는 1~2분 생각에 잠겨 있다가 손가락을 세워 신호를 보내자 루이지가 즉시 달려왔다. 이 이탈리아인은 커다란 그 얼굴에 온통 애교를 담고 있었다.

"친구, 좀 알고 싶은 게 있는데." 포와로가 말했다.

"무슨 말씀이신지 묻기만 하십시오."

"이 테이블에 앉은 손님 중에 오늘 밤에 전화를 쓴 사람이 몇이나 되나?"

"그거 말씀입니까, 선생님? 하얀 드레스를 입은 젊은 숙녀분, 그분은 도착하시자마자 쓰셨습니다. 그분이 코트를 클로크(호텔, 극장 등에서 외투나 소지품을 맡기는 곳)에 맡기러 가시자, 또 다른 숙녀분이 클로크에서 나오셔서 전화부스로 들어가셨습니다."

"그렇다면 그 세뇨라도 전화를 걸었군! 그것은 레스토랑에 들어가기 전이었지?"

"예, 선생님."

"그밖에는?"

"없었습니다, 선생님."

"그렇다면, 루이지, 생각해볼 필요가 있겠는데."

"그렇습니까?"

"그렇고말고 루이지, 오늘 밤엔 특별히 머리를 쓸 필요가 있을 것 같네! 뭔가가 일어나고 있어, 루이지. 지금은 그게 뭔지 모르겠지만."

"제가 할 수 있는 일이라면 무엇이든지 말씀해주시지요."

포와로는 눈짓을 했다. 루이지는 알아차리고 그 곁을 떠났다. 스티븐 카터가 돌아온 것이다.

"우리 둘만 남았군요, 카터 씨." 포와로가 말했다.

"정말 그렇군요." 상대방이 대답했다.

"바턴 러셀 씨와는 친한 사이십니까?"

"꽤 오래전부터 알고 지낸 사이지요."

"그의 처제 웨더비 양은 정말 매력적인 아가씨더군요."

"예, 아름다운 아가씨지요."

"그녀와도 친하십니까?"

"예, 상당히."

"흠, 상당히라고요?"

카터는 그렇게 말하는 그를 바라보았다. 연주가 끝나자 모두 자리로 돌아왔다.

바턴 러셀이 웨이터에게 말했다.

"샴페인 한 병 더, 빨리!" 그리곤 잔을 들었다.

"자, 여러분, 건배합시다. 실은 오늘 밤 이렇게 오시게 한 것엔 이유가 좀 있습니다. 여기 이처럼 여섯 사람의 자리를 준비시켜 두었는데, 현재 여기 있는 사람은 다섯 명. 빈자리가 하나 있습니다. 그러나 아주 기묘한 우연으로 에르퀼 포와로 씨가 때마침 지나가시기에 무리하게 이 모임에 동참하시라고 권했습니다. 그러나 이 우연이 얼마나 적절한 것이었는지는 여러분은 아직 모르고 계실 줄 압니다. 오늘 저녁의 빈자리는 어느 여성의 것. 이 모임은 그 여성을 추억하기 위해서입니다. 여러분, 저는 이 모임을 사랑하는 아내 아이리스를 위하여 4년 전 오늘 죽은 그녀를 위해서 마련한 겁니다!"

테이블을 둘러싼 사람들 사이에서 웅성거리는 소리가 들렸다.

바턴 러셀은 여전히 무표정한 얼굴로 잔을 들고 말했다.

"그녀를 추억하기 위해 여러분 마음껏 마셔주시기 바랍니다. 아이리스를 위해서!"

"아이리스?"

포와로는 날카롭게 말했다. 그리고 그는 꽃을 보았다.

바턴 러셀은 포와로의 시선을 느끼고는 천천히 고개를 끄덕였다(아이리스(Iris)와 붓꽃(iris)은 철자가 똑같다).

테이블 주위에서는 수군거리는 소리가 들렸다.

"아이리스, 아이리스……."

누구나 놀라고 침착성을 잃은 듯했다.

바턴 러셀은 미국인 특유의 악센트로 한 마디 한 마디 힘을 주어가며 말을 계속했다.

"이런 식으로 아내를 추억하는 것이 이상하게 보일는지도 모르겠습니다. 유행을 좇는 레스토랑에서 만찬회를 연다는 것은, 분명 그렇게 말할 수도 있겠지요. 그러나 여기에는 그럴 만한 이유가 있기 때문에 사정을 모르시는 포와로 씨를 위해서 설명하려고 합니다."

그는 포와로 쪽으로 얼굴을 돌리고 말했다.

"4년 전 오늘 밤이었습니다, 포와로 씨. 뉴욕에서 만찬회가 열렸지요. 참석

한 사람은 저와 아내, 그리고 워싱턴 대사관 소속의 스티븐 카터. 당시 우리 집에 몇 주일간 묵고 있었던 앤터니 채플. 거기에 세뇨라 발데즈 이분은 그 무렵 뉴욕시 저명인사들의 눈을 자신의 춤으로 즐겁게 해주었습니다. 그밖에 여기 폴린……"

그는 폴린의 어깨를 두드리며, "제 처제는 겨우 열여섯 살이었지만 특별히 참석을 허락했었지요. 기억하나, 폴린?"

"예, 기억하고 있어요."

그녀의 목소리는 조금 떨리고 있었다.

"포와로 씨, 그날 밤 비극이 일어났습니다. 드럼이 울리고 여흥이 시작되었을 때입니다. 조명이 꺼지고, 그리고 다시 불이 켜졌을 때 제 아내는 테이블에 엎드려 있었습니다. 죽은 거죠—완전히 숨이 끊어져 있었습니다. 그녀의 포도 주잔에서는 청산가리가 발견되었습니다. 그리고 그 약을 싼 종이는 그녀의 핸드백에 들어 있었습니다."

"자살하셨나요?" 포와로가 물었다.

"검시심문에서 배심원들의 답변은 그랬습니다. 포와로 씨, 그 사건의 결과는 저를 완전히 실망시켰습니다. 자살할 만한 이유가 있었겠지……. 경찰도 그렇게 생각했습니다. 그리고 저로서도 그 결정을 받아들였던 것입니다."

그는 갑자기 테이블을 두드리며 말을 계속했다.

"그러나 저는 만족할 수 없었습니다. 그로부터 4년이라는 세월을 두고 생각하고 또 생각했지만 지금까지도 이해할 수가 없는 겁니다. 저는 아이리스가 자살했다고는 생각지 않습니다. 포와로 씨, 저는 믿고 있습니다. 아이리스는 살해되었다고요. 그때 테이블에 함께 있었던 누군가의 손에 의해서!"

"뭐라고요?"

토니 채플이 갑자기 일어섰다.

"조용히 하게, 토니." 러셀이 말했다.

"아직 내 이야기 끝나지 않았어. 그 자리에 함께 있었던 누군가의 짓이야— 지금도 내 확신에는 변함이 없어. 그 누군가가 어둠을 이용해서 쓰고 남은 청산가리 싼 종이를 그녀의 핸드백에 넣은 거야. 그것이 누구인지 나는 짐작하고 있어. 다시 말하자면, 진상을 알고 있다는 이야기야……."

롤라가 날카로운 목소리로 말했다.

"당신 미쳤군요……. 미쳤어! 그녀를 죽이다니, 누가 그런 생각을 하겠어요! 당신은 돌았군요. 난 이런 곳엔 있기 싫어요……."

그녀가 말을 마치자 드럼이 울리기 시작했다.

바턴 러셀은 다시 말했다.

"여흥이 시작됩니다. 저것이 끝나면 다시 이야기를 계속 하기로 합시다. 그때까지는 아무도 떠나지 마십시오. 나는 밴드에게 잠깐 다녀오겠소. 부탁해둘 것이 있어서."

그는 일어서서 테이블을 떠났다.

"이상한 짓을 하는군. 분명히 어떻게 됐나 봐." 카터가 말했다.

"그래요. 미쳤다고요." 롤라도 말했다.

조명이 어두워졌다.

"뭐, 걱정할 것 없어. 곧 알게 되겠지." 토니가 말했다.

"아니에요. 그렇지 않아요."

폴린이 소리쳤다. 그리고 낮은 목소리로 말했다.

"오, 하나님, 하나님……."

"왜 그러십니까, 마드모아젤?" 포와로가 조그만 목소리로 물었다.

"무서워요! 그날 밤과 똑같아요." 그녀도 속삭이듯 대답했다.

"쉿!" 몇 사람이 말리는 소리가 들렸다.

"귀를 이리 가까이."

포와로도 낮은 목소리로 뭐라고 속삭이며 그녀의 어깨를 두드려 주었다.

"그렇게 하면 만사가 잘될 겁니다."

"어머! 저 소리 들었어요!" 롤라가 소리쳤다.

"왜 그러십니까, 세뇨라?"

"같은 곡이에요. 뉴욕에서 그날 밤에 연주했던……. 바턴 러셀이 시킨 거예요. 정말 싫어요. 이렇게 음악까지 같은 곡을 지시하다니."

"용기를 내요, 용기를……."

그리고 비로소 테이블은 다시 조용해졌다.

젊은 여자가 플로어의 중앙으로 걸어나왔다. 새까만 흑인 여자로, 커다란 눈과 하얀 이를 반짝이며 노래하기 시작했다.

좀 쉰 듯하고 그 목소리가 기묘하리만큼 마음을 뒤흔들었다.

당신을 잊었어요
생각하지도 않아요
어떤 모습으로 걸어갔었는지
어떤 모습으로 말했었는지
어떤 이야기를 했었는지
모두 잊고 말았어요.
당신을 잊었어요.
생각하지도 않아요.
잊었어요, 당신의 눈 색깔도
파란색인지, 아니면 회색인지
당신을 잊었어요.
생각하지도 않아요.

그래서는 안 돼요
당신을 생각하면
안 된답니다.
당신을 생각하면
당신……당신……당신……당신…….

흐느끼는 듯한 선율이었다. 흑인 특유의 굵은 허스키.

마음을 휘어잡는 것이 있었다. 듣는 사람은 누구나 다 마법에 걸려 있는 듯했다. 웨이터조차도 그런 것 같았다. 실내에 있는 모든 사람이 그녀를 바라보며 그녀가 발산하는 감정의 파도에 젖어 있었다.

한 웨이터가 발소리를 죽여서 테이블을 돌아가며 잔에 술을 따랐다. 조그만 소리로 "샴페인입니다." 하고 속삭이며 지나가는데 모든 사람들의 주의는 스포트라이트를 받고 있는, 멀리 아프리카에 조상을 둔 검은 피부의 여자에게 쏠려 있었다. 깊이 있는 노랫소리가 이어졌다.

당신을 잊었어요.
생각하지도 않아요.
하지만 그건 거짓말
당신을 생각해요. 당신을, 당신을

내가 죽을 때까지…….

열광적인 박수가 터져 나왔다. 조명이 다시 들어왔다.
바턴 러셀이 들어와서 의자에 앉았다.
"멋진 가수로군요, 저 여자는."
토니가 소리쳤다. 하지만 그 소리는 롤라의 낮은 절규에 덮여 지워졌다.
"봐요, 보세요……."
그래서 모두 보았다.
폴린 웨더비가 테이블에 엎드려 있었다.
롤라가 소리쳤다.
"죽었어요! 아이리스처럼, 뉴욕에서의 아이리스 그대로예요."
포와로가 퉁겨 오르듯 자리에서 벌떡 일어나서 다른 사람들에게 각자의 자리에 앉아 있도록 지시했다. 그리고 엎드려 있는 여자 위로 몸을 굽혀 축 늘어진 손을 잡아 맥을 짚어 보았다. 그의 얼굴은 창백하게 떨리고 있었다.
다른 사람들은 그를 주시했다. 그들은 그대로 얼어붙어서 넋을 잃고 있었다.
포와로는 천천히 고개를 끄덕이며 말했다.
"틀렸습니다. 이미 사망했습니다—가엾게도 내가 옆에 앉아 있었는데도! 하지만 이번에는 범인을 놓치지 않겠소."

바턴 러셀은 창백한 얼굴로 중얼거렸다.

"아이리스가 죽었을 때와 똑같군…… 처제는 뭔가를 알고 있었던 거야, 그날 밤 폴린은 뭔가를 봤어. 다만, 확신이 없었을 뿐이지. 내게도 확실치는 않지만 짐작이 간다고 말했었어…… 여하튼 경찰을 불러야지. 가여운 폴린."

포와로가 말했다.

"폴린의 잔이 이건가요?"

그는 그것을 코로 가져가더니 말했다.

"분명히 청산가리 냄새가 나는군. 강한 아몬드 냄새, 같은 방법, 같은 수법으로……."

이어서 폴린의 핸드백을 집어들고 말했다.

"핸드백 안을 조사하겠습니다."

바턴 러셀이 소리쳤다.

"설마 자살이라고 생각하는 건 아니겠죠? 그런 일은 절대로 있을 수 없습니다."

"기다리시오." 포와로는 명령조로 말했다.

"안에는 아무것도 없습니다. 하지만 이것은 조명이 너무 빨리 들어와서 범인이 미처 손쓸 틈이 없었기 때문이지요. 다시 말하자면, 그자는 당연히 나머지 독을 가지고 있을 겁니다."

"여자일지도 몰라요."

카터는 그렇게 말하며 롤라 발데즈를 쳐다보았다.

그녀는 덤벼들듯이 말했다.

"그게 무슨 소리죠, 방금 뭐라고 했죠? 내가 죽였다는 건가요. 그런 말도 안 되는 거짓말이에요. 내가 그런 짓을 할 이유가 없잖아요!"

"당신은 뉴욕에서 그 사건이 있을 당시부터 바턴 러셀을 좋아했지. 세상 소문도 그랬고 그리고 아르헨티나 여자는 질투가 심하단 말이야."

"그런 건 다 거짓말이에요. 첫째, 나는 아르헨티나에서 오지 않았어요. 페루 출신이에요. 당신은 어째서 그렇게 터무니없는 말만 하는 거죠? 좋아요, 난……."

그다음엔 스페인어가 쏟아져 나왔다.

"조용히들 하시오." 포와로가 소리쳤다.

"지금은 나 혼자만 얘기할 수 있도록 해주시오."

바턴 러셀이 괴로운 듯이 말했다.

"모두 몸수색을 해볼 필요가 있습니다."

"아니. 그럴 필요는 없소" 포와로가 냉정하게 말했다.

"필요가 없다니요?"

"이 에르큘 포와로는 알고 있습니다. 마음의 눈으로 보고 있었지요. 지금부터 그것을 설명하지요. 무슈 카터, 당신의 윗주머니에 들어 있는 종이봉지를 보여 주시지요."

"내 호주머니에? 그런 것이 들어 있을 리가 없는데."

"토니, 수고스럽지만……."

카터가 소리쳤다.

"무슨 짓을 하는 거요."

카터가 저항할 틈도 없이 토니는 재빨리 그의 주머니에서 종이봉지를 빼내었다.

"있습니다, 포와로 씨. 말씀하신 대로!"

"거짓말이야!"

카터는 두 번, 세 번 거듭 외쳤다.

포와로는 종이봉지를 받아들고 라벨을 읽었다.

"'청산가리', 이것으로 사건은 분명해졌군."

바턴 러셀이 성급하게 단정을 내렸다.

"카터! 그전부터 그런 생각이 들었었어. 아이리스와 너는 사랑하는 사이였지? 그녀는 너와 어디론가 달아나려는 생각을 하고 있었던 거야. 그러나 너는 스캔들을 두려워했겠지. 너의 그 소중한 장래를 위해서. 그래서 그녀를 독살했어. 이 악당 같은 놈! 교수형에 처해야 해!"

"조용히 하시오!"

포와로의 음성이 울려 퍼졌다. 숙연하고 권위 있는 목소리였다.

"아직 사건이 끝난 것이 아닙니다. 이 에르큘 포와로가 드릴 말씀이 있소 여기 있는 나의 친구 토니 채플은 내가 이곳에 도착하니 사건을 찾아서 왔느냐고 하더군요. 그 말의 반은 사실이었습니다.

분명히 나는 사건을 예상하고 그것을 마중 온 것이지요. 그러나 그것은 범죄를 예방하기 위해서였고, 그리고 사실 그 예방에 성공했습니다. 살인자는 아주 교묘한 계획을 세워 놓았었지요. 그러나 에르퀼 포와로는 그보다 한발 앞서 있었습니다. 나는 급히 생각을 정리하여 조명이 꺼지자마자 재빨리 마드모아젤의 귀에 대고 속삭였습니다. 그녀 또한 기민하고 예리한 머리를 가지고 있었지요. 그래서 마드모아젤 폴린은 그 역할을 멋지게 연출해준 겁니다. 자, 마드모아젤, 죽은 것이 아니라는 것을 보여주십시오."

폴린은 일어났다. 미소를 머금고

"폴린의 부활이에요." 그녀가 말했다.

"폴린……, 다행이야!"

"토니!"

"내 사랑!"

"나의 천사!"

바턴 러셀이 마른 침을 꿀꺽 삼켰다.

"난, 도무지 영문을 모르겠군……."

"아시도록 해 드리지요. 바턴 러셀 씨, 당신의 계획은 실패로 끝났습니다."

"내 계획이라니?"

"그래요, 당신의 계획 말이오. 조명이 꺼지고 깜깜해진 사이에 알리바이가 성립되지 않는 사람은 오직 한 명. 그때 테이블을 떠나 있었던 사람입니다. 그것은 바턴 러셀 씨, 당신이지요. 그러나 사실은 그 어둠 속에서 당신은 뒤돌아왔소. 샴페인 병을 손에 들고 테이블을 돌아가며 술잔을 채우고 다녔습니다. 그리고 폴린 양의 잔에 청산가리를 넣고는 잔을 치우는 척하며 카터의 위로 몸을 구부려 그 주머니에 반이나 남은 청산가리 종이봉지를 집어넣은 겁니다.

어둠 속에서, 더구나 모든 사람들의 주의가 다른 곳에 쏠려 있을 때 웨이터의 역할을 해내는 것은 쉬운 일이지요. 당신이 오늘 밤 이 모임을 마련한 진정한 이유는 거기에 있었던 겁니다. 살인을 하기에 가장 안전한 곳은 여러 사람들의 한가운데에 있어야 한다는 것을 입증해보인 셈이죠"

"어, 어째서 내가 폴린을 죽여야 할 이유가 있다는 겁니까?"

"아마 금전상의 이유겠죠. 당신 부인은 당신을 동생의 후견인으로 지명했소. 그것에 대해서는 당신 스스로 이미 이야기한 바 있소. 폴린 양은 현재 20세. 21세가 되든지 결혼을 하게 되면 당신이 관리해오던 그녀의 재산에 대한 계산서를 제시해야만 합니다. 짐작건대 당신은 그것이 불가능했던 것 같소. 당신은 그 돈에 손을 대 투기에 이용해오고 있었던 겁니다.

바턴 러셀 씨, 당신은 이와 똑같은 방법으로 부인을 살해했거나, 아니면 그녀의 죽음은 사실 자살이었는데, 거기서 힌트를 얻어서 이 범죄를 계획하게 되었겠지요. 그러나 오늘 밤 당신이 살인미수로 유죄라는 것은 분명합니다. 당신이 이로 말미암아 기소되고 안 되고는 폴린 양의 마음 하나에 달려 있습니다만."

"아니에요. 전 고소하지 않겠어요." 폴린은 말했다.

"이 나라를 떠나 제 눈에 띄지 않는 곳으로 가준다면 아무 말도 않겠어요. 전 스캔들을 좋아하지 않거든요."

"당장이라도 떠나셔야겠군요, 바턴 러셀 씨. 그리고 앞으로는 좀더 떳떳하게 살아가시도록 충고하는 바입니다."

바턴 러셀은 일어섰다. 일그러진 얼굴로.

"빌어먹을! 조그만 벨기에 원숭이 같은 인간에게 내가 당하다니!"

그는 분한 얼굴을 하고 사라졌다.

폴린은 크게 숨을 내쉬며 말했다.

"멋져요, 포와로 씨."

"멋진 사람은, 마드모아젤, 당신이지요. 샴페인을 쏟으며 죽은 사람 흉내를 낸 장면은 대단한 연기였습니다."

"생각만 해도 오싹해요." 그녀는 몸서리치며 말했다.

그는 조용하게 물었다.

"내게 전화한 것은 당신이었죠?"

"예."

"왜 그랬습니까?"

"모르겠어요. 다만, 전 너무 불안했어요. 왜 불안한지 뚜렷이 짚이는 것도 전혀 없고, 그저 막연히 불안하기만 했어요. 바턴은 아이리스 언니의 죽음을 추억하기 위해서 오늘 밤 모인다고 했어요. 하지만 거기에 뭔가 계획이 있다는 것을 알았죠. 하지만 그 사람은 그것이 무엇인지 말해주려고 하지 않는 거예요. 그러면서도 그 사람의 태도가 정말 이상하게 보였거든요. 흥분하고 있는 것도 분명했고, 뭔가 무서운 일이 일어날 것이라고 느껴진 거예요. 하지만 제 목숨을 노리고 있을 줄은 꿈에도 몰랐어요."

"그래서, 마드모아젤?"

"선생님의 명성은 여러 사람들에게서 들어서 알고 있었습니다. 그래서 선생님이 함께 계셔 준다면 무서운 일이 일어나는 것을 막을 수 있겠다고 생각한 거죠. 그래서 전 미국인다운 생각일진 모르겠지만 전화를 걸어서 위험에 빠져 있는 것처럼 말씀드리면……, 예, 되도록 수수께끼 같은 사건으로 보이게 한다면……."

"멜로드라마라면 나를 유인해낼 수 있을 거라고 생각했군요? 바로 그겁니다. 그래서 나는 머리가 꽤 아팠소. 그 전화 자체는, 분명히 이상했습니다. 진짜 사건이 일어났다고는 생각되지 않았으니까요. 그러나 그 음성에 나타난 두려움, 그것만은 거짓이 아니라고 느꼈지요. 그래서 나는 와보기로 한 겁니다. 그런데 아가씨는 처음부터 전화 건 사실을 부정했잖소?"

"그렇게 할 수밖에 없었어요. 그리고 또, 전화한 사람이 저라는 것을 선생님께 알리고 싶지 않은 점도 있었고요."

"그랬군요? 하지만 난 아가씨라고 확신하고 있었는데. 처음부터는 아니지만 곧바로 확인할 수가 있었으니까요. 오늘 밤 모임에 어째서 노란 붓꽃을 테이블에 장식했는지 그 뜻을 알고 있는 사람은 아가씨와 바턴 러셀 두 사람뿐이라고 깨달았기 때문입니다."

폴린은 고개를 끄덕이며 말했다.

"전 그 꽃으로 테이블을 장식하라고 그가 지시하는 말을 들었어요. 그리고 여섯 명의 좌석을 주문하는 것도요. 전 모일 사람이 다섯이라고 알고 있었기 때문에 의문을 느꼈지요······."

그리곤 잠깐 입술을 깨물었다.

"어떤 의문이었지요, 마드모아젤?"

그녀는 천천히 말을 이어갔다.

"저는 겁이 났어요—무슨 일이 벌어지지 않을까 하고 카터 씨 신상에."

스티븐 카터는 헛기침을 했다. 그리고 느긋한 걸음으로 테이블에서 떠나며 결심한 듯이 말했다.

"포와로 씨, 저는 당신에게 두고두고 감사해야겠군요. 덕분에 살아났으니까요. 그런데 인사 말씀도 미처 다 올리지 못하고 이 자리를 떠나야 한다는 것이 너무 마음 아프지만 용서하십시오. 여하튼 오늘 밤 사건은 저에게도 대단한 충격이었습니다."

멀어져 가는 카터의 뒷모습을 보고 폴린이 소리쳤다,

"전 저 남자가 딱 질색이에요. 그동안 많이 생각해봤는데요, 저 남자 때문에 아이리스 언니가 자살했다는 거예요. 아니면, 그 때문에 바턴에게 살해되었거나, 그 어느 쪽이에요. 밉살스러운 남자예요!"

포와로는 상냥하게 말했다.

"잊으십시오, 마드모아젤. 잊어야 합니다. 과거는 잊고······, 현재만을 생각하십시오."

폴린은 조그만 목소리로 말했다.

"예, 말씀하신 대로······."

포와로는 롤라 발데즈를 돌아보며 말했다.

"세뇨라, 밤이 깊어진 탓인지 나도 용기가 생기는군요. 함께 추시겠다면······."

"예, 기꺼이. 선생님은 참 멋진 분이군요, 포와로 씨. 제가 먼저 청하고 싶을 정도예요."

"황송합니다, 세뇨라."

토니와 폴린만이 남게 되었다.

두 사람은 테이블을 사이에 두고 서로 다정하게 마주 보며 말했다.

"사랑스러운 폴린."
"토니, 오늘 온종일 당신에게 심술궂게 화만 냈군요. 절 용서해주시겠죠?"
"나의 천사여, 이번에는 우리가 좋아하는 곡이로군. 춥시다."
두 사람은 서로에게 미소를 보내며 댄스 플로어로 나갔다.

사랑처럼 외롭게 하는 건 없어요.
사랑처럼 슬프게 하는 건 없어요.
절망하게 만들고
빠지게 만들고
감상적으로 만들고
초조하게 만들고
사랑처럼
우울한 것은 없어요.

사랑처럼 열중하게 하는 건 없어요.
사랑처럼 미치게 하는 것도 없어요.
빈정거림
욕지거리
자살
살인
사랑처럼
사랑처럼…….

마플 양, 이야기를 하다

분명히 이 이야기는 아직 아무에게도 한 적이 없어요. 몇 년 전엔가 일어난 일인데 조금은 재미있는 사건이에요. 어때, 레이먼드 들어본 적 있니? 존, 당신은? 아직 못 들었다면 이야기하겠지만, 그렇다고 자랑이라고는 생각하지 말아요. 나 같은 건 젊은 당신들에게 비하면 머리가 좋은 것도 아니니까요.

빈말이 아니라 레이먼드의 소설은 현대적이고 참 재미있어요. 등장인물이 젊은 남녀들뿐인 것이 흠이긴 하지만……. 게다가 존의 그림 또한 훌륭해요. 네모난 몸체에 커다란 혹이 붙어 있는 기묘한 그림이지만.

그처럼 당신들은 똑똑하고, 나 같은 것은 언제나 레이먼드가 말하듯이(물론, 그것은 자상한 마음에서 나온 말이지. 레이먼드는 많은 조카들 가운데서도 특별히 친절한 애랍니다) 어쩔 수 없는 구닥다리이니까. 하지만 빅토리아 왕조 시대의 사람이니까 어쩔 수가 없어요.

하여튼 내가 좋아하는 화가라면 알마 타데마(1836~1912, 네덜란드 출신의 영국 화가), 프레드릭 레이턴(1830~1896, 영국의 화가, 조각가) 정도니까. 그런 사람들의 그림은 당신네들 눈에는 완전히 시대에 뒤떨어진 것으로 보이겠죠.

어머, 잠깐. 내가 무슨 이야기를 하고 있었지? 그래, 그래, 자랑삼아 하는 이야기로 오해받고 싶지는 않다고 했었지……, 그래.

하지만 이런 나도 조금은 으쓱한 마음도 있다고요. 왜냐고요? 아주 조금 상식적인 머리를 썼을 뿐인데도 나 같은 거보다도 훨씬 머리 좋은 사람들을 당혹케 하던 문제를 거뜬히 풀 수가 있었으니까. 하긴 내가 보기에는 처음부터 진상이 분명했던 것 같았지만……

어쨌든 내 이야기를 들어봐요. 그리고 설령 자랑처럼 들리더라도 커다란 괴로움에 빠져 있었던 한 사람을 구해 주었으니까 참고 들어야 해요.

내가 이 사건을 알게 된 것은 어느 날 밤 9시쯤이었어요.

그웬……, 그웬에 대한 것은 기억하고 있겠지? 내가 데리고 있던 머리칼이 붉은 하녀 말이에요……. 그래, 그웬이 들어와서 페터릭 씨하고 또 신사 한 분이 찾아오셨다고 하는 거예요. 그때 이미 그웬은 이 두 분을 응접실에 안내한 뒤였죠. 이른 봄이라 나는 식당에 있었어요. 난로를 두 개나 피우는 것은 아까운 생각이 들어서 말이에요. 그래서 나는 체리 브랜드와 컵을 가져오라고 그웬에게 일러놓고는 서둘러서 응접실로 들어갔죠.

당신들, 페터릭 씨 기억하죠? 2년 전에 세상을 떠났지만 나와는 오랫동안 사귀어온 사이이며, 나를 위해서 법률사무를 맡아주신 분이에요. 머리가 좋고 아주 눈치 빠른 훌륭한 변호사였지. 지금은 그분의 아드님이 내 일을 맡아 봐주고 있는데, 이 사람도 훌륭한 청년으로서 현대적이기도 하지만, 아무래도 나로서는 돌아가신 페터릭 씨만큼 신뢰감을 느낄 수가 없어요.

나는 페터릭 씨에게 난로 두 개에 대한 경위를 설명했죠. 그랬더니 그들은 그 자리에서 이렇게 말하더군요. 그렇다면 우리도 식당 쪽으로 가죠. 그런 다음에 친구인 로드스 씨라는 분을 소개해주더군요.

그 사람은 우리들 보다 훨씬 젊은 분인데(그래, 마흔을 조금 지났을까), 나는 한눈에 뭔가 괴로워하고 있다는 것을 알 수 있었어요. 태도가 아무래도 이상했거든요. 긴장 때문이라는 것을 몰랐더라면 틀림없이 무례한 남자라고 생각했을 거예요.

식당에 가 앉자 그웬이 체리브랜디를 가지고 오더군요.

거기서 페터릭 씨가 찾아오신 용건을 말씀하셨지.

"마플 양, 이렇게 갑자기 쳐들어온 것을 옛친구의 얼굴을 봐서 용서해주십시오. 실은 의논하고 싶은 것이 있어서 찾아온 겁니다."

나는 무슨 말인지 도무지 알 수 없었으나 그 사람은 계속 말했죠.

"누구나 병이 들면 두 곳의 의견을 원하게 됩니다. 하나는 전문의의 의견. 그리고 또 하나는 주치의의 의견이지요. 대개 전문의 의견 쪽이 중시되지만 나는 반드시 그 의견이 옳다고 생각지는 않습니다. 전문의는 그 전문적인 범위밖에는 경험이 없거든요. 주치의는 지식의 양에서는 뒤질는지 모르지만 광

범위하게 경험을 가지고 있지요."

나는 페터릭 씨가 말하는 뜻을 잘 알 수 있었죠. 왜냐하면 그 얼마 전에 내 조카 하나가 아기의 피부병 때문에 늘 다니는 단골의사에게는 보이지도 않고 곧바로 유명한 피부과 전문의에게 데리고 갔었거든요. 늘 다니는 단골의사를 구식이라고 얕본 탓이었겠죠. 전문의는 돈이 아주 많이 드는 치료를 해주었지만, 뒤에 가서 알아보니 그 아기의 병은 별것도 아닌 조금 변형된 홍역이었다는 거예요.

이야기가 옆길로 샜지만, 내가 말하고 싶었던 것은 페터릭 씨의 의견에는 충분한 이유가 있다는 점이에요. 하지만 왜 페터릭 씨가 그런 말을 꺼냈는지는 나도 짐작할 수가 없었죠.

"로드스 씨가 병환이시라면……."

나는 말을 꺼내다 말고 입을 다물고 말았어요. 왜냐하면 그 가엾은 사람이 굉장히 큰소리로 웃음을 터뜨렸기 때문이에요.

그 사람은 이렇게 말했죠.

"병 정도가 아니라 몇 달 안 가서 나는 목뼈가 부러져서 죽을 것 같은 예감이 드는 겁니다."

그런 다음에는 사정이 점점 분명해졌어요. 그 무렵 여기서 20마일(약 32km)쯤 떨어진 곳인 반체스터라는 마을에서 얼마 전에 살인사건이 있었거든요. 하지만 내가 거기에 관심이 없었던 것은 당시 우리 마을에서는 양육원 설치 문제로 온 마을이 들떠 있었기 때문이에요.

인도의 지진이라든가 반체스터의 살인사건이라든가 마을 밖에서 일어난 일들이(실제로는 훨씬 중대한 사건이었지만) 마을이 소란스러운 탓으로 우리의 관심 밖에 있었던 거죠. 어느 마을이나 모두 그런 것 같아요. 그래도 이름은 잊었지만 어떤 여자 하나가 어느 호텔에서 칼에 찔려 죽었다는 사건을 신문에서 본 기억이 있었죠. 그런데 아무래도 그 살해된 여자가 로드스 씨의 부인 같은 거예요. 그리고 더욱 나쁜 것은, 그 로드스 씨가 부인 살해 혐의를 받고 있었던 것 같아요.

페터릭 씨가 명쾌하게 설명해준 것에 의하면 검시재판에서의 배심원의 답변은 한 사람 또는 몇 사람에 의해서 저질러진 살인이라고 했는데, 실제로는 오늘내일 안에 로드스 씨가 체포될 처지에 있었던 모양이에요. 그래서 그 사람은 페터릭 씨를 찾아가서 모든 것을 맡겼다는 이야기지. 페터릭 씨는 다시 그날 오후 둘이 함께 황실변호사인 맬컴 올드 경에게 사건을 부탁하러 가서, 재판에 회부되면 로드스 씨의 변호를 그가 맡기로 했다는 거예요.

그래서 페터릭 씨말로는 맬컴 경은 현대적인 방법을 구사하는 젊은 법정변호사답게 즉시 변호방침을 지시해주었는데, 페터릭 씨는 그 방침에 완전히는 만족할 수 없었던 모양이에요.

"요는, 마플 양⋯⋯." 그 사람은 말했어요.

"이해하실 줄 압니다만, 거기에 나는 이른바 전문가의 견해라는 냄새가 너무 강하다고 느껴지는 겁니다. 맬컴 경은 사건을 보는 데 있어서 시종일관 하나의 관점에만 집착하는 겁니다─보다 효과적인 변호 방법이라는 점에서 말이지요. 그러나 아무리 우수한 변호 방법도, 내 생각으로는, 요긴한 문제를 무시할 위험이 없다고는 할 수 없거든요. 즉, 피고를 구하려고만 할 뿐이지, 실제로 일어난 사실을 밝히려 하지는 않는다는 겁니다."

거기에 이어서 그 사람은 내 머리가 날카롭고 판단이 정확하고 인간성에 대한 지식에 깊이가 있다는 둥 한참 치켜세우고는, 사건 이야기를 들어본 다음 진상을 밝힐 수 있는 힌트를 주지 않겠느냐고 부탁하는 거예요.

하긴, 로드스 씨는 이런 늙은이가 정말로 도움이 될까 하고 의아해하며 이런 곳까지 끌려와서 귀찮게 되었다고 후회하고 있는 것이 내 눈에는 분명히 보였죠. 그러나 페터릭 씨는 그런 것엔 개의치 않고 3월 8일 날 밤에 일어난 사건을 이야기하기 시작했죠.

로드스 씨 부부는 반체스터 크라운 호텔에 묵고 있었답니다. 로드스 부인은 (나는 그것을 페터릭 씨의 신중한 말투에서 짐작했지만) 우울증 기미가 있었는지, 그날 밤은 식사를 마치고 곧 침대로 들어갔대요. 그녀와 그의 남편은 각각 방 하나씩을 차지했고, 이웃한 두 방 사이는 문이 있었어요.

로드스 씨는 선사시대의 부싯돌 연구서를 집필 중이어서 옆방에서 일하고 있었답니다. 11시가 되어서 원고를 정리하고 침대에 들어갈 준비를 했대요. 그런데 침대에 들어가기 전에 부인 방을 들여다보고 필요한 것이 없는가 물어보려고 했는데, 전깃불이 켜진 채 그냥 있기에 가까이 가보니 부인은 침대 속에서 흉기로 가슴이 찔린 채 쓰러져 있었다는 거예요! 숨이 끊어진 것은 한 시간쯤 되었고—아니, 어쩌면 좀더 되었는지도 모르지요.

이어서 다음의 일들이 밝혀졌어요. 로드스 부인의 방에는 복도를 향해 또 하나의 문이 있었는데, 거기는 열쇠가 채워져 있고, 더구나 안에서 고리가 걸려 있었대요. 하나밖에 없는 창문도 역시 잠겨 있었고 그리고 로드스 씨의 이야기로는 자기가 일을 하던 방을 지나간 사람은 부인이 자는 방에 더운물을 넣은 병을 몇 개 가져온 그 방 담당하녀뿐이라고 하는 거예요.

상처에 꽂혀 있던 흉기는 가느다란 단검이었는데, 언제나 로드스 부인의 화장대 위에 놓여 있었던 물건이래요. 그녀는 이것을 페이퍼 나이프 대신에 사용했던 모양이며, 지문은 조금도 묻어 있지 않았대요.

그때의 상황을 간추려서 말하자면 다음과 같아요. 피해자의 방에 출입한 사람은 로드스 씨와 담당 하녀 외에 아무도 없었던 거죠. 나는 담당 하녀에 대한 것을 물어보았죠.

페터릭 씨는 물음에 이렇게 대답했어요.

"우리도 제일 먼저 그것을 조사해보았습니다. 메리 힐이라는 그 지방의 여자입니다. 크라운 호텔에서 10년 가까이 객실담당 하녀 일을 맡아왔으며, 손님에게 그런 엄청난 짓을 할 이유는 전혀 찾을 수가 없습니다. 한마디로, 아주 머리가 둔한, 말하자면 바보에 가깝다고 해도 좋을 그런 여자입니다. 그런 만큼 이야기는 처음부터 조금도 달라지지 않고 같은 말만 되풀이하는 겁니다. 로드스 부인 방에 더운 물병을 가지고 갔더니 부인은, 막 잠이 들려는 참이었다고 하는 거예요. 솔직히 말해서 그 여자가 죄를 범했다고는 믿어지지 않습니다. 배심원들도 믿을 것으로는 생각지 않고요."

페터릭 씨는 다시 두세 가지 사소한 일들을 덧붙였어요.

크라운 호텔에서는 계단을 다 올라가면 그곳이 조그만 로비로 되어 있어서, 거기서도 가끔 손님들의 의자에 앉아 커피 같은 것을 마시는 모양이에요. 거기서 오른쪽으로 복도가 나 있고, 그 복도의 가장 안쪽에 있는 문을 열고 들어가면 로드스 씨가 묵고 있던 방이 나와요. 거기서 복도는 다시 한 번 직각으로 오른쪽으로 꺾여 있죠. 모퉁이를 돌아서 첫 번째 문이 로드스 부인의 방이에요. 그런데 사건이 일어났을 때 양쪽 문에는 다 목격자가 있었어요.

첫 번째 문, 즉 로드스 씨의 방문 말인데(이것을 A라고 부르기로 하죠), 문A는 네 사람의 손님이 보고 있었어요. 두 사람은 사업차 여행하는 사람이며, 다른 두 사람은 노부부였어요. 이 네 명이 로비에서 커피를 마시고 있었대요. 그 사람들의 증언으로는 로드스 씨와 객실담당 하녀 외에는 A 문을 출입한 사람은 하나도 없다는 거예요. 복도가 꺾어진 곳에 있는 또 하나의 문을 B라고 하면, 이 또한 마침 그때 복도에서 전기공이 일을 하고 있으면서 보고 있었대요. 객실담당 하녀 이외에 그 문을 출입한 사람은 없었다고 한 증언은 다른 사람의 증언과 똑같았어요.

분명히 이상한 이야기지만 그런 만큼 흥미 또한 있는 사건이라고 할 수 있지요. 얼른 보기에는 마치 로드스 씨가 부인을 살해한 것처럼 보이거든요. 하지만 페터릭 씨가 의뢰인인 로드스 씨의 결백을 믿고 있는 것은 한눈에 알 수 있었고, 그 페터릭 씨가 대단히 머리가 좋은 분이라는 것도 나는 알고 있었죠.

검시재판에서 로드스 씨는 좀 망설인 끝에 종잡을 수 없는 이야기를 꺼냈다는 거예요. 그건 이런 이야기예요. 어떤 여자가 그 부인에게 협박장을 보낸 적이 있었다는 거죠. 하지만 그 이야기를 누가 믿겠어요.

로드스 씨 자신도 페터릭 씨의 물음에 대해 이렇게 대답한 모양이에요.

"솔직히 말씀드려서 나는 그 말을 믿지 않았습니다. 아내가 꾸며낸 이야기라고 생각했을 정도죠."

내 추측으로는 로드스 부인이라는 그 여자, 왜 흔히 있잖아요. 자기를 중심으로 해서 일어난 일들은 무엇이나 재미있고 우습게 꾸며서 이야기하지 않고는 못 배기는 공상적인 거짓말쟁이, 그런 사람 중 하나였던 것 같아요.

그녀의 말대로라면 일 년 사이에 그녀를 둘러싸고 일어난 사건은 헤아릴 수 없이 많은 거죠. 말하자면 이런 거예요. 그 여자의 입을 거쳐서 들으면 바나나 껍질에 미끄러진 일이 구사일생의 사건이 되고, 램프 갓에 불이 붙은 것이 화염에 휩싸인 빌딩에서 아슬아슬하게 구출된 대소동이 되는 거예요. 그래서 남편은 부인의 이야기라면 모두 줄이게 듣게 되었던 거죠.

그래서 자동차사고로 어떤 아이를 다치게 한 적이 있고, 그 어머니가 그냥 있지 않겠다고 벼르더라는 부인의 이야기를 들었을 때도 이 남편은 조금도 마음에 두지 않았던 거예요. 그 사건? 사실은 로드스 씨와 결혼하기 이전에 있었던 옛날 사건이죠. 그 이야기를 할 때 그녀는 그 여자의 편지라면서 읽어주었다는 거예요. 미친 사람 같은 말들이 쓰여 있었지만, 듣고 있었던 로드스 씨는 부인의 창작쯤으로 생각했다는 거죠. 그도 그럴 것이, 전에도 한두 번 그런 짓을 했다는 거예요. 다시 말하자면 그 부인은 일 년 내내 흥분상태에 있기를 원하는 히스테릭한 성격이었던가 봐요.

나는 그 이야기를 자연스럽게 받아들였어요. 왜냐하면 내가 살고 있는 마을에도 그와 똑같은 짓을 하는 젊은 여자가 있었기 때문이지요. 그런 사람들에게 나쁜 점은 정말로 큰일이 일어났을 경우 아무도 그 이야기를 믿어주지 않는다는 거죠. 그래서 나는 이 사건에서도 실제로 그런 일이 있었던 것이 아닌가 하고 생각해보았어요. 경찰에서는 로드스 씨가 혐의에서 벗어나려고 엉터리로 꾸며낸 이야기라고 생각한 모양이지만.

그래서 나는 그 호텔에 여자 혼자서 묵고 있는 사람이 몇인가 물어보았죠. 그 대답에 의하면 분명히 두 사람은 있었던 것 같아요. 하나는 그랜비 부인이라고 하는 인도인과의 혼혈 미망인이고, 또 하나는 G의 음을 빼버리고 말하는 캐러더스라는 몸집이 큰 올드미스.

페터릭 씨의 이야기로는 꽤 면밀히 조사해보았지만 범행 현장 근처에서 그여자들의 모습을 본 사람도 없었고, 그밖에 그 두 사람을 범죄와 결부시킬 수 있는 것은 아무것도 없었다는 거예요.

나는 다시 그 여자들의 생김새를 물어보았죠. 그래서 알아낸 것은 그랜비부인은 50대이고, 붉은빛이 도는 머리칼은 거의 손질이 안 되었으며, 혈색조차나쁜, 말하자면 우중충한 여자이지만 그 꼴에 입는 옷만은 꽤 사치해서 실크가 아니면 입지 않으려 했던 모양이에요.

캐러더스 양은 40대인데, 코안경을 끼고 머리는 짧게 깎고, 남자 것으로 보이는 코트에 스커트 차림이었다는군요.

나는 말했죠.

"어머, 그렇다면 꽤 골치 아프겠네요."

페터릭 씨는 그 이유에 대한 설명을 듣고 싶다는 듯이 내 얼굴을 보고 있었지만, 그때 나로서는 자세한 이야기를 하고 싶지 않아서 맬컴 올드 경이 한 말로 화제를 바꾸었죠.

맬컴 경은 이 사건을 자살설로 가져가고 싶어 했던 것 같아요. 페터릭 씨가 그렇게 되면 의사의 감정과도 맞지 않고, 지문이 남아 있지 않은 것이 이상하다고 해도 맬컴 경은 그것과는 정반대의 논리를 펼 수 있으며, 지문 문제도 해결해내겠다고 자신 있게 말했었나 봐요.

그래서 나는 로드스 씨의 의견을 물어보았죠. 그랬더니 그 사람의 대답은 의사들은 바보들이지만, 그렇더라도 아내가 자살했다고는 믿어지지 않는다는 거예요.

"그 사람은 그런 여자가 아닙니다." 하고 단정해 버린 거예요.

그래서 나도 그 말을 믿었죠. 히스테릭한 사람은 자살 같은 건 안 하거든요.

나는 잠깐 생각한 뒤에 이렇게 물어보았죠. 로드스 부인의 방문은 직접 복도로 통해 있었느냐고요. 로드스 씨는 아니라고 하더군요. 거기에는 욕실과 화장실이 붙은 좁은 홀이 있고, 안에서 열쇠를 채우고 고리가 걸려 있었다는 문은 침실과 그 홀과의 사이에 있었다는 거예요.

"그렇다고 하면, 문제는 아주 간단한 것 같군요." 하고 나는 말했죠.

정말 그랬어. 세상에 그렇게 간단한 것은 없다고 할 정도인데, 아무도 그렇게는 생각지 않았던 거예요. 그 말에 페터릭 씨와 로드스 씨가 내 얼굴을 쳐다보더군요. 나는 오히려 머뭇거리게 되었죠.

"아무래도 마플 양은 이 사건이 얼마나 어려운지 이해를 못 하시는 것 같군요."

로드스 씨가 말을 했어요.

"아니에요. 나도 알고 있어요. 거기에는 가능성이 네 가지 있답니다. 로드스 부인이 남편의 손에 의해 살해되었다고 보는 것이 하나. 객실담당 하녀에 의한 살인. 자살. 그리고 또 하나는 아무도 모르게 방을 출입한 외부인에 의해 살해되었다는 것"

"그것은 불가능합니다." 로드스 씨가 입을 열었죠.

"그 방에 출입하려면 내 방을 지나야만 하거든요. 그렇게 되면 틀림없이 내 눈에 뜨이게 됩니다. 그리고 또 가령 전기공의 눈을 피해서 들어올 수 있었다고 하더라도, 나갈 때가 문제입니다. 안쪽에서 문에 자물쇠를 잠그고 고리까지 걸고 나갈 수가 있을까요?"

페터릭 씨는 내 얼굴을 보며, "어떻습니까, 마플 양?" 하고 재촉하더군요.

그래서 나는 이렇게 말했죠.

"한 가지 더 묻고 싶은 것이 있어요, 로드스 씨. 객실담당 하녀는 어떤 여자였나요?"

로드스 씨의 대답은 꽤 모호해서, 키는 상당히 큰 듯했는데 금발이었는지 검은 머리였는지 분명한 기억이 없다는 거예요. 그래서 같은 질문을 페터릭 씨에게도 해보았죠. 페터릭 씨는 이렇게 대답하더군요. 하녀는 중간키에, 금발, 푸른 눈, 꽤 혈색 좋은 얼굴을 하고 있었다는 거예요.

로드스 씨가 말하더군요.

"당신은 나보다 관찰력이 뛰어나군요, 페터릭 씨."

나는 의견에는 찬성할 수 없다고 해두고는 로드스 씨를 향해서 우리 집 하녀가 어떤 모양을 하고 있는지 설명할 수 있느냐고 물었죠.

거기에는 로드스 씨나 페터릭 씨나 모두 분명한 대답을 못하더군요.

"그것이 무엇을 뜻하는지 아시나요?" 나는 말했죠.

"당신네 두 분 다 온통 걱정으로 가득 차서 찾아오셨어요. 그래서 안내한 사람이 하녀인 것은 알지만 그 이상 어떤 모습을 하고 있었는지는 기억하지 못하시는 거랍니다. 그와 똑같은 말을 호텔에서의 로드스 씨에게도 할 수 있지요. 로드스 씨가 본 것은 그저 객실담당 하녀일 뿐이며, 제복과 에이프런만을 본 거나 같지요. 머릿속은 일에 대한 것으로 가득 차 있었던 거예요. 그러나 페터릭 씨는 같은 하녀를 보셨지만 좀더 마음의 여유가 있었던 거지요. 그 여자를 하나의 인간으로서 관찰한 거랍니다. 바로 그거예요. 살인을 범한 여자는 그것을 계산에 넣은 거죠."

두 사람 다 아직 완전히 이해를 못 하는 것 같아서 나는 설명을 계속해야만 했어요.

"사건은 이런 식으로 진행되었다고 생각해요. 객실담당 하녀는 A의 문으로 들어갔습니다. 물병을 들고 로드스 씨의 방을 지나 부인의 방으로 들어간 거지요. 그리고 나갈 때는 홀을 지나 B의 복도로 나갔습니다.

살인을 범한 여자를 X라고 한다면, 그 X는 B의 문으로 해서 홀로 들어가서 숨어 있었습니다(예, 그곳 욕실이나 화장실에 말이에요). 그리고 객실담당 하녀가 지나가는 것을 기다리고 있었죠. 그런 다음에 부인의 방에 숨어들어 가 화장대에서 단검을 꺼내(그 여자는 그날 미리 방 안을 보아두었던 것이 분명합니다) 침대로 다가가서 잠들어 있는 부인을 찌른 거예요. 그런 다음 단검 자루를 닦아 지문을 지우고는 자신이 들어왔던 문에 안쪽에서 자물쇠를 잠그고 고리를 건 다음에 로드스 씨가 일하고 있었던 방을 지나서 나온 거죠."

로드스 씨가 큰소리로 외쳤어요.

"하지만 그렇다고 하면 내가 그 여자를 보았을 겁니다. 전기공 또는 여자가 방으로 들어가는 것을 보았겠지요."

"아니에요. 그 점을 잘못 생각하시는 거지요. 당신은 보려고도 하지 않았어요. 여자가 객실담당 하녀의 복장을 하고 있었으니까요."

그 말의 뜻을 상대가 충분히 이해할 때까지 기다렸다가 나는 설명을 계속했어요.

"당신은 일에 대한 것으로 머리가 가득 차 있었습니다. 그래서 하녀가 들어가 부인의 방으로 가는 것도, 그리고 또 나중에 되돌아 나가는 것도 곁눈으로 흘끔 보았을 뿐이지요. 복장은 같았지만, 같은 여자는 아니었어요. 로비에서 커피를 마시고 있었던 사람들이 본 것도 역시 당신과 마찬가지로 객실담당 하녀가 들어갔다가 되돌아 나온 것뿐입니다. 전기공 또한 마찬가지죠. 그녀가 아주 예쁜 하녀였다면 여러분은 그 얼굴을 주의해서 보았겠지요(사람의 마음이란 다 그런 거니까). 하지만 공교롭게도 그 하녀는 흔해빠진 얼굴의 중년여자였습니다. 그렇게 되면 남자들이 보는 것은 복장뿐이지요—여자 자체가 아니고"

로드스 씨가 소리쳤어요.

"그 여자는 누구지요?"

"글쎄요." 나는 대답했어요.

"그것은 조금 어려운 문제가 되는군요. 그랜비 부인이나 캐러더스 양, 그 두 사람 중 하나인 것은 알고 있습니다만, 그랜비 부인이라고 한다면 평소에는 가발을 쓰고 있었던 것이 될 것 같군요—범행 때는 진짜 머리를 하녀와 비슷하게 땋을 수가 있으니까요. 그리고 또 캐러더스일 경우라면, 짧은 머리라고 했으니까 그때만 가발을 이용하면 하녀 역할을 해낼 수가 있지요. 두 사람 중 어느 쪽인가는 당신들이라면 문제없이 알아낼 수 있을 것 같은데요. 굳이 내 생각을 말하라면 캐러더스 양 같지만."

이것이 내 이야기의 전부예요.

캐러더스라는 것은 가명이었으며, 역시 바로 그 여자였어요. 그 집안에는 정신병 피가 흐르고 있었던 거예요. 난폭한 운전을 하는 로드스 부인에게 사랑스러운 딸이 치이게 되자 머리가 이상해져 버린 거죠. 미친 사람이란 뜻밖에 영리한 구석이 있어서 미친 본색을 감추고 있는답니다. 굳이 실수였다면 희생자에게 협박장을 보낸 정도고 일정한 기간 동안 로드스 부인의 뒤를 밟으며 교활한 계획을 세운 거죠.

가발과 하녀 의상은 다음 날 아침 소포로 우송되어 버렸었는데, 사실을 캐고 들어가자 갑자기 울음을 터뜨리며 자초지종을 자백해버렸다더군요. 그 불쌍한 여자는 현재 브로드무어에 있대요. 물론 머리가 돌아서 한 일이지만, 그래도 아주 교묘하게 꾸민 계획이었어요.

페터릭 씨가 그 뒤 다시 찾아와서 로드스 씨의 정중한 감사 편지를 전해주더군요. 그 편지를 읽고 나는 몸 둘 바를 몰랐어요. 그때 그 오랜 친구는 내게 이렇게 묻더군요.

"하나만 물어보겠습니다. 그랜비 부인보다 캐러더스 양 같다고 하셨는데, 어떤 점에서 그렇게 보셨는지요? 두 사람 다 만난 적이 없을 텐데……."

"그것은 이래요." 나는 대답했어요.

"G의 발음에 대한 거랍니다. 책 속에서는 그런 것을 가끔 봅니다만, 실제로 그런 발음을 하는 사람을 만난 적은 한 번도 없었어요. 더구나 60세 이하의 사람으로는 전무라고 해도 과언이 아니잖아요. 그런데 당신 이야기로는 그 여자 나이가 40 전후라고 하셨지요. 그래서 나는 그런 발음을 하는 것은 일부러 그렇게 꾸미고 있는 것이라고 생각했답니다. 그것도 꽤 지나칠 정도로"

자랑이 아니라 페터릭 씨는 극구 칭찬을 하더군요.

그래서 나도 조금은 으쓱한 기분이 되었었지요. 그런 뒤 전화위복이라더니 로드스 씨는 재혼했는데, 그 여자는 아주 상냥하고 이해성이 많은 아가씨라더군요. 최근에는 예쁜 아기까지 태어났대요. 더구나 그 부부는 아기의 대모가 되어달라고 나를 찾아오기까지 한 거예요.

좋은 사람들이지. 어머, 이야기가 그만 길어졌지만 수다쟁이 아주머니라고는 생각지 말아줘요.

어두운 거울 속에

　나는 이 사건을 해명할 수가 없다. 그 이유나 원인에 대해서 이론적인 뒷받침을 할 수 없기 때문이다. 그러나 그것은 사실이며, 실제 일어난 일인 것은 틀림없다.

　때로는 나도 생각해본다. 그 사건이 진정 무섭다는 것을 알게 된 것은 몇 년이 지나고 난 다음이었지만, 그 당시에 핵심이 되는 사실이 갖는 의미를 꿰뚫어볼 수 있었더라면 사태는 어떻게 변했을까 하고.

　내가 그 점을 깨달았더라면 세 남녀의 인생은 완전히 다른 길을 걷게 되었을 것이 분명하다. 생각만 해도 몸서리가 쳐지는 일이었다.

　이야기의 발단은 1914년 여름으로 거슬러 올라간다. 세계대전이 일어나기 직전의 일이었는데, 나는 닐 카슬레이크와 함께 그 여름을 보내기 위해 베지위시 저택을 찾아갔다. 닐은 친한 친구라고 해도 좋을 사이였다. 그의 동생인 앨런과는 서로 안면은 있었으나 닐만큼 가까운 사이는 아니었고, 그 아래의 여동생 실비아는 한 번도 본 적이 없었다. 실비아는 앨런과는 두 살, 닐과는 세 살 아래가 된다.

　그런데 나는 닐과 같은 대학에 다니는 동안 방학의 일부를 그의 집에서 보낼 기회가 적어도 두 번은 있었는데, 그 두 번 다 엉뚱한 일이 생겨 뜻을 이루지 못했었다. 그러다가 닐의 것이기도 하고 앨런의 것이기도 한 그 집을 가보게 된 것은 내가 스물세 살 되는 여름인 그때가 처음이었다.

　그 여름 그의 집은 손님들로 북적거리고 있었다. 닐의 여동생 실비아가 약혼한 직후였으며, 상대인 찰스 크롤리라는 남자 역시 그곳에 묵고 있었다. 닐의 말에 의하면 그는 실비아의 약혼자로서는 나이가 많았지만, 호인이라고 할수 있는 사람이었으며 더구나 아주 부유한 생활을 하고 있다고 했다.

나와 닐이 저녁 7시에 그의 집에 도착한 것은 잊히지도 않는다. 만찬에 앞서 각자가 제각기 자기 방에서 만찬복으로 갈아입고 있을 때였다. 닐은 곧 방으로 안내해주었다.

　이 베지워시 저택은 매혹적이긴 했지만 건축한 지가 오래된 만큼 무질서하게 증축한 곳이 많아서 산만한 느낌을 주었다. 사실 과거 3세기 동안 부분적으로 개축을 반복한 탓으로 복도의 여기저기에 조그만 층계참이 있고, 생각지도 않은 곳에 층계가 나타나기도 했다. 처음 와보는 사람들에게 내부의 길을 쉽게 알 수 있는 건물은 아니었다. 그것이 이유였는지 식당에 갈 때는 마중을 와주겠다고 닐이 말했다.

　그때의 나로서는 그의 가족과 만나는 것은 좀 멋쩍은 생각이 들어서, 그 멋쩍음을 숨기려고 웃으면서 이런 넓은 집에는 복도에 유령이 나올지도 모르겠다고 말했었다. 그랬더니 놀랍게도 닐은 갑자기 정색을 하고 이런 말을 하는 것이었다. 옛날부터 그런 말이 전해오고 있어. 하지만 지금의 가족 중에는 만난 사람이 없기 때문에 어떻게 생겼는지 이야기해줄 수는 없다고.

　그가 방을 나가자 나는 서둘러 여행가방을 열고 만찬을 위한 옷을 꺼냈다. 그 무렵의 카슬레이크 집안은 넉넉한 형편이 아니었으므로 조상에게서 물려받은 저택을 유지해 나가는 것만으로도 힘겨웠다. 그래서 남자 하인을 고용할 만한 여력은 없었다. 따라서 짐은 내가 직접 풀어야만 했었다.

　넥타이를 매려고 나는 거울 앞에 섰다. 거울 속으로 내 얼굴과 어깨, 그리고 그 뒤로 벽이 보였다. 하얗게 칠한 벽이 이어져 있고, 그 한가운데에 문이 있었다. 넥타이를 매고 났는데 그 문이 열렸다. 그때 나는 왠지 이유는 알 수 없지만 뒤돌아보려고 하지 않았다.

　지금 와서 생각해보면 뒤돌아보는 것이 자연스러운 행동인데. 어쨌든 나는 그대로 문이 천천히 열리는 것을 거울 속으로 지켜보고 있었다. 그리고 그 문이 완전히 열리자 나는 거울 속의 그 방 안을 보게 되었다.

　그곳 또한 침실이었으며, 내게 주어진 방보다 훨씬 컸다. 안에는 침대가 둘 있었다. 그것을 본 순간 나는 흑 하고 숨을 들이마셨다.

　침대 앞에 처녀가 서 있고, 그녀의 목을 남자의 두 손이 조르고 있었다. 그 손에 서서히 힘이 들어가고, 처녀는 계속 허우적거리며 이제는 쓰러지기 직전이었다. 그것이 사실이라는 것은 의심의 여지가 없었다.

나는 내 눈으로 분명히 본 것이다. 살인이 저질러지고 있는 것을.

처녀의 얼굴도 분명히 보았다. 반짝이는 금발, 고운 얼굴을 뒤덮고 있는 고통과 공포의 표정. 얼굴은 점차 핏빛으로 물들어갔다.

남자의 모습은 등과 두 손이 보이는 위치에 있었는데, 왼쪽 뺨에서 목덜미를 향해 이어진 흉터가 보였다. 그런 것을 다 알게 되자면 꽤 시간이 필요했을 텐데 실제로는 겨우 1~2분 망연히 바라보고 있었을 뿐이었다. 그러다가 나는 처녀를 구해 주려고 되돌아보았다.

등 뒤의 벽, 거울에 비쳤던 벽에는 빅토리아 왕조식의 마호가니 재(材)의 대형 옷장이 놓여 있을 뿐이었다. 열려 있는 문도 없었다. 범행 장면 같은 건 있지도 않았다.

나는 다시 거울 쪽으로 돌아보았다.

거기에 비친 것은 역시 옷장뿐이고……

나는 한달음에 그리로 달려가서 옷장을 앞으로 끌어내리려고 했다.

마침 그때 복도로 난 또 하나의 문으로 닐이 들어와 뭘 하고 있느냐고 놀라서 물었다. 그리고 그는 뒤돌아다 본 내 얼굴 표정과 너무 엉뚱한 질문을 하는 내 말에 이 녀석이 혹시 머리가 돈 것은 아닌가하고 생각했을 것이다.

그러나 나는 자꾸만 옷장 뒤에 문이 있는 것이 아니냐고 물었다. 그랬더니 그는 있기는 있으며, 옆방으로 통한다고 했다. 나는 다시 누가 그 방을 쓰고 있느냐고 물었다. 그러니까 거기는 올덤 부부—올덤 소령과 그 부인의 방이라고 했다. 그래서 올덤 소령 부인이 금발이냐고 다시 물어본즉 갈색이라고 대답하는 것이었다.

나는 겨우 내 눈이 어떻게 되었었던 것이 아닌가 하는 생각이 들어 어설픈 변명으로 그 자리를 넘기고 닐과 함께 아래층으로 내려갔다. 내려가면서도 헛것을 본 것이라고 자신을 타이르며 바보 같은 내 행동을 부끄럽게 생각했다.

그런데 그때, 정말 그때, 닐이 말했다.

"이 아이가 내 여동생이야."

나는 소개해준 처녀의 얼굴을 보았다. 귀여운 얼굴. 그러나 그것은 아까 거울 속에서 목이 졸려 질식하기 직전이었던 그 처녀의 얼굴이었다……. 그녀의 약혼자를 소개받았다. 키가 크고 살갗이 검은 남자로서 왼쪽 뺨에 흉터가 있었다.

역시 그랬군. 이젠 분명해. 내 처지로서 이것을 어떻게 생각하고 어떻게 처리해야 할 것인가? 여기에 그녀가 있다. 거울 속의 처녀와 같은 그녀가, 그리고 남자가 있다. 그녀의 목을 조르던 남자!

그런데 두 사람은 한 달 뒤에 결혼하기로 되어 있다고 한다. 내가 본 것은 이 두 사람의 미래를 예언하는 것일까? 실비아와 그의 남편은 앞으로 언젠가 이 저택에 머물러 그 방(그곳이 이 저택에서 최고의 방이었던 것이다)에 묵게 되면 내가 본 바로 그 장면이 무서운 현실로 변하게 되는 것은 아닐까?

지금 나로서는 어떻게 해야 하는가? 내가 뭘 할 수 있는가? 누구에게, 닐이나, 또는 실비아에게 직접 이야기한다 하더라도 과연 믿어줄 것인가?

나는 그곳에 묵으면서 일주일 동안 그 문제를 되풀이 생각해보았다. 이야기하는 것이 좋은가, 그대로 덮어 둘 것인가? 그런데 처음 만난 그날 밤 이후로 사태는 새로운 방향으로 발전해가고 있었다.

아실는지 모르지만 나는 실비아 카슬레이크를 본 순간부터 그녀에게 반해버린 것이다. 세상의 그 무엇보다도 그녀를 원하게 되었다. 그리고 어떤 의미로는 그것이 오히려 내 입을 다물게 했다.

그러나 내가 아무 말도 하지 않는다면 실비아는 찰스 크롤리와 결혼해 버리고 만다. 그리고 크롤리는 그녀를 죽이겠지…….

그런 일이 있고 나서 그곳을 떠나기 하루 전날 용기를 내어 목격한 사실을 그녀에게 말했다. 그때 다음과 같이 덧붙이는 것을 잊지 않았다.

이런 말을 하면 머리가 이상하다고 생각하겠지. 그러나 맹세코 말하겠는데, 본 것만은 분명해. 그리고 그녀가 크롤리와 결혼할 마음은 확정적인 것 같아서 나는 그 이상한 경험을 말해주지 않을 수 없었다고

그녀는 내 이야기를 침착하게 들었다. 그 눈빛에는 내가 이해할 수 없는 것이 있었다. 꺼리는 듯한 기색도 없이 다 듣고 나서는 차분하게 고맙다고 했다.

나는 바보처럼 계속 말했다.

"나는 보았어. 정말 보았다고"

그랬더니 그녀는, "그렇게까지 말씀하시는데 농담은 아니겠지요. 저도 믿겠어요." 하고 말했다.

그리고 나는 그렇게 한 것이 옳은 짓이었는지 경솔한 바보짓이었는지 분간도 하지 못한 채 그 저택을 떠났다.

그 일주일 뒤에 실비아는 찰스 크롤리와의 약혼을 취소했다. 그런 일이 있고 곧 세계대전이 시작되고, 나도 군대에 소집되었기 때문에 전투 이외의 것은 생각할 수도 없는 하루하루가 지나갔다. 한두 번 휴가 때 그녀를 만날 기회도 있었으나, 나는 되도록 그런 일을 피하려고 마음먹었다.

나는 그녀를 사랑하고 있었다. 그리고 전보다 더 그녀를 원하고 있었다. 그러나 그것이 옳은 행위가 아니라는 느낌 또한 강렬한 것이었다. 그녀가 크롤리와의 결혼을 취소한 것은 내 이야기 탓이다. 그래서 나는 그때의 행동을 정당화하기 위해서는 어디까지나 제삼자적 태도를 취하지 않으면 안 된다고 자신에게 타일렀다.

1916년, 닐이 전사했다. 나는 그의 최후의 모습을 실비아에게 전해 주게 되었다. 그리고 그것을 계기로 우리 사이는 서먹서먹한 상태에서 벗어나게 되었다. 실비아는 오빠인 닐을 존경하고 있었고, 그는 또 나와 친한 친구였다.

그녀는 볼수록 아름다웠다──슬픔에 젖어 있는 그녀는 더욱 아름다웠다. 자칫 입에서 나오려는 말을 억누르고 총알이 이 괴로운 처지에 결말을 지어주기를 빌면서 싸움터로 돌아가는 것이었다.

실비아 없는 인생은 살아갈 가치가 없었기 때문이다. 그러나 총알이 나의 생명을 앗아가도록 운명지어 있지는 않았다. 한번은 오른쪽 귀 바로 밑을 지나갔는데 주머니에 들어 있었던 담배 케이스 때문에 이때도 상처를 입지 않았다.

찰스 크롤리는 1918년 첫 작전에서 전사했다. 이 사실은 우리 처지에 변화를 가져왔다. 1918년 가을 종전 직전, 나는 실비아를 찾아가 나의 사랑을 고백했다. 물론 나는 그녀가 쉽사리 나의 사랑을 받아들여 주리라고는 생각지도 않았다. 그래서 그녀의 입에서 왜 좀더 빨리 구혼해주지 않았느냐는 소리를 들었을 때 얼마나 놀랐는지 독자 여러분도 상상해주시기 바란다.

내가 더듬거리며 크롤리 때문에 그랬다고 대답했더니 그녀는 이렇게 말했다.

"왜 그 사람과의 약혼을 취소했는지 모르셨나요?"

그리고 그 이유를 처음 나를 만났을 때 그녀 또한 나와 마찬가지로 나를 사랑하게 되었기 때문이라고 말했다. 그래서 나는 약혼을 취소하게 된 것이 나의 그 이상한 경험을 그녀에게 말했기 때문일 것이라고 생각해왔다고 했더니, 실비아는 큰소리로 웃으며 서로 사랑하고 있는데 어쩌자고 그렇게 나약한 마음을 갖고 있었느냐고 놀리듯이 말했다.

그래서 우리는 또다시 그때의 환상에 대해서 이야기하며 기묘한 일이긴 하지만 결국은 아무것도 아니었다고 함께 웃었다. 그리고 한동안은 특기할 만한 일 없이 지나갔다. 실비아와 나는 결혼해서 행복한 나날을 보냈다. 그러나 그녀를 아내로 갖게 되고 나서부터 나는 나 자신이 선량한 남편으로서의 자격을 갖추지 못하고 태어난 것을 깨달았다.

마음속 깊이 실비아를 사랑하고 있으면서도 끊임없이 질투심에 시달리고 있었다. 그녀가 미소를 보내는 남자에게는 질투를 느꼈다. 처음에는 그녀도 그것을 재미있어했다. 오히려 기뻐하는 것처럼 보이기도 했다. 적어도 나의 사랑이 얼마나 뜨거운 것인가를 나타내는 것이기 때문이다.

나 또한 이런 상황을 분명히 알고 있었다. 오직 나 자신만이 어리석은 짓을 하고 있을 뿐만 아니라, 내 행동이 우리들 부부생활의 평화와 행복을 파괴하는 것이 된다. 그것을 충분히 알면서도 어찌해볼 수도 없었던 것이다.

실비아가 편지를 받고도 내게 편지에 대한 이야기를 해주지 않으면 누구에게서 온 것인지 마음이 쓰여 견딜 수가 없었다. 그녀가 다른 남성들과 서로 웃으며 이야기하고 있는 것을 발견하면 그 순간 나는 불쾌해지며 시기와 의심의 눈으로 지켜보지 않고는 못 배기게 되었다.

처음 얼마 동안은 지금도 말했듯이 실비아는 웃기만 했다. 그것을 나의 장난이나, 또는 그녀를 놀리고 있는 것으로 생각했기 때문이다. 그러나 마침내 불쾌한 장난으로 생각하게 되고, 결국에는 장난으로도 보지 않게 되었다.

그리고 그녀는 차츰 나를 피하게 되었다. 육체적인 의미만이 아니고 나와의 사이에 어떤 선을 긋고 그녀만의 비밀도 갖기 시작했다. 이미 나로서는 도대체 그녀가 무얼 생각하고 있는지 알 수 없게 되었다.

상냥한 점은 변함이 없었다. 그러나 우수에 찬 얼굴로 멀리 떨어진 곳에서 살고 있는 것과 마찬가지였다. 그녀가 나를 사랑하지 않는다는 것을 나도 조금씩 깨닫게 되었다. 그녀의 애정은 죽었다. 그리고 그것을 죽인 것은 바로 나였다. 다음 단계는 피할 수가 없었다.

어느새 그것을 나도 깨닫고 있었다. 그것을 기다리고 있는 나, 그것을 두려워하는 나…… 그러고 있는데 데릭 웨인라이트가 우리들의 생활에 끼어들게 되었다. 그는 내가 가지고 있지 않은 모든 것을 갖추고 있었다. 재치가 있어서 재미있는 화제로 그녀의 관심을 끌었다. 용모 또한 여성을 끌어들이는 면이 있었다. 그리고(나로서도 인정할 수밖에 없지만) 인간적으로도 기분 좋고 선량한 남자였다. 그를 본 순간 나는 혼자 중얼거렸다.

이거야, 이 남자야. 이 남자야말로 실비아에게 어울려……

그녀 또한 자신의 마음과 싸우고 있었다. 절망적인 싸움으로 괴로워하고 있는 것을 나는 잘 알 수 있었다. 그러나 나는 그녀에게 도움의 손길을 내밀려고 하지 않았다. 할 수가 없었던 것이다.

내 주위에 깊은 참호를 파고 나 혼자 어두운 우울 속에 스스로를 가두어버린 것이다. 나 자신도 지옥 같은 괴로움을 맛보았지만, 나 자신을 구하기 위해 손가락 하나 움직일 수가 없었다. 하물며 그녀를 도울 처지는 아니었다. 오히려 나 자신이 사태를 점점 더 악화시켜 갔다.

어느 날 그녀 앞에서 나는 분통을 터뜨리고 말았다. 자제력을 잃고 입에 담지 못할 욕설을 언제까지나 퍼부었다. 질투로 말미암아 미친 것이다. 잔혹한 말, 사실이 아닌 내용, 나 자신도 그렇게 외쳐대면서도 그것이 얼마나 잔혹하며 사실이 아니라는 것을 알고 있었다. 그러나 그렇게 외침으로써 오히려 쾌감을 맛보고 있었다.

실비아가 새빨개진 얼굴로 몸서리치던 것을 나는 기억하고 있다.

나는 그녀를 인내의 극한에까지 몰고 간 것이다.

그녀의 말을 기억하고 있다.

"이젠 그만해줘요……."

그날 밤 집에 돌아와 보니 집은 비어 있었다. 그녀의 모습은 찾아볼 수 없었고 편지가 놓여 있었다. 그런 때에 흔히 있는 마지막 편지인 것이다. 거기에 그녀는 이렇게 썼다.

당신 곁을 떠나요—영원히. 하루나 이틀쯤 베지워시 저택에 있다가 그 다음에는 나를 사랑해주고 필요로 하는 사람에게로 가겠어요. 이것을 최후의 편지라고 생각해주세요.

지금 와서 생각해보면 나는 그처럼 그녀를 들볶으면서도 이런 결과가 올 것이라고는 마음속으로 믿지 않았던 것 같다. 최악의 사태가 명백한 모양으로 나타나게 되자 나는 갑자기 이성을 잃었다. 곧 차를 잡아타고 전속력으로 그녀의 뒤를 쫓아 베지워시로 달렸다.

잊히지도 않아. 방에 뛰어 들어가니 그녀는 만찬을 위해 막 옷을 갈아입고 있었다. 나는 그 얼굴을 보았다—놀란 얼굴, 불안이 가득 찬, 그러나 아름다움에 넘친 그 얼굴.

나는 소리쳤다.

"아무에게도 줄 수 없어. 어떤 놈에게도."

그리고 두 손으로 그녀 목을 누르고 힘껏 조였다.

그때 갑자기 나는 거울 속에 비친 우리 두 사람의 모습을 보았다.

실비아는 질식해 있었고 나 자신은 손에 힘을 주고 있었다. 그런 나의 뺨, 오른쪽 귀밑에는 총알이 지나간 흉터가 뚜렷이 남아 있었다.

아니, 나는 그녀를 죽이지 않았다. 갑자기 떠오른 기억이 내게서 힘을 빼앗아 간 것이다. 내 손에서는 힘이 빠져나가고 그녀의 몸은 바닥으로 미끄러져 떨어졌다……. 그런 다음 나는 울음을 터뜨렸다.

그리고 그런 나를 그녀가 위로했다……. 그랬었다. 그녀가 위로해주었어.

나는 그녀에게 내 마음의 모든 것을 말해주었다.

그랬더니 그녀는 이렇게 말하는 것이었다.

자기가 써놓은 '나를 사랑하고 필요로 하는 사람'이란 오빠인 앨런을 말하는 것이라고.

그날 밤 우리는 서로의 마음속을 남김없이 볼 수가 있었다. 그 순간부터 두 사람이 헤어지거나 멀어질 위험은 영원히 없다는 것을 알았다.

하나님의 은총과 거울의 가호가 없었더라면 살인자가 될 뻔했다는 생각은 그 뒤의 일생을 경건한 마음으로 보내기에 충분한 것이었다.

그날 밤 이후로 오랫동안 내 마음을 좀먹고 있었던 질투의 악마가 사라졌다. 그러나 나는 가끔 생각한다. 그렇게 큰 착오만 하지 않았더라면(왼쪽 뺨의 흉터. 실제로는 오른쪽 뺨의 것이지만, 거울 속에는 반대로 비치니까) 그 남자가 찰스 크롤리라고 나는 확신할 수 있는가? 실비아에게 과연 경고했어야 했을까? 그녀는 나와 결혼했어야만 했는가—아니면 그와?

혹은 과거와 미래는 하나에 불과한 것인가?

나는 단순한 인간이다. 이런 현상을 이해하는 듯한 두꺼운 낯짝은 가지고 있지 않았다. 다만 분명히 그것을 보았다. 그리고 그것을 봄으로써 실비아와 나는 지금도 함께 살고 있다.

옛날 표현을 빌린다면, 죽음이 우리 둘을 갈라놓을 때까지. 그리고 아마 그 뒤에까지라도…….

해상의 비극

"클래퍼턴 대령? 흥, 대령은 무슨 대령이야?"

포브스 장군은 코웃음 쳤다. 경멸과 불신의 중간쯤 되는 느낌을 나타내는 것 같았다.

엘리 헨더슨 양은 더욱 상체를 내밀었다. 보드라운 회색 머리칼이 바닷바람에 휘날려 이마를 덮는 것을 쓸어올리고 있었다. 생기있는 검은 눈동자가 심술궂은 기쁨으로 빛나고 있었다.

"하지만 그분은 아주 군인답고 훌륭하시잖아요!"

그 말 이면에는 악의가 있으면서도 머리칼을 쓸어 올린 효과를 기다리고 있었다.

"흥! 군인답다고!"

포브스 장군은 마침내 화가 치밀어 그야말로 군인다운 콧수염을 잡아당기고 있었고, 그 얼굴은 새빨개져 있었다.

"근위대의 장군님이시죠?"

헨더슨 양은 이야기를 계속하면서 그 사이에 머리 손질을 끝냈다.

"근위대? 근위대에서 들으면 질색하겠군. 말도 안 돼! 그 녀석은 뮤직홀의 무대에 섰던 광대란 말이야! 거짓말이 아니야! 전쟁이 시작되어 군대에 들어와 프랑스 전선에 파견되었을 땐 식사때 잼 통조림밖에 차례가 안 갈 정도의 신출내기 장교였어. 참전하자마자 독일군의 폭격을 만나 팔에 부상을 입었다고는 하지만, 사실은 유탄에 살점이 조금 떨어져 나간 정도인데 어쨌든 그것으로 본국소환이 된 게지. 그리고 캐링턴 부인의 병원에 수용된 거야."

"거기서 두 사람이 만나게 되었군요."

"그렇다니까. 그자는 명예스런 부상을 입은 영웅 역할을 멋지게 해낸 거야.

그 캐링턴 부인이야말로 머리는 형편없지만 돈은 썩어날 만큼 가지고 있지. 죽은 캐링턴 경이 군수품 제조로 잔뜩 벌어들인 덕분이지. 그녀는 미망인이 된 지 6개월밖에 되지 않았는데, 그자는 금방 부인의 마음에 들고 말았던 거야. 그래서 부인이 육군성에 손을 써서 지금의 자리로 밀어준 게야. 그렇게 해서 클래퍼턴 대령이 탄생하게 된 것이지. 엉터리 같은 이야기야!"

"그럼, 그 사람 전쟁 전에는 뮤직홀에 나갔었나요?"

헨더슨 양은 그렇게 물으며 백발은 섞여 있지만 훌륭한 풍채를 한 클래퍼턴 대령과 붉은 코로 저속한 노래를 부르는 코미디언을 조화시키는데 혼자 고심하고 있었다.

"그렇고말고. 옛날 내가 배싱턴 프렌치에서 들은 노래를 불렀소. 그는 그것을 배저 코트릴에게서 배운 모양이오. 코트릴은 스눅스 파커에서 전해 받았을 것이고"

헨더슨 양은 밝은 표정으로 고개를 끄덕이며 말했다.

"그것으로 대강 짐작이 가는군요."

두 사람 옆 의자에 앉아 있던 작은 남자가 아주 잠깐이지만 얼굴에 미소를 짓자 헨더슨 양은 재빨리 그것을 보았다. 그녀는 대체로 눈이 빠른 편이었다.

작은 남자의 미소는 그녀의 마지막 말이 담고 있는 비꼬는 뜻을 알아들은 것 같았다—정작 장군에게는 전혀 통하지도 않은 비꼬는 말의 뜻.

장군은 작은 남자의 미소도 눈치 채지 못하고 시계를 보고는 자리에서 일어나며 말했다.

"벌써 내 운동시간이로군. 배를 타고 있는 동안에도 이것만은 빼먹을 수가 없지." 그러고는 열려 있는 문으로 해서 갑판으로 나갔다.

헨더슨 양은 미소 짓고 있는 작은 남자에게로 시선을 옮겼다.

품위있어 보이는 그 시선은 같은 배에 탄 손님과의 대화라면 언제라도 상대해줄 용의가 있다고 말해주고 있었다.

"정력적인 노인이군요." 하고 작은 남자가 말했다.

"저분은 언제나 정해 놓고 갑판을 48번 달려서 도신답니다."

헨더슨 양이 대답했다.

"게다가 이야기를 아주 좋아하세요. 그래서 우리를 다른 사람들은 스캔들을 좋아하는 두 사람이라고 말한답니다."

"실례의 말씀이로군요."

"프랑스인이라면 얌전하신 분들뿐이지만."

헨더슨 양의 그 말 속에는 넌지시 상대방의 국적을 알아보려는 속셈이 있는 듯이 들렸다.

작은 남자는 곧바로 대답했다.

"나는 벨기에인입니다, 마드모아젤."

"어머! 벨기에 분이시군요."

"에르퀼 포와로라고 합니다. 앞으로 잘 부탁드립니다."

어디선가 들은 적이 있는 이름이다. 언제였더라……?

"이 항해를 즐기고 계시는군요, 포와로 씨?"

"솔직히 말해서 즐기고 있는 건 아닙니다. 얼떨결에 배에 타버린 것을 정말 바보 같은 짓이었다고 후회하는 참입니다. 본래 나는 바다가 질색이라서요. 이놈은 한시도 가만히 있어 주질 않으니까—예, 단 1분도."

"하지만 지금은 아주 조용하잖아요."

포와로는 기분은 나빴지만 고개를 끄덕이며 말했다.

"분명히 지금은 그렇군요. 그래서 나도 겨우 되살아난 느낌으로 새삼스럽게 주위의 움직임에 흥미를 가지고 관찰하는 중이랍니다—예를 들면 포브스 장군을 요리하는 당신의 멋진 솜씨 같은 것을."

"그렇게 말씀하시니……."

헨더슨 양은 말을 하다 말고 입을 다물었다.

에르퀼 포와로는 허리를 굽혀서 인사하며 말했다.

"스캔들을 만들어내는 솜씨 말입니다. 굉장한 것이었습니다."

헨더슨 양은 부끄러워하는 기색도 없이 소리 내어 웃었다.

"근위대 장교에 관한 것 말인가요? 그 이야기를 꺼내면 그 노인이 발끈해서 떠들어댈 것을 알고 있었기 때문이지요."

그러고는 비밀 이야기라도 하듯이 상체를 내밀며, "사실은 저도 스캔들을 아주 좋아하거든요. 그것도 심술궂은 것일수록 환영한다고요!"

포와로는 가만히 그녀를 바라보았다. 날씬해서 나이보다는 젊게 보이는 몸매, 날카롭게 반짝이고 있는 검은 눈동자, 회색 머리칼, 45세인 이 여인은 그 나이로 보이는 것에 충분히 만족하는 듯했다.

그런데 엘리가 갑자기 소리쳤다.

"생각났어요! 당신은 아주 훌륭한 탐정이시죠?"

다시 한 번 허리 굽혀 인사하며, "기억해주셔서 감사합니다, 마드모아젤" 하고 말하는 포와로는 훌륭하다는 칭찬을 부정할 기색 같은 것은 조금도 없어 보였다.

"생각만 해도 스릴이 있어요." 헨더슨 양은 이어서 말했다.

"추리소설 같은 것에 있는 것처럼 '범인을 쫓아서' 오셨군요. 이 배에 탄 손님들 중에 범인이 숨어 있나요? 어머, 이런 말 여쭤보면 안 되는가 몰라?"

"아니, 아니, 괜찮습니다. 그러나 기대에 어긋나서 죄송하지만, 나도 여러분과 같이 휴가 여행을 나왔을 뿐입니다."

그가 정말로 우울한 듯한 목소리로 대답했으므로 헨더슨 양은 웃음을 터뜨렸다.

"그것도 좋군요. 내일은 이 배가 알렉산드리아에 입항하게 돼요. 당신도 이집트가 처음은 아니시겠죠?"

"그런데 실은 처음이랍니다, 마드모아젤"

어딘지 당돌한 태도로 헨더슨 양은 의자에서 일어나 말했다.

"저는 장군님의 운동 상대가 되어 드려야만 해요."

여인들에게는 언제나 자상한 포와로는 벌떡 일어섰다. 하지만 그녀는 가볍게 눈인사만 하고 갑판으로 나갔다.

순간적이었지만 포와로의 눈에 의심의 빛이 떠올랐다. 그러나 곧 입가에 미소를 띠면서 출입구로 머리만 내밀고서 갑판을 바라보았다. 헨더슨 양은 난간에 기대서 군인다운 체격을 가진 키 큰 남자와 이야기하고 있었다.

포와로의 얼굴에 미소가 점점 더 넓게 번져갔다. 등껍질 안으로 목을 끌어들이는 거북 같은 모양을 하고서 끽연실로 내려섰다. 거기에 지금은 자기 말고는 아무도 없었다. 그렇다고 해서 언제까지나 혼자 있게 되지는 않겠지.

역시 바(bar)로 통하는 문이 열리고 한 여인이 들어왔다. 그녀가 화제의 클래퍼턴 부인이었다. 정성 들여 드라이를 하고 헤어네트를 쓴 백금색 머리에 마사지와 식이요법으로 비만을 막은 몸매를 스마트한 바지로 감싸고 있었다.

그 태도에서도 억센 고집이 역력히 드러나 보이는 것은 자기가 갖고 싶은 것이라면 그것이 무엇이든 최고 가격으로 사들이는 습관이 배어 있기 때문일 것이다.

그녀가 말했다.

"존, 어디 있어요? 어머, 포와로 씨, 안녕하세요. 존을 보셨나요?"

"우현 갑판에 계십니다, 부인. 불러다 드릴까요?"

그녀는 몸짓을 해가며, "아니 그러실 것까지는 없어요. 난 여기서 조금 쉴 테니까요."라고 말하며 왕비 같은 몸짓으로 포와로와 마주 보는 의자에 앉았다.

멀리서라면 28세 정도로 보이겠지만, 이렇게 마주앉고 보니 정성 들인 화장과 손질이 잘된 눈썹에도 불구하고 실제 나이인 49세를 훨씬 지나 55세나 되어 보인다. 조그만 눈동자는 엷은 하늘색이었다.

"나는 당신을 어젯밤 저녁식사 때 못 뵈어서 무척 섭섭했어요. 하긴 파도가 좀 거칠었으니까."

"사실입니다."

포와로가 대답했다,

"다행히 나는 뱃멀미는 안 하는 편이에요." 클래퍼턴 부인이 말했다.

"그건 내겐 다행한 일이지요. 심장이 이렇게 약하니까요. 뱃멀미라도 하게 된다면 살아남기 어렵거든요"

"심장이 나쁘십니까, 부인?"

"예, 늘 조심하지 않으면 안 될 상태랍니다. 내게는 피로가 가장 나쁘죠. 어느 의사나 모두 그렇게 말하는 걸요."

클래퍼턴 부인은 언제나(적어도 그녀 자신으로서는) 흥미 있는 화제라고 하면 건강문제이며, 지금도 그것에 대해 이야기하기 시작했다.

"그래서 존은 내가 피로해질까봐 너무 신경을 써서, 오히려 그 사람이 지칠 정도예요. 우리들은 그만큼 충실한 나날을 보내고 있죠. 무슨 뜻인지 아시겠죠, 포와로 씨?"

"알다마다요."

"그이는 언제나 내게 이렇게 말해요. '채소를 더 먹어야 해요, 애들린.' 하지만 그게 그리 쉬운가요. 생각해보세요. 낙이 없는 인생만큼 무의미한 것이 어디 있겠어요. 사실 나는 전쟁 중에 젊음이 다 가버렸답니다. 우리 병원에서(우리 병원 아시죠), 물론 간호사나 그밖에 다른 종업원들을 많이 두고 있었지만 실제 이끌어나가는 것은 내가 아니겠어요?"

그녀는 한숨을 쉬었다.

"그러나, 부인, 굉장히 건강해 보이십니다."

포와로는 맞장구를 쳐주었다.

클래퍼턴 부인은 아가씨처럼 웃으며 말했다.

"모두들 그렇게 얘기한답니다. 아주 젊게 보인다고요. 하지만 알 수 없는 이야기예요. 전 43살보다 조금이라도 젊게 보이려고 생각해본 적은 없는걸요."

그녀는 태연히 거짓말을 했다.

"하지만 나이를 가르쳐 주면 대게는 믿을 수 없다는 얼굴로 이렇게들 말하지요. '당신은 싱싱해요, 애들린.' 하고요. 하지만 포와로 씨, 인간이란 싱싱하지 않으면 어떻게 되겠어요?"

"죽게 되지요." 포와로가 대답했다.

클래퍼턴 부인은 얼굴을 찡그렸다. 대답이 그녀의 마음에 들지 않았나 보다. 이 조그만 남자가 사람을 놀리는군!

그녀는 일어서서 차디찬 목소리로 말했다.

"난 존에게 볼일이 있어서요."

문을 나가다가 그녀는 핸드백을 떨어뜨렸다. 떨어지는 충격으로 핸드백이 열려 안에 든 물건이 모두 사방으로 흩어졌다.

포와로는 뛰어가서 주워 모으기 시작했다. 립스틱, 화장 도구통, 담배케이스, 라이터, 그런 자질구레한 물건들을 다 줍는 데는 몇 분이 걸렸다.

클래퍼턴 부인은 정중하게 인사를 하고, "존……" 하며 남편의 이름을 부르면서 갑판으로 나갔다.

클래퍼턴 대령은 헨더슨 양과 이야기에 정신이 팔려 있다가 고개를 돌려 부인 얼굴을 보고는 부축해주려고 급히 다가왔다. 그녀를 갑판 의자에 앉히고 허리를 굽혀 기분은 어떤지, 자리가 마음에 드는지, 다른 곳으로 옮겨줄까, 하며 연신 신경을 쓰고 있었다. 참으로 자상한 태도이며 상냥한 마음씨로 가득차 있는 사람이었다. 하지만 이 부부를 봐도 남편이 아내를 지나치게 위해 주면 인간이 못쓰게 된다는 말이 거짓말이 아니라는 생각이 든다.

엘리 헨더슨 양은 뭔가 불쾌한 것이라도 보듯이 수평선을 보고 있었다. 그 모양을 끽연실 문 안에서 포와로가 바라보고 있었다.

그 등 뒤에서 쉰 목소리가 들려왔다.

"내가 남편이라면 저 여자를 한 대 갈겨주지 않고는 못 배기겠어."

그런 말을 거침없이 해댄 사람은 같은 배의 젊은 선원들로부터 홍차귀신이라고 불리고 있는 노인이었다.

그는 방에 들어서자마자, "보이! 위스키 가져와." 하고 큰소리로 외쳤다.

포와로가 등을 굽혀 찢어진 편지지 조각을 주웠다. 아까 클래퍼턴 부인의 핸드백에서 함께 쏟아진 것인 듯했다. 그것은 처방전의 일부분이며, 강심제 디기탈리스라는 이름 같은 것이 적혀 있었다. 그는 그것을 나중에 클래퍼턴 부인에게 전해주려고 주머니에 넣었다.

"틀림없어." 노인 승객은 계속했다.

"저런 건 해로운 여자야. 옛날 저것과 똑같은 여자를 푸나(인도 봄베이 주의 도시)에서 본적이 있지. 1887년이었던가?"

"누가 그 여자와 한바탕했습니까?"

포와로의 질문에 노인은 슬픈 듯이 고개를 저으며 말했다.

"그녀의 남편은 너무도 시달린 나머지 1년이 못 되어 무덤으로 갔지. 클래퍼턴도 그 점을 생각해야 해. 여편네 같은 것 때문에 머리를 너무 쓰지 않도록 말이야."

"그러나 부인이 돈주머니 끈을 틀어쥐고 있는 형편이니."

포와로는 심각한 얼굴로 말했다.

"하하하!"

노신사는 웃음을 터뜨리며, "멋진 말씀을 하시는군. 한마디로 정곡을 찔렀소. 돈주머니 끈을 틀어쥐고 있다. 그거 멋지군. 하하하!"

젊은 아가씨 둘이 끽연실로 뛰어들어 왔다. 하나는 주근깨투성이의 동그란 얼굴이며 검은 머리를 바람에 휘날리고 있었다. 또 하나도 주근깨는 함께 온 아가씨에 못지않으나 머리는 갈색이었다.

"살려 드려야 해요. 도움이 필요해요!" 키티 무니가 소리쳤다.

"팜과 둘이서 클래퍼턴 대령을 살리러 가겠어요."

"그분을 부인에게서 구해내야 해요."

패밀라 크리건도 헐떡이며 말했다.

"그것참 이상하군. 우리는 대령이 아직 그 여자 침대 속에 있다고 생각했는데……."

"그래서 하는 말이에요. 너무 귀여워서 놓아주려고 하지 않는 거예요. 그래서 그분은 놀지도 못하잖아요!"

두 아가씨가 입을 모아 소리쳤다.

"더구나 그 여자가 옆에 있지 않을 때는 언제나 헨더슨이란 여자가 붙어 있고……."

"그 여자는 부인보다는 예쁘지만 역시 나이가 너무 들었어요……."

두 아가씨는 다시 뛰어가며 말했다. 킥킥 웃어가며.

"구원이에요. 구조예요." 하고 소리치면서…….

클래퍼턴 대령의 구조가 즉흥적인 것이 아니고 아가씨들의 확고한 계획이었다는 것은 그날 밤 안으로 분명해졌다.

열여덟 살인 팜 크리건이 에르퀼 포와로를 찾아와서 다음과 같이 말했다.

"포와로 씨, 우리를 지켜보세요. 그 여자가 무슨 말을 하든 대령을 데려오겠어요. 그리고 달빛을 받으며 갑판 위를 함께 산책할 작정이에요."

바로 그 무렵 클래퍼턴 대령은 자기 부인에게 이런 말을 하고 있었다.

"분명히 당신 말대로 롤스로이스는 값싼 차는 아니야. 그러나 그 차라면 평생 쓸 수 있다고. 지금의 내 차는……."

"어머, 죈 당신 차라고요?"

클래퍼턴 부인의 목소리는 높아져 있었다.

그 야멸친 말에도 그는 싫은 빛을 조금도 보이지 않았다. 지금까지 해온 그런 취급에 길들여졌기 때문인가, 아니면…….

아니면? 포와로는 혼자 생각하고 있었다.

"물론 당신 차지."

클래퍼턴은 아내 앞에 머리를 숙여 이야기를 그것으로 끝맺고 말았다. 더구나 그것도 아주 차분한 태도였다.

이것이 이른바 상류 신사라는 것이군. 포와로는 생각했다.

그러나 포브스 장군의 이야기로는 클래퍼턴은 신사 계층의 출신이 아닌 것 같은데. 대체 이건…….

브리지 게임을 하자고 말을 꺼낸 사람이 있어서 클래퍼턴 부인과 포브스 장군, 거기에 매처럼 날카로운 눈을 가진, 이름이 그 뭐라나 부부 등 네 명의 멤버가 한자리에 모였다. 헨더슨 양은 나는 빼주세요, 하고는 갑판으로 나갔다.

"남편께서는 어디 계십니까?"

포브스 장군이 망설이며 물으니 클래퍼턴 부인이 대답했다.

"존은 안 해요. 괜찮아요. 그 사람만큼 답답한 남자도 없어요."

브리지 게임의 네 멤버가 카드를 나누기 시작했다.

팜과 키티는 클래퍼턴 대령에게 다가가서 양쪽에서 팔을 끼었다.

"함께 가세요! 갑판으로 가요. 달이 떴어요."

팜이 말했다.

"바보 같은 짓 하지 마요, 존." 클래퍼턴 부인이 말했다.

"감기라도 들면 어쩌려고 그래요."

키티가 재빨리 말했다.

"우리와 함께 있으면 감기 같은 건 안 들어요. 우리는 아주 따뜻하거든요."

그도 웃으면서 아가씨들과 함께 밖으로 나갔다. 포와로가 흘끔 보니 클래퍼턴 부인은 좋은 패를 들고도 포기해버렸다.

포와로도 그 뒤에 갑판으로 나가보았다.

난간 부근에 헨더슨 양이 서 있었다. 상대해줄 사람을 찾는 듯이 돌아보기에 다가가 보니, 그녀의 뺨에는 눈물 자국이 있었다. 포와로와 둘이서 한동안 이야기를 나누다가 마침내 포와로가 입을 다물자 그녀가 물었다.

"무슨 생각을 하시죠?"

포와로가 대답했다.

"실은 내 영어실력을 의심하고 있던 참입니다. 클래퍼턴 부인은 이렇게 말했습니다. '존은 브리지를 안 해요.'라고 했는데 대개는 브리지는 못한다고 하는 것이 보통 아닌가요?"

"그가 브리지에 끼려고 하지 않는 것을 그녀에 대한 반발이라고 본 것이겠죠." 엘리는 서슴지 않고 말했다.

"그런 여자와 결혼한 것이 바보짓이었어요."

어둠 속에서 포와로는 미소 지었다.

"그런 결혼도 언젠가는 잘될 가능성이 있다고는 생각지 않습니까?"

"그런 여자와의 결혼이?"

포와로는 어깨를 으쓱하며 말했다.

"당나귀 같은 여자라도 남편에게는 정성을 다하는 법입니다. 자연의 신비라고 할 수 있지요. 그녀가 무슨 말을 하든, 또 무슨 짓을 하든 그것이 그에게 상처를 주는 것은 아니라는 걸 당신도 언젠가는 깨닫게 될 줄 압니다."

헨더슨 양이 뭐라고 대답할까 생각하는 사이에 끽연실 창으로부터 클래퍼턴 부인의 날카로운 목소리가 들려왔다.

"아니에요, 난 그만하겠어요. 정말 이 방은 너무 답답해서 참을 수가 없군요. 갑판에 나가 신선한 바람을 쐬고 싶어요."

그러자 헨더슨 양은, "안녕히 주무세요. 전 자야겠어요." 하며 포와로에게 말하고는 가버렸다.

포와로는 어슬렁어슬렁 걸어서 라운지로 갔다. 클래퍼턴 대령과 두 아가씨 이외에는 아무도 없었다. 대령은 아가씨들을 상대로 트럼프의 마술을 보여주고 있었다. 카드를 떼고 나누는 재빠른 솜씨에 탄복한 포와로는 아까 장군의 이야기 중에 그가 뮤직홀의 무대에 섰다는 것을 떠올렸다.

"브리지는 안 하시지만 카드를 만지는 것은 좋아하시는 것 같군요"

그가 말을 걸었다.

"브리지를 하지 않는 데는 저 나름대로 이유가 있습니다."

클래퍼턴은 그 특유의 매력적인 미소를 보이며 말했다.

"당신께도 한번 보여 드리지요"

그러면서 그는 재빨리 카드를 나누어주고는 말했다.

"자, 여러분, 카드를 보세요, 어떻습니까?"

넋이 나간 키티의 얼굴을 보고 웃으며 그는 자신의 패를 테이블 위에 폈다.
다른 세 사람도 같은 모양으로 펴놓았는데, 키티의 것은 전부가 클럽, 포와로
는 하트, 팜은 다이아몬드, 그리고 클래퍼턴 대령 손에는 스페이드뿐이었다.

"아셨죠?" 그가 말했다.

"파트너든 상대방이든 어느 쪽에라도 이쪽에서 주고 싶은 대로 카드를 줄
수가 있는 겁니다. 나 같은 사람들은 친구끼리 하는 게임에는 끼지 말아야 한
다고 생각해요. 자칫 이기기라도 한다면 당장 나쁜 소문이 퍼지니까요"

"정말 기가 막혀요!" 키티가 소리쳤다.

"어떻게 하면 되나요? 정말 신기하군요"

"빠른 손으로 눈을 속이는 거라오"

포와로는 격언이라도 말하듯이 말했다―순간 대령의 표정에 갑작스러운 변
화가 생기는 것을 놓치지 않고 보았다. 그것은 그만 방심한 탓에 쓸데없는 짓
을 해버렸다고 후회하고 있는 표정이었다.

포와로는 웃었다. 마술사가 여기에 상류 신사로 가장하고 등장한 것이다.

다음 날 새벽에 배는 알렉산드리아(이집트의 항구도시)에 입항했다. 포와로가
아침식사를 마치고 갑판에 나가보니 상륙준비를 마친 두 아가씨가 클래퍼턴
대령을 붙잡고 이야기하고 있었다.

"이젠 슬슬 상륙해도 되지 않나요?" 키티가 보채고 있다.

"여권 조사도 끝날 무렵이에요. 당신도 함께 가시겠죠? 설마 우리끼리 상륙

하라고 하시는 것은 아니겠죠? 얼마나 무서운 일이 일어날는지 모르는걸요."

클래퍼턴 대령은 싱글벙글 웃으며, "물론 여자 둘만의 단독행동은 위험하지. 그런 짓을 하면 못써요. 그렇다고 해서 내가 함께 간다면 마누라가 뭐라고 할까?"

"큰일이군요." 팜이 말했다.

"하지만 부인께서도 혼자 느긋하게 쉬고 싶지 않으실까요?"

클래퍼턴 대령은 망설였다. 속박에서 벗어나고 싶은 마음은 분명히 있었지만, 그렇다고 해도 아내의 체면도 있고 그때 포와로가 옆에 있는 것을 깨닫고는, "오, 포와로 씨, 당신도 상륙하십니까?" 하고 물었다.

"아니, 난 그만두겠습니다."

포와로의 그 대답을 듣고 클래퍼턴 대령은 겨우 마음을 정한 모양이다.

"그럼, 내가 함께 가지. 애들린에게 말하고 오겠어."

"우리도 함께 가겠어요."

팜은 포와로에게 윙크를 하고는 진지한 어조로 말했다.

"부인에게도 함께 상륙하자고 권해 봐야겠어요. 어쩌면 승낙할는지도 몰라요."

그 제안을 클래퍼턴 대령도 환영하는 듯이 보였다.

그는 밝은 표정이 되어, "그럼 함께 가기로 하지. 둘 다." 하고 기분 좋게 말하며 그들 세 사람은 B갑판으로 가는 통로를 걸어갔다.

포와로도 호기심에 이끌려 그의 선실이 클래퍼턴 부인과 마주 보는 곳에 있기도 해서 뒤따라갔다.

클래퍼턴 대령은 조심스럽게 선실문을 두드렸다.

"애들린, 잠들지 않았어?"

안에서 클래퍼턴 부인의 졸린 듯한 목소리가 들려왔다.

"귀찮아요. 무슨 일이에요."

"존이야. 상륙해보지 않겠어?"

"싫어요." 날카로운 목소리가 단호하게 들렸다.

"어젯밤에는 잠을 설쳐서 오늘은 종일 잠이나 자야겠어요."

팜이 재빨리 입을 열었다.

"클래퍼턴 부인, 함께 상륙하면 좋을 것 같아서 왔는데요. 정말 싫으세요?"

"싫어요"

클래퍼턴 부인 목소리는 더욱 날카롭게 울렸다.

그래도 대령은 문손잡이를 돌리려고 했지만 꿈쩍도 하지 않는 모양이다.

"뭐 하는 거예요, 존. 문은 잠가두었어요. 보이가 들어올까 봐서요."

"미안해, 애들린. 여행안내서가 필요해."

"안 돼요. 그만두세요." 클래퍼턴 부인이 내뱉듯이 외쳤다.

"침대에서 내려가기도 싫어요. 얼른 가세요. 조용히 좀 내버려둬요."

"알았어, 알았어."

대령은 문에서 물러섰다.

팜과 키티가 그를 에워싸고는, "어서 가기로 해요. 잘됐지 뭐예요. 모자도 쓰고 있으니. 어머! 여권은 있으세요? 선실에 두셨나요?"

"사실은 말이야, 주머니 속에 들어 있어."

대령이 말하니 키티가 그의 팔을 잡으며, "다행이군요!" 하고 소리치며, "그럼, 얼른 출발하죠"라고 말했다.

포와로는 난간에 기대서서 배에서 내려가는 세 사람을 지켜보고 있었다.

문득 숨결을 느끼고 돌아보니 헨더슨 양이 서 있었다. 그녀 또한 멀어져 가는 세 사람을 보고 있었다.

"저 사람들 결국 상륙해버렸군요." 그녀가 활기차게 말했다.

"그렇군요. 허어! 당신도 나가시는군요."

그녀는 햇볕에 그을릴까 봐 커다란 모자를 쓰고 있었다. 핸드백도 들고 있었고 신발도 바꿔 신어서 상륙을 위한 복장임이 분명했다. 그러면서도 포와로의 말에 잠깐 망설이더니 고개를 저었다.

"아니에요. 전 배에 남아 있으려고 해요. 편지 쓸 곳이 많아서요."

그리고 그녀는 한번 돌아다보고 멀어져 갔다.

뒤이어 아침 운동인 48번 갑판 돌기를 다 마친 포브스 장군이 나타났다. 아직 가쁜 숨을 쉬며 멀어져 가는 대령과 두 아가씨를 보더니, "하아!" 하고 큰 소리로 말했다.

"멋지게 해냈군! 그래, 부인은 어디 있지?"

포와로가 클래퍼턴 부인은 오늘 온종일 조용히 잠이나 잘 모양이라고 설명했다.

"그런 말 믿어선 안 되지!"

노장군은 짐짓 아는 체 한쪽 눈을 찡긋하며 말했다.

"점심때쯤 되면 그녀가 깨어날 것이 틀림없다오. 그리고 그 불쌍한 사내가 허락도 없이 배를 떠났다고 한바탕 소동을 벌이겠지."

그러나 장군의 예언은 적중되지 않았다. 점심때는 고사하고 대령과 함께 간 아가씨들이 되돌아온 4시가 되어도 클래퍼턴 부인은 일어나지 않았으니까.

포와로는 선실에 있으면서 그녀의 남편이 나쁜 짓이라도 하고 온 것처럼 조심스럽게 문을 두드리는 소리를 들었다. 노크를 여러 번 되풀이하고 손잡이를 잡고 흔들다가 마지막에는 큰소리로 보이를 불렀다.

"이와, 대답이 없는데 열쇠가 없나?"

포와로는 서둘러 침대에서 내려와 통로로 나갔다.

소문은 순식간에 들판의 불길처럼 배 안에 퍼져 나갔다. 누구나가 공포와 불신이 뒤섞인 표정으로 클래퍼턴 부인이 침대에서 살해되었다는 뉴스를 주고받았다─원주민들이 쓰는 단검이 심장에 꽂혀 있었고, 선실 바닥에는 호박 목걸이가 떨어져 있었다는 것이다.

소문은 소문을 불러 그 내용 또한 가지각색이었다. 어떤 사람은 말하기를, 그날 승선이 허락된 목걸이 장사가 모두 검거되어 조사를 받았다는 것이다. 또 어떤 사람 말로는 선실 안 서랍에서 많은 현금이 없어졌다. 또는 돈을 찾느라고 뒤진 흔적이 있었다. 또는 한몫의 재산이 될 만한 보석이 없어졌다. 아니, 보석은 다 그대로 있다. 또는 보이가 체포되어 범행을 자백했느니 등등.

"대체 그중 어느 것이 진상인가요?"

포와로를 기다리고 있던 헨더슨 양이 물었다. 그 얼굴은 파랗게 질려 일그러져 있었다.

"나도 도무지 알 수가 없군요."

"아니에요. 당신은 아실 거예요." 헨더슨 양이 말했다.

그날 밤 늦게 거의 모든 승객이 자기 선실로 들어가고 난 다음에 헨더슨 양은 포와로를 바람이 없는 곳인 갑판의자로 불러냈다.

"자, 이야기해주세요." 그녀가 명령조로 말했다.

포와로는 한동안 그녀의 얼굴을 보다가 말했다.

"재미있는 사건이군요."

"상당히 값나가는 보석이 없어졌다는데 사실인가요?"

포와로는 고개를 저으며 말했다.

"아니, 보석류는 하나도 없어지지 않았습니다. 서랍에 넣어두었던 현금이 약간 없어졌을 뿐이지요."

"이런 일이 생기다니 배 안도 불안하군요."

헨더슨 양은 몸서리치며 물었다.

"갈색 피부의 야만인이 저지른 범행이라는 단서가 있었나요?"

"아니, 없었습니다." 에르퀼 포와로는 대답했다.

"이 사건에는 상당히, 그……, 알 수 없는 점이 있답니다."

"그게 뭔데요?" 엘리는 날카롭게 물었다.

포와로는 두 손을 벌렸다.

"그렇습니다. 사실 한번 생각해보시지요. 클래퍼튼 부인은 시체가 되어 발견되었을 때로부터 적어도 다섯 시간 이전에 사망했습니다. 얼마간의 현금이 없어지고 선실 바닥에 목걸이가 떨어져 있었죠. 문에는 자물쇠가 채워져 있었는데, 그 열쇠도 안 보입니다. 창은(창문 말입니다. 현창(舷窓)이 아니고), 갑판 쪽으로 난 창은 열린 채였습니다."

"그래서요?"

헨더슨 양은 그다음이 듣고 싶어서 안달을 하고 있는 것 같았다.

"이러한 특수한 상황에서 살인이 저질러진다는 것은 이상한 일이라고 생각되지 않습니까? 승선이 허락된 그림엽서 장사, 외환 장사, 목걸이 장사, 모두가 경찰에 얼굴이 알려진 사람들뿐이거든요."

"하지만 보이가 선실문을 잠그는 것은 드문 일도 아니죠."

"좀도둑을 막기 위해서죠. 그러나 이번 경우는, 살인이었습니다."

"분명하게 말씀해주시지 않겠어요, 포와로 씨? 무슨 생각을 하고 계신지."

그녀의 목소리는 좀 재촉하는 듯이 들렸다.

"잠겨 있었던 문에 대해서 생각하고 있습니다."

헨더슨 양도 그 점을 생각해보고는 말했다.

"저는 특별히 무슨 의미가 있다고 생각되지는 않는군요. 범인이 문을 열고 나와 물을 잠그고 그 열쇠를 가지고 갔다―별로 이상한 일도 아니잖아요. 범행의 발견을 늦추기 위해서죠. 그래서 오후 4시가 되도록 발견되지 않았던 거 아니겠어요?"

"아니, 아니, 마드모아젤, 당신은 내가 생각하는 요점을 모르시는 것 같군요. 지금 문제 삼고 있는 것은 범인이 어떻게 해서 나갔는가가 아니고, 선실에 어떻게 들어갔는가 하는 겁니다."

"물론 창문을 통해서겠지요."

"있을 수 있는 입입니다. 그러나 그 창은 너무 작습니다. 게다가 갑판 위에서는 사람들의 왕래가 끊이질 않지요."

"그렇다면 문으로 들어갔겠지요." 헨더슨 양은 점점 초조해졌다.

"당신은 잊어버렸군요, 마드모아젤. 그 문은 클래퍼턴 부인이 직접 안에서 잠가두었습니다. 그것은 오늘 아침 클래퍼턴 대령이 배에서 나가기 전부터였으며, 사실 대령도 열려고 해보았습니다만 열리지 않았지요. 그것은 우리가 모두 보고 있었습니다."

"아마 문이 빽빽해서 열리지 않았겠죠. 그것도 아니라면 대령이 손잡이를 돌리는 것이 서툴렀거나."

"그러나 그것은 대령의 말을 근거로 하고 있을 뿐만 아니라, 우리 모두가 클래퍼턴 부인의 목소리를 들었단 말입니다."

"우리 모두라뇨?"

"무니 양, 크리건 양, 클래퍼턴 대령, 그리고 나."

엘리 헨더슨은 새로 신은 구두로 발을 동동거릴 뿐 한동안 말이 없었다. 그러고는 안달하듯이 물었다.

"그래서, 당신은 어떻게 생각하시죠? 문을 잠근 것이 클래퍼턴 부인이라면 그 사람이 열 수도 있었을 것 아니에요?"

"분명히 맞습니다."

포와로는 반짝이는 눈으로 그녀를 바라보며 말을 이었다.

"이제 겨우 당신도 요점을 알게 된 것 같군요. 클래퍼턴 부인은 열쇠로 문을 열고 살인범을 들어오게 한 겁니다. 설마 목걸이 장사나 원주민에게 문을 열어주었다고는 생각되지 않겠지요?"

그러나 엘리는 반대했다.

"부인은 노크한 것이 누군지 몰랐을 수도 있지요. 노크소리를 듣고 일어나서 문을 열어주니까, 그 남자가 밀고 들어와 살해했다!"

포와로는 고개를 저었다.

"그녀는 침대에 누운 채 찔려 있었습니다."

헨더슨 양은 그를 바라보며 갑자기 물었다.

"무슨 생각을 하시는 거죠?"

포와로는 웃으며 말했다.

"부인은 들어오는 사람이 누구인지 알고 있었다고 생각됩니다. 그렇게 생각되지 않습니까?"

"그렇다면……."

헨더슨 양의 목소리는 목 안에 걸려 있는 듯이 들렸다.

"살인범은 승객 중 하나라는 말인가요?"

포와로는 고개를 끄덕였다.

"나는 그렇게 믿고 있어요."

"그렇다면 바닥에 떨어져 있었던 목걸이는 사람들의 눈을 속이기 위해서라는 말인가요?"

"그렇습니다."

"돈을 훔쳐간 것도?"

"맞습니다."

한동안 입을 다물고 있던 헨더슨 양이 이렇게 말했다.

"클래퍼턴 부인만큼 불쾌한 여자는 없으니까 배 안에서 모두들 싫어했던 것은 알고 있지만, 그렇다고 죽일 것까지야—그렇게까지 할 이유를 가진 사람이 있을 것 같지는 않군요."

"그 여자의 남편 말고는." 포와로가 말했다.

"설마……." 다음 말은 이어지지 않았다.

"클래퍼턴 대령이 그 여자와 '한바탕 벌일' 만한 이유를 갖고 있었다는 것은 배 안의 모두가 인정하고 있습니다. 나 역시 그 말에는 일리가 있다고 생각해왔으니까요."

엘리 헨더슨은 그를 바라보며 다음 말을 기다렸다.

"하지만 이 말만은 해야겠습니다." 포와로는 계속했다.

"내가 보기에는 대령이 자기 부인에게 화를 내는 것 같지는 않습니다. 더구나 무엇보다 중요한 것은 그에게 알리바이가 있지요. 두 아가씨와 함께 종일 상륙해 있다가 배에 돌아온 것이 4시. 그때는 이미 클래퍼턴 부인이 죽은 지 몇 시간이 지난 뒤였습니다."

또다시 몇 분의 침묵이 지나가고 엘리 헨더슨은 조용히 말했다.

"그래도 당신은 생각하시겠죠—범인은 승객 가운데 한 사람일 거라고"

포와로는 고개를 숙였다.

갑자기 엘리 헨더슨이 웃어댔다. 도전적인 웃음이었다.

"당신 생각은 증명하기가 어렵겠군요, 포와로 씨. 이 배에 타고 있는 손님은 상당히 많아요."

포와로는 다시 한 번 허리 굽혀 인사하고는 말했다.

"당신네 나라의 유명한 추리소설에 이런 말이 있지요. '내게는 내 방법이 있네, 왓슨.'"

다음 날 밤, 식사 때에 승객 전원의 접시 밑에 타이프친 종이쪽지가 놓여 있었다. 8시 30분에 중앙 라운지에 모여 달라는 것이었다. 올 사람이 다 모이자 언제나 오케스트라가 연주되는 단 위에 선장이 나와 말했다.

"손님 여러분께 말씀드리겠습니다. 이미 아시는 바와 같이 어제 이 배에서 생각지도 않은 비극이 일어났습니다. 저희로서는 어떻게 해서든지 이 흉악한 범행을 저지른 자를 찾아내야만 하므로 여러분의 도움이 반드시 있어야겠다고 생각합니다."

거기서 선장은 일단 말을 멈추고 기침을 하고 나서 다시 계속했다.

"다행스럽게도 이 배에는 에르큘 포와로 씨도 함께 타고 계십니다. 새삼스럽게 말씀드릴 것도 없이 이분은 이, 저……, 이런 사건에 대해서는 많은 경험이 있으시므로 그분의 의견을 들어보고자 합니다. 여러분께서도 경청해주시기 바랍니다."

마침 그때 식사시간에는 안 보이던 클래퍼턴 대령이 들어와서 포브스 장군의 옆자리에 앉았다. 슬픔에 젖은 모습이지, 아내의 속박에서 해방되어 한시름 놓은 사람으로는 보이지 않았다. 연기가 뛰어난 것인지, 아니면 그처럼 불쾌한 아내라도 사실은 사랑하고 있었거나 그 둘 중 하나라고 생각되었다.

"포와로 씨, 부탁합니다."

선장은 소개를 끝내고 단에서 내려갔다. 이어 포와로가 단 위에 나타났다.

밝은 얼굴로 청중을 둘러보았지만, 의젓한 자세로 가다듬을수록 오히려 코믹하게 보였다.

"신사 숙녀 여러분." 그는 입을 열기 시작했다.

"이처럼 조용히 제 말씀에 귀를 기울여 주셔서 저로서는 더없는 영광이라고 생각합니다. 방금 선장님께서 소개하실 때도 말씀하셨습니다만 저는 이런 종류의 사건에 상당한 경험이 있습니다. 그리고 이번 경우에도 이 특수한 사건의 밑바탕에는 어떤 사정이 감추어져 있는가를 생각해보고 저 나름대로 의견을 정리해두었습니다."

그러고는 손짓을 하니 보이 하나가 커다란 종이 포장물을 내밀었다.

"지금부터 제가 하는 일이 여러분을 좀 놀라게 할는지도 모르기 때문에 미리 용서를 구하고자 합니다. 아니면 이 사람 좀 괴짜로군, 또는 이 사람 머리가 돌아버린 것이 아니냐 하는 생각을 하실는지도 모르겠습니다만 저의 특이한 행동 뒤에는 여러분, 영국인들이 말씀하시는 수사 방법이 있다는 것도 알아주시기 바랍니다."

그 순간 그의 눈은 헨더슨 양의 눈과 마주쳤으나 개의치 않고 커다란 종이 포장지를 풀기 시작했다.

"신사 숙녀 여러분, 지금부터 클래퍼턴 부인 살해의 진상을 말해주는 중요한 증인을 보여 드리겠습니다."

그러고는 익숙한 솜씨로 포장지를 풀어서 안에 들어 있는 것을 꺼내 들었다. 사람 크기와 거의 같은 목제 인형인데, 비로드로 된 옷과 레이스가 달린 칼라를 걸치고 있었다.

"자아, 아서."

포와로는 인형을 보고 불렀는데, 그 목소리에는 미묘하게 변화가 일어나 있었다. 지금은 말씨 가운데 외국인 같은 느낌이 전혀 없고, 아무리 들어도 순수한 영국인, 런던 사투리까지 섞여 있었다.

"말해줘. 다시 말하지만, 말할 수 있겠지? 클래퍼턴 부인이 죽게 된 진상을?"

인형은 목을 어렴풋이 떨고는 나무로 된 아래턱을 덜컥 떨어뜨리더니 덜컥덜컥 움직이는 것이었다.

그러자 갑자기 날카로운 여자의 목소리가 들려왔다.

"뭐 하는 거예요, 존. 문은 잠가두었어요. 보이가 들어올까 봐……."

'앗' 하는 소리가 들리고 의자가 넘어졌다.

남자 하나가 일어섰다. 목을 두 손으로 잡고 앞뒤로 몸을 움직이고 있었다. 무슨 말인가를 하려는데 소리가 되어 나오지는 않고 그 몸은 머리부터 앞으로 고꾸라졌다.

클래퍼턴 대령이었다.

포와로와 선의(船醫)가 쓰러진 사나이 앞에서 일어섰다.

"끝난 것 같습니다. 심장마비입니다."

선의가 간단하게 말했다.

포와로는 고개를 끄덕이며, "트릭이 발각된 충격이로군" 하고 말하며 포브스 장군을 돌아보았다.

"장군, 이 사건의 해결에 중요한 힌트를 주신 것은 당신 이야기였습니다. 이 사람이 뮤직홀의 무대에 섰던 광대라는 사실. 나는 거기에 대해 생각한 끝에 전쟁 전 클래퍼턴이 만일 복화술사였다고 한다면 이 사건에서 세 남녀에게 클래퍼턴 부인의 목소리를 듣게 하는 것이 가능하지 않을까 하고 생각했습니다. 부인의 목소리는 선실 안에서 들려왔습니다만, 그때 이미 부인은 죽어 있었으며……."

엘리 헨더슨도 포와로 옆에 서 있었다. 어두운 눈은 슬픔이 넘치고 있었다.

그녀가 물었다.

"그의 심장이 약해져 있었던 것을 알고 계셨나요?"

"짐작은 하고 있었습니다. 클래퍼턴 부인이 자신은 심장이 나쁘다고 입버릇처럼 말했습니다만, 여자들에겐 흔히 있는 일이며, 아픈 사람으로 생각해주기를 바라고 있었을 뿐이라고 추측해왔습니다. 처방전 조각 하나를 주웠는데, 거기에 디기탈리스를 다량 필요로 한다고 쓰여 있더군요. 아시다시피 디기탈리스는 강심제입니다만, 그 처방전은 클래퍼턴 부인을 위한 것이 아니었습니다. 왜냐하면 디기탈리스를 복용하면 동공의 확대는 피할 수 없는 것이지요. 하지만 부인의 눈에서는 그런 현상을 발견할 수 없었습니다. 그러나 난 클래퍼턴의 눈을 보고 순간 그 징후를 알아차렸지요."

엘리는 중얼거리듯 말했다.

"그래서 당신은 생각했군요―이것을, 이러이러한 결과로 끝맺게 하자고."

"가장 좋은 해결방법이라고 생각하는데, 잘못되었나요, 마드모아젤?"

포와로가 말했다.

그녀의 눈에 눈물이 솟아나고 있었다.

"당신은 알고 계셨군요. 전부터 아셨지요? 제가 겁내고 있었던 것을……. 하지만 그 사람이 그런 무서운 짓을 한 것은 저를 위해서가 아니었어요. 그 아가씨들 때문이었지요―아가씨들의 젊음 때문이었지요. 그것이 그 사람에게 노예와 다를 것 없는 비참한 그의 처지를 분하다고 느끼게 해준 거예요. 더 늦기 전에 자유를 되찾고 싶었던 거지요. 그래요. 저는 알 수 있어요. 그것이 사건의 진상이었다는 것을……. 포와로 씨, 당신은 언제 알게 되셨죠―그 사람의 짓이라는 것을?"

"그의 자제력은 너무 완벽했습니다." 포와로는 거침없이 말했다.

"아내의 보복을 예사로 받아들이고 조금도 마음에 두지 않는 것처럼 보였지요. 그것은 그런 취급에 길들여져서 고통이라고 느끼지 않거나, 아니면, 그렇습니다. 나는 결국 후자로 보는 것이 지당하다고 생각했습니다……. 그리고 내 판단이 틀리지 않았다는 것이 증명되었지요.

그리고 또 범죄가 저질러지기 전날 밤 그는 일부러 마술사로서의 기능을 내보였습니다. 그러고 나서 아차 하는 표정을 지었습니다만, 클래퍼턴 같은 사람이 아무 목적도 없이 과거의 경력을 내보일 이유가 없지요. 하지만 그렇게 해 보일만한 이유가 있었던 겁니다. 마술사라고 생각하게 해두면 복화술사였던 사실에 생각이 미치지 않고 넘어갈 수 있었기 때문이지요."

"그럼, 아까 우리가 들은 클래퍼턴 부인의 목소리는 뭐죠?"

"하녀 중 그 부인 목소리와 닮은 여자가 있었습니다. 그 아가씨에게 말을 가르쳐서 단 뒤에 숨어 있게 했지요."

엘리가 소리쳤다.

"트릭이었군요─잔인하고 끔찍한 트릭!"

"살인은 용서할 수 없으니까요."

에르큘 포와로가 말했다.

클래펌 요리사의 모험

그 당시 나는 친구인 에르퀼 포와로와 함께 살고 있었는데, 조간신문인 데일리 블레어 지의 표제들을 소리를 내어 읽어주는 것이 버릇처럼 되어 있었다.

데일리 블레어라는 신문은 선정적인 기사를 실을 기회만 있다면 그것을 최대한 이용하는 신문이다. 살인, 강도 같은 종류의 기사가 지면 한구석에 얌전하게 실리는 일은 없었다. 오히려 제1면에 큰 활자로 독자들의 시선을 끄는 그런 식이다.

5만 파운드 상당의 유가증권을 지닌 은행원 실종되다.
불행한 가정생활, 남편이 가스 오븐 안에 머리를 박고 자살하다.
21세의 미모의 타이피스트 행방불명, 에드나 필드는 어디로?

"어때요, 포와로, 골라잡아 보시죠. 실종된 은행원, 의문의 자살, 행방불명된 타이피스트, 이 중에서 어느 것으로 할까요?"

포와로는 덤덤한 얼굴로 조용히 고개를 저었다.

"마음에 끌리는 건 하나도 없군. 오늘은 어쩐지 좀 느긋하게 하루를 보내고 싶은데. 특별히 흥미 있는 일이라도 있기 전에는 오늘은 밖에 나가지 않겠어. 알겠나? 오늘은 중요한 일을 지금부터 해야 하니까."

"무슨 일인데요?"

"내 옷 말이야, 헤이스팅스. 내 기억이 틀림없다면 분명히 회색 새 양복에 기름얼룩이 묻어 있을 거야. 딱 한 군데이긴 하지만 그래도 마음에 걸려서 말일세. 그리고 겨울 코트도 좀이 먹지 않도록 건사해야 해. 그리고 이젠 콧수염을 손볼 때도 된 것 같고, 그다음에는 포마드를 발라 손질도 해야 하고"

"하지만 말입니다……." 나는 창가로 걸어갔다.

"그런 어마어마한 예정이 제대로 잘 진행될지 궁금하군요. 벨이 울렸어요. 손님이 왔나 본데요."

"한 나라의 존망이 걸린 사건이 아닌 한 나는 오늘은 움직이지 않겠네."

포와로는 거들먹거리며 말했다.

얼마 뒤 살찐 여인이 붉은 얼굴을 하고 우리 두 사람이 있는 방에 뛰어들어 왔다. 층계를 급히 올라오느라고 헉헉거리며 가쁜 숨을 몰아쉬고 있었다.

"당신이 포와로 씨인가요?"

의자에 털썩 앉으며 여자가 물었다.

"맞습니다. 내가 에르퀼 포와로입니다, 부인."

"제가 상상하고 있었던 분과는 아주 딴판이군요."

그 여인은 맥 빠진 눈으로 포와로를 쳐다보았다.

"신문에는 당신이 아주 머리 좋은 탐정이라고 쓰여 있었는데, 그것은 당신이 돈을 줘서 그렇게 쓰게 한 건가요? 아니면 신문이 제멋대로 쓴 건가요?"

"부인!"

포와로는 자세를 가다듬었다.

"어머, 미안해요. 빈정대려고 그런 게 아니에요. 하지만 어쨌든 요즘 신문 같은 것은 믿을 수가 없어서요. 예를 들어 '신부가 미혼의 친구에게 보내는 글'이라는 재미있을 것 같은 표제를 보고 내용을 읽어보면 하나같이 약국에서는 무엇을 사세요, 마리 샴푸는 이것이 좋다든가 하는 선전뿐이더군요. 그러니까 너무 나쁘게 듣지는 마세요. 제가 오늘 찾아뵙게 된 용건을 말씀드리겠어요. 실은 우리 집 요리사를 찾아주셨으면 해서요."

포와로는 눈이 휘둥그레졌다. 말이라면 막히는 법이 없는 포와로도 그만 말문이 막히고 만 것이다.

나는 솟구쳐 오르는 웃음을 그에게 보이지 않으려고 얼굴을 돌렸다.

부인은 말을 계속했다.

"그런 너절한 실업수당 같은 것이 있기 때문에 고용인들이 쓸데없는 꾀를 내어 타이피스트가 된다 어쩐다 하게 된다고요. 제가 하고 싶은 말은 실업수당 같은 제도는 없애버리라는 거예요. 우리 집 고용인들은 대체 무엇이 불만인지 알 수가 없어요. 일주일에 한 번은 점심때부터 밤까지 자유시간을 주고, 일요일은 교대로 쉬고, 세탁도 밖으로 내보내 따로 해오고, 식사는 가족과 똑같은 것을 먹게 해준답니다. 우리 집에서는 마가린 같은 것은 조금도 쓰지 않아요. 특별히 질 좋은 순수한 버터를 쓰고 있으니까요."

그녀가 입을 다물고 한숨 돌렸다.

그러자 포와로는 얼른 일어서서 조금은 거만한 어조로 말했다.

"부인은 좀 잘못 생각하고 계신 건 아닙니까? 고용인들의 근무상태를 조사하는 것은 내 일이 아닙니다. 나는 사립탐정입니다."

방문객이 말했다.

"알고 있어요. 그러니까 우리 집 요리사를 찾아주십사 말씀드렸잖아요. 수요일에 한마디 인사도 없이 집을 나가서는 그 길로 돌아오지 않는 거예요."

"그것참 안됐군요. 하지만 나는 그런 종류의 일은 취급하지 않습니다. 그럼, 이만 실례하겠습니다."

방문객은 발끈해서 코웃음을 쳤다.

"어머, 그래요? 꽤 지체가 높은 분인가 보군요? 정부의 기밀이라든가, 백작 부인의 보석이라든가, 그런 사건밖에는 취급하지 않는다는 뜻인가요? 하지만 이래봬도 저 같은 처지에 있는 여자에게는 고용인이라는 것은 그야말로 보석만큼 귀중한 거라고요. 우리들은 누구나 다 다이아몬드나 진주로 멋을 내고 자동차로 외출하는 귀부인이 될 수는 없어요. 하지만 솜씨 좋은 요리사는 무엇과도 바꿀 수 없는 것이고, 그것을 잃는다는 것은 귀부인이 진주를 잃어버리는 것과 다를 바가 없는 사건이에요."

잠깐 사이에 포와로의 자존심과 유머 감각이 뒤바뀐 듯했다. 그는 소리 내어 웃으며 다시 앉았다.

"부인, 부인 말에는 일리가 있습니다. 내가 잘못했습니다. 그렇게 말씀하시는 것도 당연하고, 또한 이치에도 맞습니다. 이 사건은 나에게는 진귀한 것이 되겠군요. 오늘날까지 증발해버린 하인에 대해 손을 대본 적은 없으니까요. 실은 부인이 오시기 바로 전에 나는 국가적인 중대문제가 아닌 한 맡지 않겠다고 했습니다. 알았습니다! 부인의 소중한 요리사가 수요일에 외출한 뒤 돌아오지 않았다는 이야기죠? 그러니까 그저께의 일이군요"

"맞아요. 그녀가 쉬는 날이었어요."

"그럼, 부인, 요리사에게 혹시 무슨 사고가 난 것은 아닐까요? 짐작이 가는 병원에라도 연락을 해보셨습니까?"

"저도 어제는 그런 생각을 했었어요. 그런데 오늘 아침에 글쎄 짐을 가지러 사람을 보냈더라고요. 더구나 제게는 한마디 작별인사도 없이. 제가 집에 있었더라면 내주지도 않았을 거예요—그렇게 사람을 깔보다니! 때마침 제가 푸줏간에 가고 없었거든요."

"어떻게 생긴 여자인가요?"

"단단한 체격에 나이는 중년쯤이고 검은 머리칼에 백발이 약간 섞여 있어요. 서글서글하고 사람 좋은 여자지요. 우리 집에 오기 전에도 한집에서 10년이나 있었다더군요. 이름은 엘리자 던이라고 하고요."

"혹시 수요일에 부인이 요리사와 말다툼을 하지는 않았습니까?"

"전혀 없었어요. 그래서 이해가 안 되는 거예요."

"댁에서는 고용인을 몇 사람이나 두고 있습니까?"

"두 사람이에요. 잔심부름하는 애니는 참 씩씩한 아이예요. 건망증이 좀 심하고, 머릿속에는 온통 젊은 사내들로 가득 차 있지만 일은 시키는 대로 아주 잘해요."

"그 아가씨와 요리사는 사이가 좋았습니까?"

"물론 싸운 적도 있지만, 대체로 사이는 좋았어요."

"그럼, 애니는 짐작되는 일이 없다고 하던가요?"

"예, 조금도 짐작이 안 간다는 거예요. 하지만 고용인들은 모두 한통속인걸요."

"옳은 말씀입니다. 그 점을 좀더 조사해볼 필요가 있겠군요. 어디에 사시죠, 부인은?"

"클래펌입니다. 프린스 앨버트 로(路) 88번지."

"알았습니다, 부인. 우선 돌아가십시오. 오늘 중으로 댁으로 찾아뵙겠습니다.”

토드 부인(이것이 방문객의 이름이었다)은 돌아갔다.

포와로는 다소 후회하는 듯한 얼굴로 나를 바라보았다.

“이것 참, 헤이스팅스. 우리가 떠맡은 사건은 아주 묘한 것이로구먼. 클래펌의 요리사 증발이라! 아니, 절대로 우리의 친구 재프 경감 귀에 들어가서는 안 되겠군.”

그리고 포와로는 다리미를 꽂고는 회색 양복에 흡묵지를 놓고 기름얼룩을 빼버렸다. 수염 손질은 어쩔 수 없이 다음 날로 미루기로 하고, 우리 둘은 클래펌으로 갔다.

그곳에 가보니 프린스 앨버트 로라는 곳은 온통 똑같은 자그마한 집들이 늘어서 있는 곳으로, 어느 집 창문이나 깨끗한 레이스 커튼이 걸려 있고, 문에는 반짝반짝하게 닦아놓은 놋쇠 손잡이가 인상적이었다.

88번지의 벨을 누르자 깔끔하고 귀엽게 생긴 하녀가 문을 열어주었다. 토드 부인은 홀까지 마중을 나왔다.

“그냥 있어라, 애니.” 부인이 소리쳤다.

“이분은 탐정이신데, 네게 한두 가지 묻고 싶으시다는 구나.”

애니의 얼굴에는 불안과 기대에 찬 흥분이 뒤섞인 표정이 떠올랐다.

포와로가 말했다.

“죄송합니다, 부인. 지금부터 일하는 아가씨에게 질문하겠습니다만 지장이 없으시면 자리를 좀 피해 주시겠습니까?”

우리는 조그만 응접실로 안내되었고, 토드 부인은 마땅찮은 얼굴로 방을 나갔다.

포와로는 질문을 시작했다.

“잘 들어봐요, 애니 양. 지금부터 아가씨가 해주어야 할 이야기는 아주 중요한 일입니다. 이 사건을 풀어나갈 단서를 마련해줄 사람은 아가씨뿐이거든. 아가씨의 도움 없이는 나도 어찌해볼 도리가 없어요.”

애니의 얼굴에서 불안한 빛이 사라지고 신나는 듯한 흥분의 빛이 더욱 짙어졌다.

"잘 알았습니다. 제가 아는 것은 다 말씀드리겠어요."

"그거 고맙소."

포와로는 칭찬하는 듯이 웃어주었다.

"그럼, 먼저 물어보겠는데, 아가씨는 어떻게 생각하고 있소? 아가씨의 머리가 꽤 좋다는 것은 한번 보기만 해도 금방 알 수 있어요. 엘리자의 실종을 어떻게 생각하지요?"

이렇게 추켜세워 주었더니 애니는 흥분한 어조로 떠들어대기 시작했다.

"백인 노예상인이에요. 전 처음부터 그렇게 말했어요. 엘리자 아줌마는 언제나 그 상인들을 조심하라고 제게 말해왔었거든요. '향수나 과자를 선물한다고 해서 마음을 놓아서는 안 돼. 상대가 아무리 신사 같은 남자라도.'라고 말이에요. 그것이 그 아줌마의 입버릇이었어요. 그런데 그만 엘리자 아줌마가 붙잡힌 거예요. 틀림없어요. 아마 모르긴 해도 터키나 어디 동양으로 가는 배에 태워졌을 거예요. 하긴 그쪽에서는 뚱뚱한 여자를 좋아한다니까요."

포와로는 다행히도 위엄을 잃지 않았다.

"하지만 그렇다고 하면(물론 그렇게 볼 수도 있겠지만) 트렁크를 가지러 사람을 보내는 것은 좀 이상하지 않을까?"

"글쎄요. 저는 잘 모르겠지만 외국에 가서도 자기의 일상용품은 필요하지 않겠어요?"

"트렁크를 가지러 누가 왔지. 남자였소?"

"카터 패터슨이었어요."

"아가씨가 짐을 챙겨주었소?"

"아니에요. 짐은 다 싸서 묶어놓았던 걸요."

"흐흠! 그거 재미있군. 그렇다면 요리사는 수요일에 집을 나서면서 이미 돌아오지 않을 작정을 하고 있었던 것이 되는구먼. 아닐까?"

"그렇군요." 애니는 깜짝 놀란 듯한 얼굴이었다.

"거기까지는 미처 생각지 못했어요. 하지만 역시 백인 노예상인의 짓이 아닐까요?"

애니는 애석하다는 듯이 덧붙였다.

"물론 그럴 수도 있지." 포와로는 엄숙하게 말했다.

"두 사람은 한방에서 잡니까?"

"아뇨. 각각 다른 방을 써요."

"그럼, 엘리자는 현재 이 일에 대해서 불평을 한 적은 없었소? 두 사람이 살아가는 데 불편한 점 같은 것은?"

"그 아줌마는 여기를 그만두겠다는 말을 한 번도 한 적이 없었어요. 이런 집이라면 우리도 더 바랄 게 없어요……."

거기서 하녀는 입을 다물었다.

"숨기지 말고 말해봐요. 마님에게는 아무 말도 하지 않을 테니까."

포와로는 부드럽게 말했다.

"예. 저, 마님은 물론 잔소리가 많은 분이죠. 하지만 식사는 고급이고 충분해요, 쩨쩨하지도 않고요. 저녁식사에는 수프도 나오고요. 휴가도 있고 고기도 배불리 먹을 수 있어요. 그러니까 엘리자 아줌마가 이곳을 그만두겠다고 생각했더라도 이런 방법으로 나갈 리는 없죠. 적어도 이달 말까지는 있었을 거예요. 생각해보세요! 이런 짓을 하면 마님이 한 달치 월급을 주시겠어요?"

"그래, 일은 힘들지 않았소?"

"예, 마님이 잔소리가 많아서요. 일 년 내내 구석구석 다니면서 흠만 찾아내거든요. 게다가 하숙인, 이 집에서는 '돈을 내는 손님'이라고 부르고 있는데요, 한 분 계시죠. 그분은 주인어른과 같이 아침과 저녁에 식사만 하실 뿐이에요. 두 분 다 낮에는 시티(런던의 경제중심지)에 가 계시거든요."

"주인어른은 좋은가요?"

"좋은 분이세요. 아주 조용하지만 좀 인색한 편이에요."

"엘리자가 집을 나가기 전에 마지막으로 뭐라고 했는지 그 말은 기억하지 못하겠소?"

"아니, 기억하고 있어요. '만일 안에서 삶은 복숭아가 남아서 나오면 저녁식사 때 우리가 먹자. 그리고 베이컨과 감자 프라이도.'라고 말했어요. 그 아줌마는 삶은 복숭아를 아주 좋아했거든요. 만일 나쁜 사람이 그것으로 꼬여냈다고 해도 하나도 이상할 것이 없을 정도예요."

"수요일이 엘리자의 정기휴일이었소?"

"예. 그 아줌마는 수요일이고 저는 목요일에요."

포와로는 다시 한두 가지 더 물어본 다음에 이젠 그만 물러가도 좋다고 했다. 애니가 나가자 뒤이어 호기심에 가득 찬 얼굴로 토드 부인이 들어왔다.

부인은 우리가 애니에게 질문하는 동안 밖에 나가 있게 한 것이 꽤 불쾌했었던 모양이다. 그것을 우리는 직감적으로 알 수 있었다. 그러나 포와로는 부인의 마음을 간단히 달래주었다.

"부인처럼 뛰어난 지성을 가진 분에게는 우리 같은 탐정들이 꼭 밟아야 하는 우회적 방법이 견딜 수 없이 지루하게 생각되시겠지요. 어리석고 졸렬한 일을 참아낸다는 것은 머리 좋은 분들에게는 쉽지 않은 일이니까요."

이런 식으로 토드 부인의 대수롭지 않은 불만을 해소시킨 포와로는 대화를 그녀의 남편에게로 이끌어가서, 남편이 시티에 있는 회사에 근무한다는 것과 매일 저녁 6시가 되기 전에는 집에 돌아오지 않는다는 것을 알아냈다.

"틀림없이 주인께서도 이 불상사에 대해서 걱정하실 줄 압니다만, 어떠신지요?"

"전혀 그렇지가 않아요." 토드 부인은 딱 잘라 말했다.

"'그래? 그렇다면 다른 사람을 쓰지 뭘 그래?' 한 말이라고는 이것뿐이었어요. 너무 시원시원해서 가끔 제 쪽이 김이 빠질 정도예요. 은혜도 모르는 요리사는 없는 게 오히려 낫다는 거예요."

"그밖에 집에 계신 분은 어떻습니까, 부인?"

"어머, 하숙하고 있는 심프슨 씨 말씀이군요. 그분은 아침저녁 식사만 제시간에 챙겨 드리면 말이 없는 분이죠."

"어떤 일을 하고 계신가요?"

"은행원이에요."

그렇게 말하고 부인은 그 은행 이름을 가르쳐 주었다.

나는 오늘 아침 읽은 데일리 블레어 신문이 퍼뜩 떠올랐다.

"젊은 분인가요?"

"스물여덟 살이라고 했어요. 침착하고 좋은 청년이죠."

"될 수 있으면 그 청년하고 주인어른과도 이야기를 해봤으면 합니다만, 오늘 밤 그 일로 다시 오겠습니다. 부인, 조금 쉬셔야 할 것 같습니다. 피곤해 보이는군요."

　"그럴 거예요. 처음엔 엘리자 문제가 생기더니, 어제는 사실 온종일 세일하는 데가 있었거든요. 세일이란 것이 어떤 건지 포와로 씨도 아시죠? 거기다가 이것저것 집안일이 산더미처럼 쌓여서요. 애니 혼자서는 도저히 다 해낼 수가 없거든요. 이렇게 어수선하고, 저 아이는 언제 그만두겠다고 나올는지도 모르고……. 이것저것 생각하다가 전 아주 녹초가 되어버렸어요."

　포와로는 동정 어린 말을 남기고 그 집을 나왔다.

　"묘한 우연이로군요." 내가 말했다.

　"횡령범인 데이비스가 심프슨 씨와 같은 은행에 근무하고 있다니! 무슨 관계라도 있을까요?"

　포와로는 미소 지었다.

　"한쪽은 횡령한 은행원, 한쪽은 실종된 요리사라. 이 양자 사이에 어떤 관계가 있으리라곤 생각되지 않는데. 데이비스가 심프슨을 찾아왔다가 요리사와 눈이 맞아 그의 도피 행각에 동행하자고 엘리자를 꼬여내지만 않았다면 말이야."

　나는 웃음이 터져 나왔다.

　그러나 포와로는 변함없이 진지한 얼굴로 나를 책망하듯 말했다.

　"아니, 더 나쁜 짓을 했을는지도 모르네. 들어보게, 헤이스팅스. 무인도에라도 간다면 얼굴 예쁜 여자보다는 솜씨 좋은 요리사가 훨씬 이용가치가 있을는지도 모르니까!"

　그렇게 말한 포와로는 잠깐 멈췄다가 다시 이어나갔다.

　"기이한 사건이야. 모든 것이 하나같이 모순투성이야. 아주 재미있어. 그래, 정말로 흥미로운 사건이야."

　그날 밤 우리는 프린스 앨버트 로 88번지를 다시 방문해서 토드와 심프슨 씨 두 사람을 만났다. 주인공인 토드는 뺨이 움푹 들어가고 턱이 긴 40대의 음울한 남자였다.

"아, 그래, 그래." 그는 모호하게 말했다.

"엘리자에 대한 일이군요. 좋은 요리사였지요. 그리고 경제적이었고요. 저는 경제에 중점을 두는 편이거든요."

"그 여자가 그렇게 말도 없이 댁에서 나가버린 것에 대해 마음에 짚이는 것이라도 있습니까?"

"아, 글쎄요." 토트 씨는 또 모호하게 말했다.

"고용인이란 다 그런 거지요. 아내는 지나치게 신경을 쓰는 것 같아요. 언제나 속을 끓이고 있거든요. 이 문제만 해도 아무것도 아닌 아주 단순한 겁니다. '다른 사람을 찾아봐요, 다른 사람을.' 하고 나는 항상 말하지요. 그러면 해결되는 겁니다. 지나간 일에 신경 쓸 것 없는 거죠."

심프슨 역시 별로 도움이 되지 못했다. 그는 안경을 쓴 조용한 젊은이였다.

"그 여자라면 본 적이 있습니다. 나이 든 여자 말이지요? 물론 항상 내가 만나는 사람은 애니입니다만, 좋은 아가씨죠. 아주 친절하고."

"그 두 사람은 사이가 좋았습니까?"

심프슨은 자기도 잘은 모르지만 아마 그랬던 것 같다고 대답했다.

"특별히 흥미를 끌 만한 이야기는 없었지, 자네?"

그 집을 나서면서 포와로는 이렇게 물었다.

우리는 돌아가려다가 토드 부인에게 붙들려 오늘 아침처럼 지루한 푸념을 다시 늘어놓아서 그만 그 집을 나오는 것이 늦어지고 말았다.

"실망했나요? 실마리가 좀 잡힐 줄 알았다가." 나는 물었다.

포와로는 고개를 저었다.

"물론 그런 가능성은 있었지. 그러나 그렇게 되리라는 기대는 거의 하지 않았어."

다음 날 아침, 포와로 앞으로 편지 한 통이 도착했다. 읽어나감에 따라 포와로의 얼굴은 격분으로 말미암아 붉으락푸르락해졌다. 그리고 그 편지를 내게 넘겨주었다.

사정에 따라서 토드 부인은 포와로 씨에게 의뢰한 사건을 취소하게
되었습니다. 부인은 남편과 이 문제에 대해서 의논한 결과 대수롭지
않은 가정 내의 사소한 일에 사립탐정까지 끌어들인다는 것은 더없이
어리석은 일이라고 생각한 겁니다. 토드 부인은 여기에 수수료로 1기
니 동봉합니다.

"빌어먹을!"

포와로는 분한 나머지 크게 소리쳤다.

"그 사람들, 이런 수법으로 에르큘 포와로를 쫓아버릴 작정이로군. 특별히
은혜를 베풀어 이 위대한 포와로가 그들의 하찮은 사건을 조사해주려고 나섰
는데. 그 사람들이 이런 식으로 나를 쫓아내려 하다니! 이건 틀림없이 토드 씨
가 뒤에서 조종한 거야! 하지만 난 가만히 있지 않겠어! 절대로 안 되지! 필요
하다면 내 돈을 써서라도 이 사건의 진상을 파헤치고 말겠어!"

"그건 좋지만 무슨 수로?"

포와로는 다소 평정을 되찾았다.

"우선 신문에 광고를 내는 거야. 들어봐, 이렇게 말이야. '엘리자 던. 이쪽으
로 연락해주시오. 당신에게 득이 되는 일 있음.' 하고 말이야. 헤이스팅스, 이
것을 신문이란 신문에는 죄다 내주게. 나는 혼자 조사할 것이 좀 있어. 자, 서
두르게!"

내가 포와로와 다시 만난 것은 저녁때였다.

그는 여느 때처럼 거들먹거리지 않고 조사해온 것을 말해주었다.

"토드 씨의 회사에 가서 조사해봤지. 수요일에는 결근하지 않았고, 사람 됨
됨이도 괜찮다는 거야. 그에 대해서는 그것뿐이었어. 한편 심프슨은 목요일은
몸이 아프다고 은행을 결근했지만 수요일에는 출근했어. 바로 그 데이비스와
는 적당히 지낸 사이였던 것 같더군. 특별히 의심스러운 점은 없었어. 이 이상
단서가 될 만한 것은 찾을 수 없을 것 같군. 이렇게 되면 기대할 수 있는 것
은 광고뿐이야."

광고는 중요한 신문에 때를 놓치지 않고 게재되었다. 포와로의 부탁으로 일

주일 내내 싣게 한 것이다.

이 실종된 요리사라는 하찮은 사건에 대한 포와로의 열의는 특별한 데가 있었다. 수사를 계속해서 마지막 성공을 거두는 것에 포와로가 자신의 명예를 걸고 있는 것이 분명했다.

그 무렵 흥미진진한 사건이 몇 가지 의뢰가 들어왔지만 그는 모두 거절해 버렸다. 그리고 매일 아침 요리사의 편지를 기다렸지만 고대하는 편지는 오지 않았고 며칠을 실망으로 보내야 했다. 그러다가 마침내 우리는 기다린 보람을 느끼게 되었다.

토드 부인을 찾아갔었던 다음 주 수요일, 하숙집 아주머니가 엘리자 던이라는 사람이 찾아왔다고 알려주러 온 것이다.

"드디어 왔군! 들어오라고 하시지요. 지금 곧."

포와로가 소리쳤다.

이 성화에 하숙집 아주머니는 황급히 뛰어나가더니 곧 던 양을 데리고 왔다. 만나보니 듣기와는 달랐다. 큰 키에 늠름한 체격, 그리고 어딘지 모르게 위엄까지 갖추고 있는 것 같았다.

"광고를 보고 왔습니다만……" 여자는 말을 꺼냈다.

"틀림없이 무슨 말썽이 생긴 것 같군요. 아마 모르시나 본데요, 저는 이미 유산상속을 끝냈습니다."

포와로는 찬찬히 그녀를 뜯어보았다. 그리고 정중하게 의자를 권했다.

"실은 이렇게 된 겁니다. 당신이 전에 일하던 댁의 토드 부인이 당신 걱정을 아주 많이 하고 계십니다. 무슨 사고라도 난 것이 아닌가 하고."

엘리자 던은 무척 놀라는 눈치였다.

"그럼, 제 편지는 받지 못하셨나요?"

"아무 연락도 받지 못했다더군요."

포와로는 거기서 잠깐 말을 멈췄다가 설득하듯이 이어나갔다.

"무슨 일인지 자초지종을 말해주지 않겠습니까?"

엘리자는 순순히 그동안에 있었던 일을 길게 늘어놓았다.

"휴가를 마치고 수요일 밤에 주인댁으로 돌아가는데 집 근처에서 어떤 신사

분이 저를 부르더군요. 키가 크고 턱수염을 기른 분인데, 차양이 큰 모자를 쓰고 있었습니다. '엘리자 던 양입니까?' 하고 그 사람이 묻더군요. '그런데요' 하고 대답했더니, '88번지로 당신을 찾아갔었습니다. 여기서 기다리고 있으면 당신을 만날 수 있을 거라고 집에 있는 분이 가르쳐 주더군요. 던 양, 저는 호주에서 일부러 당신을 찾아 여기까지 온 사람입니다. 당신은 외할머니의 결혼 전 이름을 아십니까?'

'제인 에못인데요.'

'맞습니다. 그런데, 던 양, 당신은 이 사실을 꿈에도 몰랐겠지만 할머니에게는 엘리자 리차라는 친구가 있었습니다. 그 친구 분은 호주에 가서 그곳으로 이민을 온 부자와 결혼을 했지요. 아이가 둘 있었지만 어린 나이에 그만 세상을 떠나버려서 남편의 재산은 고스란히 그녀가 상속을 받았습니다. 그런데 그 분이 몇 달 전에 세상을 떠났고, 유언에 따라서 영국에 있는 그분의 저택과 막대한 재산을 당신이 상속받게 된 것입니다.'

"나는 너무 놀라서 정신이 없었어요." 던 양은 이야기를 계속했다.

"그 순간에는 믿어지지 않았습니다. 그것을 알아차렸는지 그 신사는 웃으면서, '경계하시는 것은 당연합니다. 이것이 저의 신용장입니다.' 그렇게 말하면서 멜버른의 허스트 앤드 크로쳇 법률사무소에서 보낸 편지와 명함을 제게 주더군요. 그 신사가 크로쳇 씨였어요.

'그런데 한두 가지 조건이 붙어 있습니다. 이 일을 의뢰하신 분은 좀 남다른 데가 있는 분이라서, 유산상속에 있어 당신이 내일 12시까지 컴벌랜드에 있는 그 저택에 가서 거기서 살아야만 된다는 조건이 붙어 있습니다. 그리고 또 한 가지 조건은 별것 아닙니다. 다만 당신이 하인의 신분이어서는 안 된다는 조건이지요.'

저는 그만 실망하고 말았지요.

'어머, 크로쳇 씨, 전 요리사예요. 우리 주인댁에서 그런 말을 안 했나요?'

'그런 줄은 몰랐군요. 가정부나 가정교사로 계신 줄 알았습니다. 그거 낭패군요. 정말 낭패로군.'

'그럼 저는 돈을 아주 단념해야 하나요?'

저는 불안해져서 그렇게 물었습니다.

그분은 잠깐 생각하다가 말하더군요.

'법률이라는 것은 말입니다, 던 양, 반드시 빠져나갈 구멍이 있게 마련입니다. 우리 변호사들은 그 점을 잘 알지요. 이번 경우라면 당신이 오늘 오후부터 그 직업을 버리는 방법이 있을 뿐입니다.'라고요.

'하지만 월말까지는?'

그 신사는 웃으면서 말하더군요.

'던, 양, 1개월치 월급만 포기하신다면 당신은 언제라도 그만둘 수 있습니다. 주인도 사정이 사정인 만큼 이해해주겠지요. 문제는 시간입니다. 당신은 만사를 젖혀두고 킹스 크로스발 11시 5분 북부행 기차를 타야만 합니다. 우선 여비로서 10파운드를 선불해 드리겠습니다. 역에서 몇 자 적을 시간은 있을 테니까 제가 그 편지를 주인에게 전해 드리고 사정을 말씀드리지요.'

그렇게 되어 저는 물론 그 제안을 받아들이고 한 시간 뒤에는 기차에 몸을 실었는데, 너무 들떠 있어서 정신이 없었답니다. 하지만 칼라일에 도착하자 이야기가 너무 멋지다는 생각이 들어서 혹시 이런 것이 신문에서 흔히 보는 사기꾼들의 짓이 아닐까 하는 의심도 없진 않았어요.

하지만 그 신사분이 가르쳐준 주소로 찾아가 보니—그곳은 법률사무소였는데, 만사가 순조롭게 진행되어 가고 있는 거였어요. 제가 받기로 되어 있는 것은 아담한 집과 1년에 300파운드의 돈이지요. 그 지방 변호사들은 자세한 것은 모르는 것 같았고, 다만 런던의 신사에게서 그 집과 처음 6개월분의 지급액으로 150파운드를 저에게 건네주라는 편지를 받았다는 것이었어요.

크로쳇 씨는 저의 짐을 보내주었지만, 주인댁에서는 아무런 연락도 없었답니다. 마님은 틀림없이 화가 나서 제가 차지한 이 행운을 질투하고 있겠지 하고 생각했지요. 마님은 제 트렁크는 잡아두고 옷가지만 소포로 보내줬더군요. 하지만 제 편지를 받지 못하셨다면 저를 넉살 좋은 여자라고 생각하시는 것도 무리가 아니지요."

포와로는 주의 깊게 이 긴 이야기에 귀를 기울였다. 그러고는 아주 만족스러운 듯이 고개를 끄덕였다.

"정말 감사합니다. 실은 당신이 말한 대로 약간의 착오가 생긴 겁니다. 이것은 그저 교통비 정도로 생각하시고 받아두십시오."

그렇게 말하고 포와로는 봉투 하나를 건네주었다.

"이 길로 곧 컴벌랜드에 돌아가시겠지요? 한 가지 말씀드려 두겠습니다만, 요리 기술은 잊어서는 안 됩니다. 만일의 경우를 생각해서 자신의 솜씨를 잘 닦아놓는 것은 언젠가 도움이 되지요."

그녀가 돌아가자 포와로는 중얼거렸다.

"정말 경솔하군. 하지만 저런 사람들은 다 그렇겠지."

그의 얼굴은 점점 엄숙해졌다.

"자, 헤이스팅스, 조금도 꾸물거릴 시간이 없어. 나는 재프 경감에게 몇 자 쓸 테니 자네는 택시를 잡아주게."

내가 택시를 잡아서 돌아오니 포와로는 현관 앞 층계에서 기다리고 있었다.

"어딜 가시나요?"

나는 걱정스럽게 물어보았다.

"우선 이 편지를 속달로 보내야 해."

택시로 우체국을 다녀온 포와로는 행선지를 운전사에게 말했다.

"클래펌의 프린스 앨버트 로 88번지로!"

"그럼, 거기로 가는 건가요?"

"그렇다네. 하지만 사실은 이미 늦지 않았나 싶은데. 우리가 잡아야 할 새는 이미 날아가 버렸는지도 몰라, 헤이스팅스."

"누가 샌데요?"

포와로는 싱긋 웃었다.

"그 석연찮은 심프슨 씨야."

"뭐라고요?"

나는 큰소리로 외쳤다.

"아니, 헤이스팅스 설마 자네는 아직도 사건 전모가 분명치 않다고 생각하는 건 아니겠지?"

"요리사가 쫓겨났다는 것은 알고 있어요."

나는 자존심이 상해서 그렇게 말했다.

"하지만 왜 그렇죠? 왜 심프슨은 그녀를 집에서 쫓아내려 했을까요? 그녀가 혹시 그의 비밀이라도 알고 있었나요?"

"아무것도 몰랐지."

"그렇다면 왜?"

"녀석은 요리사가 가지고 있었던 것이 탐났던 거야."

"돈 말인가요? 바로 그 호주의 유산 말이에요?"

"아니야, 이 사람아. 전혀 다르네."

포와로는 잠시 말을 멈추었다가 무겁게 입을 열었다.

"낡은 양철 트렁크 때문이야……."

나는 옆눈으로 포와로를 보았다. 그의 말이 너무도 터무니없는 것이어서 나는 농담을 하는 줄 알았지만 그의 얼굴은 진지했다.

"트렁크 하나쯤 사면 될 텐데."

나는 큰소리로 물었다.

"새 트렁크는 필요치 않았어. 낡은 트렁크가 필요했던 거야. 출처가 분명한 트렁크 말일세."

"이봐요, 포와로. 그런 엉터리 같은 이야기가 어디 있나요? 나를 놀리고 있군요."

그는 나를 쳐다보았다.

"헤이스팅스, 자넨 머리가 나쁜데다가 심프슨의 상상력 정도도 가지고 있지 않군. 들어보게. 수요일 밤에 심프슨은 요리사를 꾀어냈어. 인쇄된 명함이나 서류를 만드는 것은 간단한 일이었고, 그의 계획을 달성하기 위해서는 150파운드의 돈에 1년분의 집세를 치르는 것도 문제가 아니었지. 던 양은 그 남자의 정체를 눈치 채지 못했어. 턱수염과 차양이 넓은 모자와 약간의 사투리 억양에 여지없이 속고만 거야. 이것이 수요일 사건의 중요한 부분일세. 하긴 심프슨이 5만 파운드의 유가증권을 횡령했다는 사소한 사건은 별개이지만."

"심프슨이라고요? 하지만 데이비스가……."

"자, 내 말을 좀 들어보게나, 헤이스팅스 심프슨은 도난사건이 목요일 오후에 발각될 것을 알고 있었어. 그래서 목요일에는 은행에 가지 않고 데이비스가 점심 먹으러 나오는 것을 기다리고 있었다네. 아마 녀석은 자기가 범인이라는 것을 밝히고 데이비스에게 증권을 돌려준다느니 뭐 그런 말을 해가며 거뜬히 클래펌까지 끌어들인 거야.

그날 심부름하는 아가씨는 외출 중이었고, 토드 부인은 세일하는 곳에 갔기 때문에 집 안에는 아무도 없었지. 도난당한 사실이 발견되고 데이비스가 실종되었다고 하면 그것이 무엇을 의미하는지 너무도 뻔하지. 데이비스가 범인이 되는 거야. 그렇게 되면 심프슨은 완전히 혐의에서 벗어나기 때문에 다음 날부터는 그전처럼 성실한 은행원으로 출근할 수 있게 되는 걸세."

"그럼, 데이비스는?"

포와로는 의미심장한 몸짓을 하며 천천히 머리를 저었다.

"생각만 해도 온몸에 털이 곤두서는 이야기지만 그렇게밖에는 설명할 수 없어. 살인자에게 있어서 가장 어려운 문제 중 하나는 시체의 처리문제야—그래서 심프슨은 사전에 계획을 짜두었던 거야. 엘리자 던이 그날 집으로 돌아올 작정을 하고 외출한 것은 분명한데(복숭아 삶은 것에 대한 그녀의 말이 그 증거지) 짐꾼이 가지러 왔을 적에 그녀의 트렁크가 이미 챙겨져 있었다는 사실이 순간 내 주의를 끌었던 거야.

카터 패터슨에게 금요일 날 짐을 가지러 오라고 한 것도 심프슨이고, 목요일 오후에 짐을 챙겨 보낸 것도 심프슨일세. 이렇게 되면 조금도 의심을 받을 여지가 없지. 고용인이 그곳을 그만두고 자신의 짐을 찾아가는 거니까. 트렁크에는 명찰이 붙어 있고, 받는 사람은 그녀의 이름이고, 짐을 내릴 역 이름은 런던 근교의 어느 역으로 되어 있었던 거야.

토요일 오후에 여주인으로 변장한 심프슨은 그것을 받아서 새 명찰로 바꾸어 달아서 다시 어느 역으론가 발송한 거지. 그렇게 되었기 때문에 철도 당국이 수상히 여겨 트렁크를 열어봤다 하더라도 알 수 있는 것은 고작 턱수염을 기르고 약간 사투리를 쓰는 남자가 런던 근교의 어떤 역에서 발송한 것이라는 정도에 불과하겠지. 그 트렁크와 프린스 앨버트 로 88번지를 연결 짓게 하는 것은 하나도 없으니까. 아, 다 왔군."

포와로의 예언은 적중했다.

심프슨은 이틀 전에 그 집에서 떠나고 없었다. 그러나 자기가 저지른 범행의 대가를 피할 수는 없었다. 무전에 의해서 그는 미국행 올림피아호 선내에서 발견되고 말았던 것이다. 헨리 윈터그린 씨 앞으로 보내진 양철 트렁크는 수상히 여긴 글래스고 역의 직원이 열어보게 되었는데, 그 속에는 불행한 데이비스의 시체가 들어 있었다.

토드 부인의 1기니짜리 수표는 끝내 현금화되지 않았다. 그 대신 포와로는 그것을 액자에 넣어 거실의 벽에 걸어두었다.

"이것은 작지만 내게 있어선 하나의 기념품일세. 헤이스팅스 사소한 일, 체면에 구애되는 일이라도 외면하지 말라는 뜻으로 말일세. 한편으론 실종된 요리사, 또 다른 한편으로는 냉혹한 살인마, 나에게 있어서는 가장 흥미 있는 사건 중 하나였네."

날개가 부르는 소리

1

　사일러스 헤이머가 그 말을 처음 들은 것은 2월의 추운 밤이었다. 딕 보로와 둘이서 신경과 전문 의사 버나드 셀던이 연 파티를 끝내고 걸어서 돌아가던 때였다. 보로가 여느 때와 달리 말이 없기에 사일러스 헤이머는 좀 이상한 느낌이 들어서 무슨 생각을 하고 있느냐고 물었다.

　보로의 대답은 떨리고 있었다.

　"오늘 밤 거기에 모인 사람들 중에 자기야말로 행복하다고 가슴을 펴고 말할 수 있는 사람은 두 사람밖에 없구나 생각했지. 그 두 사람이란, 이상한 이야기지만, 당신과 나야!"

　이 경우 '이상한'이라는 표현이 딱 들어맞는 것이었다. 다시 말하자면 이 두 사람은 조금도 닮은 데가 없기 때문이다. 리처드 보로는 이스트 엔드(런던 시내 동부의 빈민가)의 열성적인 목사이고, 사일러스 헤이머는 수백만 파운드의 거금을 나날이 취급하는, 뚱뚱하고 뭐 하나 불편할 것이 없는 남자였다.

　보로는 생각에 잠긴 얼굴로 말했다.

　"이상한 이야기지만 말이야, 내가 알고 있는 부자 중에서 만족하는 백만장자는 당신뿐이거든."

　헤이머는 잠깐 동안 아무 말이 없었다. 다시 입을 열었을 때는 그 어조가 바뀌어 있었다.

　"과거에 나는 추위에 떠는 불쌍한 신문팔이 소년이었지. 그때 갖고 싶었던 것은(지금은 손에 넣었지만) 돈의 위력이 아니고 돈으로 얻어지는 위안과 사치였어. 돈으로 무얼 하겠다는 것이 아니고 마구 쓰고 싶었던 거야. 나 자신을 위해서! 나는 돈에는 담백해. 흔히 돈으로 살 수 없는 것도 있다고 세상 사람들은 말하는데, 그건 분명히 그래. 그러나 내가 원하는 것은 뭐든지 살 수 있거든. 그래서 나는 만족하는 거야. 나는 유물론자야, 보로, 철저한 유물론자란 말이야!"

휘황하게 비치고 있는 거리의 불빛이 이 신념에 찬 고백을 뒷받침해주었다. 그의 뚱뚱한 몸의 선은 묵직한 털외투로 한결 돋보였고, 하얀 빛으로 인해 턱 밑에서 출렁거리는 두꺼운 살이 유난히 눈에 띄었다. 그와는 대조적으로 덕보로는 바싹 마른 금욕적인 얼굴 생김새와 어딘지 모르게 광신적이고 공상적인 눈을 하고 걷고 있었다.

"내가 알 수 없는 것은 당신이야." 헤이머가 힘주어 말했다.

보로는 미소 지었다.

"나는 비참함과 결핍과 배고픔, 육체적인 모든 병의 한가운데에 살고 있지. 하지만 강력한 이상이라는 환상이 나를 받쳐주고 있어. 당신이 그런 환상을 믿지 않는 한 도저히 간단히는 알 수 없겠지. 역시 아무래도 당신은 믿지 않는 것 같군."

헤이머는 완강하게 말했다.

"믿을 것 같은가? 나는 듣고 보고 시험해본 것이 아니면 믿지 않네."

"알 만해. 그것이 당신과 내가 다른 점이지. 그럼, 실례하네. 난 이제 지하로 내려가야 해서."

두 사람은 불이 밝혀진 지하철 역 입구에 와 있었다. 보로는 그리로 해서 집으로 돌아가는 것이다.

그다음은 헤이머 혼자서 걸어갔다. 오늘 밤은 차를 먼저 보내고 걸어서 돌아가기로 한 것이 그는 즐거웠다. 밤 공기는 살을 에는 듯 추웠지만 털외투에 싸여 있으니 알맞은 따뜻함에 평안함까지 느껴졌다.

거리를 가로지르기 전에 잠깐 주춤했다. 대형 버스가 무거운 중량감을 느끼게 하면서 오고 있었다. 헤이머는 아주 느긋한 기분이었으므로 버스가 지나가기를 기다렸다. 그전에 건너가자면 서둘러야 한다.

그런데 서두른다는 것이 그에게는 마음에 안 들었다. 그때 그의 곁에 있던 초라한 실업자 모습의 남자가 술에 취해서 인도에서 굴러 떨어졌다.

헤이머는 고함소리를 들었다. 버스는 핸들을 꺾었지만 소용이 없었다. 그리고, 솟구치는 공포 속에서 그는 도로 한가운데에 축 늘어져 버린 누더기 덩어리가 되어버린 그 남자를 넋을 잃고 쳐다보고 있었다.

구경꾼들이 마치 마술처럼 어디선가 모여들어서 두 명의 경관과 버스 차장을 둘러쌌다. 헤이머의 눈은 공포에 홀린 것처럼 조금 전까지는 인간이었던, 자기와 같은 인간이었던 그 숨이 끊어진 물체에 못 박혀 있었다. 그는 무엇엔가 놀란 듯 떨고 있었다.

"선생, 괴로워할 것 없소"

옆에 있던 풍채가 시원치 못한 남자가 말을 걸었다.

"어쩔 수가 없었어. 아무래도 그 녀석은 죽을 놈이었으니까."

헤이머는 상대방 얼굴을 한참 쳐다보았다. 어쩌면 살릴 수 있었을는지도 모른다는 생각은 솔직히 말해서 처음부터 없었다. 그런 생각은 바보 같다고 밀쳐버렸다.

그렇다, 어쩌면 내가 멍청하니까 지금쯤은……. 그는 그런 생각을 서둘러 밀쳐내 버리고 구경꾼들에게서 떠났다. 말할 수 없는 집요한 공포로 말미암아 몸을 떨고 있었다.

나는 죽음을 겁내고 있다. 소름 끼치게 두려워하는 것이다! 그것을 인정하지 않을 수가 없다. 부자든 가난뱅이든 가리지 않고 무섭게 빠른 속도로, 용서 없이, 확실히 덤벼드는 죽음을…….

그는 걸음을 빨리했지만 아까의 그 공포는 여전히 따라오며 그를 차디찬 얼음 같은 손으로 붙들고 놓지 않았다.

그는 스스로도 이상했다. 왜냐하면 선천적으로 절대 겁쟁이가 아닌 것은 자신도 잘 알고 있었기 때문이다. 5년 전이라면 이런 공포에 휩싸이지는 않았을 거라고 생각했다. 그 무렵에는 인생이 그렇게 달콤한 것이 아니었다.

그래, 분명히 그랬었다. 인생에 대한 애착이 신비를 푸는 열쇠인 것이다. 그에게 있어서 삶의 기쁨은 드디어 그 정점에 와 있었다. 다만 한 가지 위협이 있을 뿐이다. 그것은 파괴자인 죽음의 신이었다!

그는 밝은 거리를 뒤로 하고 꼬부라졌다. 좌우에 높은 담이 있는 그 좁은 통로가 굉장한 미술품으로 유명한 그의 저택이 있는 광장으로 가는 지름길이었다.

등 뒤의 거리의 소음이 낮아지고 차츰 멀어지니 가볍게 뚜벅뚜벅 걷는 자신의 발걸음 소리밖에 들리지 않게 되었다.

그런데 그러는 사이에 앞쪽 어둑한 곳에서 또 하나의 소리가 들려왔다. 벽에 기대앉은 남자가 플루트를 불고 있었다. 물론 흔히 굴러다니는 거리의 악사 중 하나일 것이 분명하다. 그러나 그렇더라도 어째서 이런 이상한 장소를 택한 것일까? 밤에 이런 시간에는 분명히 순찰경관이……

그 순간 헤이머의 생각은 갑자기 중단되었다. 그 남자에게 두 다리가 없는 것을 알고 번쩍 정신이 들었기 때문이다. 곁에는 한 쌍의 목발이 벽을 의지하고 세워져 있었다. 이어 헤이머는 남자가 불고 있는 것이 플루트가 아니고 좀더 높고 맑은 음이 나오는 기묘한 악기라는 것을 알았다.

남자는 계속 불고 있었다. 헤이머가 다가가도 아는 체도 하지 않는다. 머리를 잔뜩 뒤로 젖히고 자기의 음악에 취해 있는 듯했다. 그리고 그 소리는 맑고 즐겁게 흘러 점차 높아가는 기묘한 곡이다. 엄밀히 말하자면 곡이라고 하기보다는 한 소절로서, 가극 '리엔치(바그너 작)'의 바이올린이 내는 느린 화음(일종의 장식음)과 비슷한 한 소절로서, 음계에서 음계로, 화음에서 화음으로 반복되면서 그때마다 계속 올라가서는 한없이 자유에로 해방되는 것이었다.

그것은 그가 지금까지 들어본 어떤 곡조보다 다른 것이었다. 거기에는 말할 수 없이 기묘한 것, 영감을 느끼게 하는 것, 정신을 북돋아주는 무엇인가가 있었다……. 거기에는…….

그는 곁의 벽 모서리를 미친 듯한 손짓으로 잡았다. 단 한 가지밖에 의식에는 없었다—땅에서 떨어지면 안 된다……. 어떤 일이 있어도 땅에서 떨어지면 안 된다는 것이었다.

문득 음악이 그친 것을 알았다. 다리가 없는 남자는 목발을 짚으려 하고 있었다. 그리고 이쪽에서는 자기 자신인 사일러스 헤이머가 미친놈처럼 벽에 결사적으로 달라붙어 있었다. 그것도 조금만 생각해보면 바보 같은, 자신의 몸뚱이가 대지를 떠나서 올라가고 있는, 음악이 자신의 몸을 위로 끌고 올라가는 듯한 전혀 터무니없는 생각에 사로잡혔다는 이유로 말이다.

그는 웃었다.

정말 어째서 이런 바보 같은 생각을 했을까! 물론 한순간도 내 다리는 땅에서 떨어진 적이 없지 않은가. 하지만 얼마나 괴상한 착각이냐……!

보도에 바쁜 듯이 울려 퍼지는 딸그락딸그락하는 목발 짚는 소리로 불구의 남자가 떠나는 것을 알았다. 그는 그 남자의 모습이 어둠 속에서 완전히 사라질 때까지 뒷모습을 가만히 지켜보았다.

정말 이상한 사람이군……!

그는 전보다도 더 천천히 걷기 시작했다. 그러나 발바닥에 땅이 느껴지지 않는 그 괴상한, 절대로 있을 수 없는 그 기분에 대한 기억을 머릿속에서 떨쳐버릴 수는 없었다……

그 뒤 그는 문득 어떤 충동으로 돌아보더니 아까 그 남자가 걸어간 쪽으로 걸음을 재촉했다. 그렇게 멀리까지 가버리지는 않았을 것이다—곧 따라잡을 수 있겠지.

몸을 좌우로 흔들면서 천천히 걸어가는 불구의 남자 모습이 보이자 그는 갑자기 소리쳤다.

"이봐! 잠깐 기다려."

남자는 멈춰 서더니 헤이머가 가까이 갈 때까지 가만히 서 있었다. 그의 머리 위에 불빛이 있었으므로 그 눈 코 입 하나하나가 분명하게 보였다.

헤이머는 놀라서 바짝 긴장했다. 남자는 그가 태어나서 지금까지 단 한 번도 본 적이 없는 뛰어난 미모였던 것이다. 나이는 얼른 짐작할 수 없었지만, 소년이 아닌 것은 분명한데 젊다는 것이 이 남자의 경우에는 특별히 눈에 띄었다. 그래, 격렬하고 정열적인 젊음과 힘이!

헤이머는 이상하게 말 꺼내기가 어려워 쩔쩔맸다.

그는 어색하게 말했다.

"여보게, 좀 물어보고 싶은 것이 있는데……, 이제 방금 자네가 불렀던 그 곡의 이름이 뭐지?"

청년은 미소를 지었다. 그것을 보니 온 세상이 갑자기 환희에 찬 듯한 느낌이 들었다.

"옛날 곡입니다. 아주 옛날이지요……. 몇 년……, 아니, 몇 세기나 된 아주 옛날 곡입니다."

그는 말 한 마디 한 마디에 힘을 주어가며 기묘하리만큼 맑은 음성으로 분명하게 말했다. 영국인이 아닌 것은 확실하지만 국적에 대해서는 전혀 짐작할 수가 없었다.

"자네는 영국인이 아니군? 어느 나라 사람이지?"

다시 한 번 즐거운 듯한 미소가 떠올랐다.

"바다 저쪽입니다. 하지만 제가 온 것은 아주 옛날……, 오랜 옛날입니다."

"굉장한 사고를 당했었군. 최근인가?"

"한참 됐습니다."

"두 다리를 다 잃다니 상당히 운이 나빴군."

"이만해도 다행이지요."

청년은 꽤 침착한 어조로 말했다. 그러고는 아주 엄숙한 표정을 짓고서 상대를 바라보았다.

"그게 변변치 못해서."

헤이머는 청년의 손에 1실링을 떨어뜨리고는 등을 돌리고서 걸어갔다. 그는 당황해지고 어쩐지 마음이 가라앉지 않았다.

"그게 변변치 못해서."라고? 얼마나 묘한 말이냐! 아무리 봐도 어딘가가 아픈 모양이다. 그런데 꽤나 이상하게 말하는데…….

헤이머는 줄곧 그 생각만 하며 집으로 돌아갔다. 그 일을 머릿속에서 씻어내 버리려고 했기 때문이었다. 침대에 누워서 처음 졸음이 왔을 때에 근처의 시계가 1시를 치는 것을 들었다. 분명히 하나만 치고 그리곤 조용했다.

그런데 그 정적이 귀에 익은 소리로 깨어졌다. 순간 생각이 떠올랐다. 심장의 고동이 빨라지는 것을 알 수 있었다. 거리에 있던 바로 그 청년이 어딘지 멀지 않은 곳에서 그것을 불고 있는 것이다…….

그것은 기분 좋은 곡이었다. 즐거운 매력으로 가득 찬 화음, 그때처럼 쉽게 잊지지 않는 한 소절…….

"어쩐지 으스스하군." 헤이머는 중얼거렸다.

"기분이 나빠. 그것에는 날개가……."

점점 선명해지고, 점점 높아지고, 한 소절마다 높아지면서 그를 붙잡고 올라간다. 그는 이번에는 거스르지 않고 몸을 맡겼다.

위로……위로……소리의 물결이 자꾸만 높은 곳으로 데리고 간다……. 자랑스럽게, 끝없이 그것은 흘러간다.

높게, 보다 높게……인간의 소리가 닿지 않는 곳까지 갔는데도 아직도 계속 올라간다……최후의 곳……완전한 극한의 높이까지 가닿게 될까?

올라간다…….

무엇인가가 끌어당기고 있다. 그를 밑으로 끌어당기고 있다. 무엇인가 크고 무겁고 집요한 것. 그것은 사정없이 그를 도로 끌어내렸다.

밑으로……밑으로…….

그는 맞은편 창에 시선을 보낸 채 침대에 누워 있었다. 그런 다음에는 아주 괴로운 듯이 숨을 몰아쉬고는 한 손을 침대 밖으로 뻗었다. 그렇게 하고는 움직이는 것도 이상하게 귀찮았다. 침대의 부드러움이 귀찮았다.

천장이 위에서 덤벼드는 듯한 느낌이 든다. 숨도 가빠서 질식해버릴 것만 같았다. 이불 밑에서 겨우 몸을 움직였다. 그러니까 자신의 몸무게가 무엇보다 가장 귀찮게 느껴졌다.

2

"자네 이야기를 듣고 싶네, 셸던."

셸던은 테이블에서 1인치쯤 의자를 뒤로 밀어냈다. 그는 이렇게 마주앉은 만찬의 목적이 무엇인가 하고 생각하고 있었다. 겨울이 되고부터는 거의 헤이머와 만나지 않았지만, 오늘 밤의 이 친구는 어딘지 좀 이상했다.

"실은 이런 거야……. 왠지 나 자신이 걱정이 돼서." 백만장자가 말했다.

셸던은 테이블 너머로 상대를 보면서 미소 지었다.

"팽팽하니 힘이 넘치는 것 같은데."

"그런 이야기가 아니야."

헤이머는 잠시 입을 다물었다가 다시 조용히 말했다.

"난 미치는 것이 아닌가 하고 걱정이 돼."

신경과 전문의는 갑자기 굉장히 흥미를 느껴서 흘끔 눈을 들어서 보았다. 그리고 아주 느린 동작으로 자기의 술잔에 포도주를 따르고는 천천히 침착한 목소리로 말하고서 날카로운 눈으로 흘끔 상대방을 쳐다보았다.

"왜 그렇게 생각하나?"

"내 몸에 무슨 일이 생겼다네. 어떻게도 설명이 안 되고, 믿어지지도 않는 일이 말이네. 사실이라고는 생각되지 않아서 더욱 미칠 것 같아."

"천천히 해도 좋으니까 이야기해보게." 셸턴이 말했다.

그래서 헤이머는 이야기하기 시작했다.

"나는 초자연 같은 건 믿지 않아. 믿은 적도 없고, 그런데 이것만은 말일세……. 처음부터 자초지종을 다 말하는 것이 좋겠군. 작년 겨울밤, 자네 집에서 잘 얻어먹고 나서 시작된 일이야."

그 뒤로 그는 걸어서 집으로 간 일, 이어서 일어난 기묘한 일들을 간단히 이야기했다.

"그것이 시작이었네. 아무래도 잘 설명이 안 되는군……. 그때의 느낌은 말일세……, 정말 굉장한 것이었다네! 그때까지 느끼고 꿈꾸어 본 어떤 느낌과도 다른 것이었어. 아니, 그것이 그 뒤로 죽 계속되고 있는 거야. 매일 밤은 아니고 아주 가끔이지만. 그때 들은 음악, 위로 끌려 올라가는 듯한 느낌……. 그리고 이번에는 무섭게 끌어 잡아당겨 져서 땅 위로 다시 끌려 내려오는 거야. 그리고 그 뒤의 고통, 눈을 뜰 때의 실제로 육체적인 고통. 마치 높은 산에서 내려왔을 때와 같은 기분이라네. 그……, 귀가 먹먹해지는 것은 자네도 알고 있겠지? 그래, 바로 그와 비슷한데 좀더 지독하고, 더구나 그와 동시에 무서운 중압감이 있어……. 꼭 닫혀서 숨이 차고……."

거기서 그는 입을 다물고 잠깐 사이를 두었다.

"우리 집 하인들은 이미 나를 미쳤다고 생각해. 나는 지붕이나 벽을 참고 견딜 수 없어서, 우리 집 지붕 위에다 탁 터진 장소를 만들고서, 가구나 융단 같은 답답하게 하는 것은 일절 두지 않기로 했어……. 하지만 그렇게 해도 주위의 집들 때문에 아무래도 안 돼. 아무것도 없는 곳, 어디라도 숨 쉴 수 있는 곳이 있어야만 하거든……."

그렇게 말하고는 셸던을 보고서 물었다.

"그래, 어떻게 생각하나? 설명할 수 있겠나?"

"흠." 셸던이 말했다.

"여러 가지로 설명할 길은 있지만 말이네. 최면술에 걸렸다든가, 자기최면이라든가……, 신경이 이상해졌다든가. 혹은 꿈을 꾸었을 뿐이라든가 말이야."

헤이머는 고개를 저었다.

"그런 설명으로는 아무것도 안 돼."

셸던은 천천히 말했다.

"아니, 그 밖에도 있는데, 이것은 일반적으로는 인정을 받지 못해서 말이야."

"그렇게 말하는 자네는 인정을 하고 있다는 이야긴가?"

"대체적으로는 인정해! 우리가 이해할 수 없는 일 중엔 보통 방법으로는 설명하려고 해도 도저히 안 되는 것이 얼마든지 있으니까. 이해하지 않으면 안 되는 일이 아직도 많아. 그러니까 나 자신은 허심탄회보다 더 좋은 것은 없다고 생각하는 거야."

"그래, 어떻게 해야 한다고 생각하나?"

헤이머는 잠시 가만히 있다가 말했다.

"몇 가지가 있는데, 우선 런던을 떠나서 자네가 말하는 널찍한 곳을 찾는 거야. 그렇게 하면 그 꿈이 사라질는지도 모르지."

"그건 안 돼." 헤이머가 황급히 말했다.

"이미 그 꿈이 없어서는 안 될 상태가 되어 있으니까. 그 꿈을 버리고 싶진 않거든."

"아아! 생각한 대로군. 그것이 안 된다면 그 남자를 찾아내는 거야—그 불구의 남자를. 자네는 이미 그 남자가 초자연적인 성질을 무엇인가 가지고 있다고 생각하고 있으니까. 그와 이야기를 하는 거야. 그렇게 해서 속박에서 풀려나는 거야."

헤이머는 또 고개를 저었다.

"왜, 안 되는가?"

"두렵다네." 헤이머가 말했다.

셸턴은 안절부절못하는 태도를 보였다.

"그렇게 모든 것을 처음부터 믿어버리면 안 되잖나! 그런데 이번 문제의 계기가 된 그 곡 말인데……, 대체 어떤 곡인가?"

헤이머가 흥얼거리며 들려주니까 셸턴은 잔뜩 찌푸린 얼굴을 하고 들었다.

"'리엔치'의 서곡과 좀 비슷한 데가 있는 것 같군. 뭔가 이렇게 끌어 올라가는 듯한…… 날개가 있어서. 그래도 나는 땅에서 발이 떨어지지 않는데! 어떤가, 그렇게 해서 하늘을 난다는 것이, 언제나 똑같은가?"

헤이머는 흥분해서 대답했다.

"아니, 아니. 점점 넓어지는 거야. 매번 그전보다는 다소 높은 곳으로 올라가는 거야. 설명하기는 어렵지만, 그러니까 언제든지 어느 점에 도착하는지는 알 수 있어. 음악이 그리로 데려가는 거지. 직접은 아니고 이어지는 음(音)의 물결로 말이야. 그 물결 하나하나가 그전보다는 좀더 높은 곳에 이르고, 끝에 가서는 이제 더 이상은 없는 정점에 도달하지. 그리고 나는 끌려 내려올 때까지 거기에 그대로 있는 거야. 하나의 장소라기보다는 하나의 상태인 거지.

그래, 그것도 처음부터는 아니지만, 좀 지나면 내 주위에 온통 여러 가지 다른 것들이 있고, 내가 그것들을 알게 될 때까지 기다리고 있다는 것을 알게 되는 거라네. 새끼 고양이를 생각해보게나. 눈은 있어. 그러나 처음부터 보이는 것은 아니지. 장님 상태에서 보는 방법을 터득해야지. 그래, 내 경우도 그랬던 거야. 이 실제의 눈과 귀는 아무 소용이 없지만, 그에 상당하는 뭔가 아직 발달하지 않은 것이……, 육체적인 것은 전혀 아닌 무엇인가가 있었다네. 그런데 그것이 점점 발달해서 빛을 느꼈어. 그리고 소리를……, 다음에는 빛깔을 느꼈어……. 그 모두가 하나같이 아주 희미해서 형태를 갖추고 있지는 않다네. 보고 듣고 하는 것이라고 하기보다는 물체의 인식이라는 것이지. 처음에는 빛이었다네. 점점 강해지고 점점 분명해지는 빛 말일세. 다음은 모래야. 온통 널려 있는 사막이야……. 그러고는 여기저기 운하 같은 가늘고 길고 쪽 곧은 수로가……."

셸던은 흑 하고 숨을 들이마셨다.

"운하라고! 그거 재미있군. 계속하게."

"그러나 그런 것은 아무래도 좋아. 이미 물건의 숫자는 의미가 없어. 진짜는 아직 보이지는 않지만 귀로는 들었으니까. 그것은 날개가 한꺼번에 몰려오는 듯한 소리였어…… 뜻은 아무래도 설명할 수가 없지만 대단한 것이었어! 이 세상에 그런 것은 있을 수가 없어. 그리고 고마운 것이 또 하나 있었어. 그것들을 나는 보았다네…… 날개를 말이야! 셸던, 날개 말일세!"

"아니, 날개라니, 그게 뭔가? 인간인가? 천사인가? 새인가?"

"그건 몰라. 보이지 않았으니까…… 거기까지 본 것은 빛깔이야! 날개의 빛깔 말일세. 이 세상에 그런 것은 없어…… 멋진 빛깔이었다네."

"날개의 빛깔이라고?" 셸던은 다시 물었다.

"어떤 색인데?"

헤이머는 안타까운 듯이 손을 흔들었다.

"말할 수가 없지. 장님에게 푸른색을 설명하라는 것과 같은 거지! 자네 같은 사람은 본 적도 없는 빛깔이야. 그 날개의 빛깔을!"

"그래서?"

"그래서? 그뿐이야. 내가 간 곳은 거기까지니까. 하지만 한 번 한 번 되돌아오는 것이 점점 좋지 않아졌어……, 점점 괴로워지기 시작했어. 왜 그런지는 몰라. 내 몸이 절대 침대를 떠나지 않았다는 확신은 있어. 내가 가닿는 그곳에서는 육체의 준비가 마침 없었다고 하는 확신도 있어. 그럼, 어째서 그렇게 심한 고통을 주는 것일까?"

셸던은 말없이 고개를 저었다.

"어쩐지 무섭다네—돌아오는 것이. 끌려가는 것, 그건 괴로워. 손발도 아프고 신경이란 신경이 모조리 아프지. 그리고 귀는 마치 고막이 찢어질 것 같아. 그런 다음에는 모든 것이 굉장한 기세로 덤벼드는 거야…… 그런 모든 무거움……, 소름끼치는 폐쇄감. 빛이, 공기가, 공간이 절실히 필요해. 무엇보다도 숨을 쉴 널찍한 공간이! 그리고 자유가!"

"그러면 지금까지 자네에게 그렇게 소중했던 다른 것들은 모두 어떤가?"

셸던이 물었다.

"그 점이 가장 나빠. 지금도 전에 비해 그 이상도 아니고 똑같은 정도로 좋아해. 안락이라든가 쾌락이라든가 사치라든가 그런 것들은 날개와 반대쪽으로 나를 끌어가려는 것 같단 말일세. 그 둘 사이에는 영구히 싸움이 계속되겠지……. 어떤 결말이 날 것인지 나는 몰라."

셸던은 말없이 앉아 있었다. 그때까지 귀를 기울이고 듣고 있던 이상한 이야기는 사실 자못 환상적이었다.

모두 망상, 터무니없는 환각일까? 아니면 만에 하나 사실일 수도 있을까? 그러나 만일 그렇다고 해도 왜 하필 다른 사람 아닌 헤이머 같은 사람이……? 유물론자이며 육체를 사랑하고 영혼을 부정하는 사람이 설마 다른 세계를 들여다보는 경우는 절대로 없을 것이다…….

테이블 너머로 헤이머는 걱정스럽게 바라보고 있었다.

셸던은 천천히 말했다.

"기다릴 수밖에 없겠구먼. 어떤 일이 일어날 것인지 기다려 보는 거야."

"틀렸어! 틀린 게 분명해! 그런 말을 하는 것을 보니 자네는 모르고 있는 거야. 나를 두 조각으로 갈라놓으려는 거지……. 이 무서운 싸움은……, 먹느냐 먹히느냐의 길고 긴 싸움은 이……, 이……."

그는 우물거렸다.

"영과 육의 싸움 말인가?" 셸던이 말했다.

헤이머는 구멍이 나도록 한참 동안 앞을 노려보고 있었다.

"그렇게 말해도 되는지 모르겠군. 어쨌든 더는 견딜 수 없어. 그러면서도 자유로워지지도 않아……."

다시 한 번 버나드 셸던은 고개를 저었다. 그도 뭐라고 설명할 수 없는 것의 포로가 되고 만 것이다. 다시 한 번 자신의 생각을 말했다.

"내가 자네라면 그 불구자를 잡겠네."

그러나 집으로 돌아오면서 그는 마음속으로 중얼거렸다.

"운하……, 정말 그랬나?"

3

다음 날 아침 사일러스 헤이머는 새로운 결의에 가득 찬 걸음걸이로 집을 나섰다. 셸던의 충고를 받아들여서 다리 없는 청년을 찾아내려고 마음먹은 것이다. 그러나 마음속에서는 찾아내도 소용없을걸……. 그 청년은 마치 땅이 삼켜버린 듯이 흔적도 없이 사라졌을 게 분명하다고 생각하고 있었다.

거리 양쪽의 검은 건물이 햇빛을 막고 있어서 어둑어둑하고 신비한 느낌이 들었는데, 그곳을 반쯤 가니 벽이 한군데만 부서져 있고 거기에서 황금빛 광선이 한 줄기 비쳐 나와서 땅에 앉아 있는 사람의 그림자를 만들어 놓았다.

사람의 그림자—그렇다, 바로 그 청년이었다.

관악기를 목발과 함께 벽에 세워둔 채 청년은 색 분필로 바닥에 깔아놓은 돌 위에다 그림을 그리는 중이었다. 두 개는 이미 완성되어 있었다. 그것은 기막히게 아름답고 섬세한 숲의 풍경인데, 나무들이 흔들리고, 개울은 졸졸 소리를 내는 것이 마치 실물처럼 보였다.

거기에 헤이머는 갈피를 잡을 수가 없었다.

이 청년은 그냥 보통 거리의 악사일까? 거리의 화가에 불과한 것일까? 아니면 뭔가 좀더……?

갑자기 이 백만장자의 자제력이 허물어지고 그는 난폭한 어조로 화가 난 듯이 외쳤다.

"자네는 누군가? 제발 부탁이니 말해주게, 자네는 대체 누군가?"

청년은 그와 눈이 마주치자 미소 지었다.

"왜 대답이 없나? 말하게, 자, 말해보게!"

그런데 그때 그는 그 청년이 아무것도 그려져 있지 않은 돌에 믿을 수 없을 정도로 빨리 그림을 그리고 있는 것을 깨달았다.

헤이머는 그 손의 움직임을 눈으로 좇았다. 대담한 손놀림이 대여섯 차례 지나가니 거대한 숲이 그려졌다. 이어서 바위에 걸터앉아서 남자 한 사람이 피리를 불고 있었다. 이상하리만큼 아름다운 얼굴을 한, 다리는 산양의 그것과 같은 남자가…….

다리가 없는 남자의 손이 날쌔게 움직인다. 그림 속의 남자는 아직도 바위에 걸터앉아 있는데, 산양의 다리는 이미 없다. 그는 시선을 다시 한 번 그 남자에게 빼앗겼다.

"그게 변변치 못해서." 그는 말했다.

헤이머는 무엇에 홀린 듯이 눈을 부릅떴다.

눈앞에 있는 청년의 얼굴이 그림 속의 얼굴이었던 것이다. 더구나 이상하리만큼, 그리고 믿을 수 없을 만큼 아름다웠다⋯⋯. 뜨겁고 아기자기한 삶의 기쁨 이외의 모든 것으로부터 정화된 모습.

헤이머는 등을 돌리고 달아나듯이 거리에서 밝은 햇살 안으로 나갔지만 가슴속에서는 끊임없이 혼잣말을 뒤풀이하고 있었다.

"이런 어처구니없는 일이! 말도 안 돼. 나는 미친 거야, 꿈을 꾸고 있는 거라고!"

하지만 그 얼굴이 그의 머리에 달라붙어 떨어지지 않았다―판(그리스·신화의 목양신(牧羊神))의 얼굴이⋯⋯.

그는 공원으로 들어가서 의자에 앉았다.

인적이 드문 시간이었다. 5~6명의 여인들이 아기를 안고 나무 그늘에 앉아 있고, 한없이 넓은 잔디밭 여기저기에는 바다에 떠 있는 섬처럼 남자들이 멍청하게 나뒹굴고 있었다.

'한심한 룸펜'이라는 말은 헤이머에게는 비참을 뭉쳐놓은 듯한 것이다. 그런데 갑자기 오늘은 그것이 부러웠다.

모든 피조물 중에 자유로운 것은 그들뿐이라는 느낌이 들었다. 밑에 있는 대지, 머리 위의 하늘, 어슬렁거리며 돌아다닐 수 있는 세계⋯⋯, 그들은 갇혀 있는 것도 아니고 사슬에 묶여 있는 것도 아니다.

문득 번개처럼 그를 꼼짝 못하게 결박하고 있었던 것은 다른 무엇보다도 자기 자신이 숭배하고 자랑으로 삼고 있었던 것, 돈이었다는 것이 머리를 스쳤다. 그는 돈이야말로 지상에서 최강의 것이라고 생각하고 있었는데 지금 이렇게 돈이라는 황금의 힘에 싸이고 보니 비로소 지금 자신의 말이 옳다는 것을 깨달았다.

그를 꽁꽁 묶고 있는 것은 그가 가지고 있는 돈이었던 것이다…….

그러나 정말 그럴까? 정말로 그럴까? 나로선 모르고 있는, 좀더 깊고, 좀더 진실에 가까운 것이 있는 것은 아닐까?

돈? 아니면 이 돈에 대한 나의 집착 때문일까?

그는 자신이 만든 족쇄에 묶여버린 것이다―돈, 그것이 아니고 돈을 사랑하는 마음이 사슬이었던 것이다.

그는 자신을 갈라놓으려는 두 힘을 지금 분명하게 알았다. 그를 가두고 에워싼 물질주의에서 혼자만 편한 여러 가지 요소를 품고 있는 힘과 그것과는 반대되는 확실하고 엄연하게 부르는 소리.

이 부르는 소리는 그가 마음속에서 '날개가 부르는 소리'라고 이름 붙여 놓았다. 그러나 한편에서는 싸움에 맹렬하게 달라붙어 있는데, 다른 한편에서는 싸움을 비웃고 몸을 사리고 상대하려고 하지도 않는다.

다만 부를 뿐이다. 끊임없이 부르고 있는 것이다. 말을 하고 있는 것과 같을 정도로 그에게는 분명하게 들렸다.

"너는 나와 타협할 수는 없어."

그 소리가 말하고 있는 것 같았다.

"다시 말하자면 나는 다른 모든 것을 초월해 있기 때문이지. 만일 네가 내가 부르는 소리에 대답할 생각이 있다면 다른 모든 것을 버리고 너를 누르고 있는 힘을 잘라버리지 않으면 안 돼. 내가 데리고 가는 곳에는 자유로운 사람밖에는 따라올 수 없기 때문이야…….."

"나는 못해." 헤이머는 소리쳤다.

"나는 할 수가 없어…….."

앉은 채 혼잣말을 중얼거리고 있는 거구의 남자를 대여섯 명의 사람들이 뒤돌아보았다.

이렇게 해서 그는 희생을 요구받았다―그에게는 비길 데 없는 귀중한 것을, 그 자신의 분신이라고도 할 수 있는 것의 희생을.

자기의 분신. 그는 다리가 없는 남자를 떠올렸다…….

4

"대체 무슨 바람이 불어서 찾아왔지?" 보로가 물었다.

사실 이스트 엔드의 교회 같은 곳은 헤이머에게는 생소한 곳이었다.

"지금까지 나는 꽤 많은 설교를 들었는데……." 백만장자가 말했다.

"그 모두가 자신들에게 만일 기금이 있다면 어떤 일을 할 수 있겠다고 하더군. 그래서 나는 다만 이 말을 하려고 왔을 뿐이야……. 당신에게 기금을 내겠다는 말을."

"그거 아주 고맙군." 보로가 좀 놀라면서 말했다.

"기부 액수가 많은가?"

헤이머는 쌀쌀한 미소를 짓고서 말했다.

"글쎄, 적다고 할 수야 없겠지. 내 재산을 한 푼도 남기지 않은 액수니까."

"뭐라고?"

헤이머는 사무적인 태도로 자초지종을 솔직히 이야기했다.

보로의 머리는 혼란스러워져 있었다.

"당신은……, 당신은 전 재산을 내던져서 그것을 이스트 엔드의 빈민구제를 위해서 기부하고……, 이 나에게 그것을 위임하겠다는 건가?"

"그렇다니까."

"하지만 왜……, 왜 그러지?"

"그것을 나도 설명할 수가 없는 거야." 헤이머가 천천히 말했다.

"작년 2월이 이상(理想)에 대한 환상에 대해 이야기를 둘이서 했는데, 기억하고 있나? 그중 하나의 환상이 나를 사로잡은 거지."

"그거 멋진데!" 보로는 눈을 빛내며 앞으로 다가왔다.

"별로 멋질 것도 없어." 헤이머는 떫은 얼굴로 말했다.

"이스트 엔드의 가난 같은 것이 내게 어떻다는 것은 아니야. 그들에게 모자라는 것은 기백뿐이야! 나도 더할 수 없이 가난했었지. 하지만 거기서 난 뛰쳐나왔단 말이야. 그래서 그 돈을 지금은 버리지 않으면 안 되게 되었어. 그렇지만 엉터리 같은 자선단체에는 주고 싶지 않거든. 당신 같으면 믿을 수가 있어.

육체에 양식을 주느냐 영혼에 양식을 주느냐 하는 경우에, 육체에 주는 것이 낫지. 나는 배를 곯은 경험이 있으니까. 하지만 당신은 자신이 하고 싶은 대로 하면 되는 거야."

"이런 이야기는 들어본 적이 없어."

보로는 더듬거리며 말했다.

"이것으로 이야기는 끝일세." 헤이머는 이어서 말했다.

"변호사들은 이미 수속을 끝냈어. 내 서명도 끝났고 지난 2주일 동안은 정말로 바빴다네. 재산을 정리한다는 것도 모으는 것처럼 어렵더군."

"그런데 당신은……, 자신에게도 얼마간 남겨놓았겠지?"

"한 푼도 남기지 않았네." 헤이머는 즐거운 듯이 말했다.

"적어도……, '한 푼도'라고는 할 수 없겠군. 이 주머니 속에 2펜스는 들어 있으니까."

그렇게 말하고는 웃었다. 그는 어찌할 바를 모르고 있는 친구에게 작별을 고하고 교회를 나와 좁고 퀴퀴한 냄새가 나는 거리로 들어갔다.

조금 전 그렇게 명랑한 어조로 하던 말이 쑤셔대는 듯한 상실감과 더불어 머리에 되살아났다.

"빈털터리라!"

그 막대한 재산 중에서 그는 무엇 하나 남기지 않았던 것이다. 그렇게 된 지금 그는 두려웠다. 가난과 굶주림과 추위가 두려웠다. 그에게 있어 희생은 완전히 즐거운 것은 아니었다.

그러나 그런 기분과는 반대로 여러 가지 중압감과 위협이 사라져 버린 것을 깨닫고 있었다. 이젠 압박을 받을 일도 없고 구속당할 일도 없다. 사슬로 말미암아 그는 핏기를 잃고 고민에 휩싸여 왔으나, 지금은 자유의 환상이 그에게 힘을 주고 있었다.

물질적인 욕구가 그 '부르는 소리'를 덜 들리게 할는지는 몰라도 아주 안 들리게 할 수는 없다. 그것이 죽어 없어지지 않는 불멸의 것이라는 사실을 그는 알고 있었기 때문이다.

대기에는 가을 기운이 느껴지고 바람은 으스스했다. 그는 한기로 몸이 떨렸다. 게다가 배도 고팠다. 점심 먹는 것을 잊고 있었던 것이다. 그것이 그에게 아주 가까운 장래의 일을 생각나게 했다.

모든 것—안락함, 평안함, 자기만이 느끼고 자기에게 꼭 알맞은 따뜻함을 버리게 되리라고는 도저히 믿어지지 않았다. 그의 육체는 힘없이 소리쳤다. 그러자 또다시 반갑고 자유로운 뿌듯함이 솟아올랐다.

헤이머는 망설였다. 지하철 역 부근이었다. 주머니 속에 2펜스가 있다. 그 돈으로 2주일 전에 빈둥거리는 게으름뱅이들을 본 공원으로 가보고 싶은 생각이 들었다. 그런 일시적인 생각 말고는 미래에 대한 계획 같은 것은 없었다.

지금 그는 솔직히 말해서 자신이 미쳤다고 믿고 있었다. 제정신을 가진 인간이라면 그와 같은 짓은 하지 않기 때문이다. 그러나 그렇다고는 해도 미치광이라는 것은 멋지고 또 놀라운 것이기도 했다.

그래, 그는 지금 한없이 넓은 공원 안으로 가려고 하는 것이다. 더구나 지하철로 거기까지 가는 것이 그에게는 특별한 의미가 있었다. 다시 말하자면 지하철은 파묻히고 폐쇄당한 생활의 모든 공포를 보여주고 있었기 때문이다. 그 폐쇄된 상태에서 해방되어 점점 다가오는 나름대로의 위협을 가려주는 드넓은 잔디밭과 숲으로 올라가는 것이다.

엘리베이터는 그를 재빨리, 그리고 군말 없이 밑으로, 밑으로 데려갔다. 공기는 답답하고 생기가 없다. 그는 몰려 있는 사람들로부터 떨어져서 플랫폼의 가장 끝에 가서 섰다. 왼쪽에는 터널이 입을 벌리고 머지않아 거기서 뱀 같은 전동차가 모습을 드러낼 것이다.

그는 그 근처 전체에서 무어라고 말할 수 없는 불길한 것을 느꼈다. 부근에는 등을 구부린 젊은이가 하나 술에 취해서 보기 흉한 자세로 벤치에 앉아 있을 뿐, 그밖에는 아무도 없었다. 멀리서 어렴풋이 겁주는 듯한 전동차의 굉음이 들려왔다. 젊은이는 벤치에서 일어서서 비틀거리며 헤이머의 곁에 오더니 그대로 플랫폼 끝에 서서 터널을 들여다보았다.

순간, 젊은이가 몸의 균형을 잃고 굴러 떨어지고 말았다……

무수한 생각들이 한꺼번에 헤이머의 머릿속으로 밀려들었다.

버스에 깔려 둥글게 오므라든 사람의 몸뚱이가 눈앞에 떠올랐고, "선생, 마음 쓸 것 없소. 어쩔 수 없었던 게요."라고 말하던 쉰 목소리도 들려왔다. 그리고 그와 동시에 지금 이 젊은이의 목숨을 구할 수 있다고 하면 자기 자신의 손으로 구할 수밖에 없다는 것도 알았다.

주위에는 아무도 없으며 전동차는 바로 가까이 다가오고 있었다. 그것은 번개처럼 빠른 속도로 그의 마음을 지나갔다. 그는 묘하게 침착하고 확실하게 생각을 정했다. 아주 짧은 일순간에 그는 결심했다.

하지만 그 순간에도 죽음의 공포가 엷어지지 않고 있는 것을 알았다. 소름이 끼치도록 두려웠다. 그리고 그다음에는—그것도 부질없는 희망이 아닐까? 두 생명을 헛되이 버리는 것이 아닐까? 하는 생각이 들었다.

플랫폼의 반대쪽 끝에 있다가 깜짝 놀란 목격자들의 눈에는 젊은이가 떨어지는 것과 그것을 쫓는 남자가 뛰어드는 것과의 시간적 차이는 전혀 없는 것처럼 보였다. 그리고 터널의 커브를 돌아 돌진해오는 전동차가 알맞게 정차한다는 것은 무리였다.

헤이머는 젊은이를 번개같이 안아 올렸다. 자연의 용감한 충동에 의한 것은 아니다. 그의 떨고 있는 육체는 희생을 요구하는 다른 세계의 정령(精靈)의 명령에 따랐기 때문이다. 최후의 힘을 쥐어짜서 그는 젊은이를 플랫폼 위로 던졌지만 자신은 쓰러져서…….

그때 갑자기 두려움이 사라졌다. 물질의 세계는 더 이상 그를 끌어내리지 못했다. 속박에서 해방된 것이다. 한순간 그는 목양신의 환희에 가득 찬 피리소리가 들려오는 듯했다. 그리고 점점 가까이, 점점 높게, 다른 모든 소리를 삼켜버리고 무수한 날개들이 반가운 듯이 밀려왔다…….

그를 둘러싸면서…….

마지막 심령술 모임

　라울 도브류는 짧은 곡을 콧노래로 흥얼거리며 센 강을 건넜다. 32세쯤 된 젊고 핸섬한 프랑스인으로 혈색 좋은 얼굴에 검은 콧수염을 기르고 있었다.

　직업은 기술자다. 잠시 뒤에 카르도네 거리에 도착해서 17번지의 현관으로 들어갔다. 관리인 여자가 방에서 얼굴을 내밀고는 마지못해, "안녕하세요." 하고 인사를 하자 그는 명랑한 음성으로 인사를 받았다.

　그런 다음엔 계단을 올라가서 3층의 방으로 갔다. 벨을 누르고 선 채로 응답을 기다리며 그 짧은 곡을 또 콧노래로 불렀다. 이날 아침의 라울 도브류는 특히 기분이 좋았다. 노파가 다 된 프랑스 여인이 문을 열어주었는데, 찾아온 사람이 누군지 알고는 그 주름투성이의 얼굴이 미소로 가득 찼다.

　"좋은 아침입니다, 선생님."

　"좋은 아침이에요, 엘리즈." 라울이 대답했다.

　그는 장갑을 벗으며 현관으로 들어섰다.

　"마담은 내가 오는 거 알고 있는 거죠?" 앞을 본 채 물었다.

　"예……, 예, 알고 계시고말고요, 선생님."

　엘리즈는 현관문을 잠그고 그에게로 가면서 말했다.

　"그쪽 작은 응접실로 들어가세요. 마담은 5~6분이면 나오실 겁니다. 지금은 주무시고 계시거든요."

　라울은 문득 고개를 들고 말했다.

　"몸이 좋지 않나 보지?"

　"건강 말이죠!"

　엘리즈는 콧방귀를 뀌었다. 라울의 앞을 지나 그를 위해서 작은 응접실의 문을 열어주었다. 그가 들어가니 그녀도 따라 들어왔다.

"건강 말이에요!" 그녀는 계속했다.

"어떻게 건강할 수가 있겠어요, 그 불쌍한 분이? 심령술, 심령술, 또 그놈의 심령술! 드릴 말씀이 없어요. 그것이 하늘의 뜻이라면 당할 수가 없는 거지요. 저를 보고 말하라면, 까놓고 말해서 그것은 악마와의 거래지요."

라울은 안심시키려는 듯이 그녀의 어깨를 가볍게 두드려주었다.

"그만해요, 엘리즈, 그렇게 흥분하지 말고……. 그리고 무엇이든 자기가 모르는 일이라고 그렇게 간단히 악마와 결부시키면 안 돼요."

그는 타이르듯이 말했다.

엘리즈는 이해할 수 없다는 듯이 고개를 저었다.

"좋습니다. 선생님이 뭐라고 말씀하시든 그건 자유지만 전 싫습니다요, 그런 거. 마담을 보세요. 하루하루 점점 얼굴빛이 나빠지고, 여위어가고, 거기에 두통까지 난다니까요."

그녀는 작은 목소리로 투덜거렸다. 그리고 두 손을 들어올렸다.

"아이, 안 돼, 안 돼, 좋지 않아요……. 영혼을 취급하는 거 말이에요. 영혼 말이죠! 좋은 영혼은 모두 천국에 있고, 그렇지 않은 건 지옥에 있는 거예요."

"할멈의 사후생활에 대한 사고방식은 기분이 좋을 만큼 단순하군요, 엘리즈."

라울은 의자에 털썩 앉으며 말했다.

노파는 정색을 하며 말했다.

"나는 선량한 천주교 신자니까요, 선생님."

그녀는 가슴에 십자를 긋고 문쪽으로 걸어가서는 손잡이를 잡은 채 잠깐 발을 멈추었다. 그리고 부탁하는 듯한 어조로 말했다.

"선생님, 언젠가는 결혼하시겠지만 그때는 저렇게 하시지 말도록……. 저런 일들은 모두 다, 아셨습니까?

라울은 부드러운 미소를 보냈다.

"할멈은 성실하고 좋은 사람이에요, 엘리즈. 그뿐 아니라 주인 걱정도 많이 하는군. 두려워할 거 없어요. 그녀가 내 아내가 되면 끝이니까. 그런 일, '영혼을 취급하는 일'은 못하게 할 겁니다. 도브류 부인이 되고 나면 더 이상 심령술 모임 같은 것은 하지 않게 돼요."

엘리즈의 얼굴은 미소로 가득 찼다.

"말씀하시는 거 믿어도 되지요?" 그녀는 다짐을 받았다.

그는 진지한 얼굴로 고개를 끄덕였다.

"틀림없다니까요."

그는 그녀에게라기보다는 자신을 타이르듯이 말했다.

"그렇고말고, 그런 것들은 다 그만두어야지. 시몬은 굉장한 재능이 있고 그것을 마음껏 활용했겠지만, 이미 그녀의 역할은 끝난 거요. 엘리즈, 할멈이 말한 대로 그녀는 하루하루 얼굴빛이 나빠지고 여위어가고 있소. 영매의 생활은 굉장히 신경이 긴장돼서 고달프고 힘든 거랍니다. 그렇긴 하지만, 엘리즈, 할멈 주인은 파리 전체에서, 아니, 프랑스 제일가는 대단한 영매랍니다. 전 세계에서 모두들 그녀를 찾아오거든요. 그녀만은 속임수나 엉터리가 전혀 없다는 것을 알고 있기 때문이지요."

엘리즈는 경멸하는 듯 콧방귀를 뀌며 말했다.

"속임수! 어림도 없어요. 우리 마담은 갓 태어난 어린애 하나도 속이지 못합니다."

"바로 천사지." 젊은 프랑스인은 열을 올렸다.

"그러니까 나는……, 나는 그녀를 행복하게 해주기 위해서라면 남자로서 할 수 있는 일은 무엇이든지 다 할 생각이라오. 할멈도 그 점은 믿어주겠지요?"

엘리즈는 정색을 하고서 어딘지 소박한 위엄마저 보이며 말했다.

"저는 이미 여러 해 동안 마담을 모셔왔으니까요, 선생님. 외람된 말씀입니다만 저도 그분을 사랑하고 있다고 해도 과언이 아니랍니다. 선생님이 그분에게 알맞은 사랑을 보내지 않는다고 생각되면……, 아시겠어요, 선생님! 저는 기꺼이 선생님을 갈기갈기 찢어버릴 겁니다."

라울은 웃었다.

"대단하군요, 엘리즈! 할멈은 충실한 친구니까, 이 내가 마담에게 심령술을 그만두게 하겠다고 말한 이상, 나를 믿어 주지 않으면 곤란해요."

그는 이 농담 비슷한 말을 노파가 웃으면서 받아들여 줄 것으로 생각했지만, 좀 놀랍게도 그녀는 진지한 표정을 그대로 갖고 있었다.

"하지만, 선생님, 만일 영혼 쪽에서 그녀와 손을 끊어주지 않으면 어떻게 되지요?"

그녀는 주저하는 듯이 말했다.

라울은 깜짝 놀라서 그녀를 쳐다보았다.

"그게 무슨 소리요?"

엘리즈는 다시 한 번 말했다.

"만일 영혼 쪽에서 그녀와 손을 끊어주지 않으면 어떻게 되는가 하고 말씀드렸습니다."

"할멈은 영혼 같은 건 믿지 않는다고 생각하고 있었는데, 엘리즈?"

"앞으로도 믿지는 않을 겁니다." 그녀는 고집스럽게 말했다.

"그런 걸 믿다니 바보 같지요. 그렇지만……."

"그렇지만 뭐요?"

"저는 설명하기가 아주 어렵지만, 선생님, 저어……, 말이지요, 저는 지금까지 늘 생각해왔는데요, 저런 영매는, 모두들 스스로 그렇게 말하고 있습니다만, 그 사람들은 사랑하는 사람을 잃어버린 가련한 영혼에 파고드는 약삭빠른 사기꾼이란 말입니다. 하지만 마담은 그렇지 않아요. 마담은 좋은 분이거든요. 정직하고……."

그녀는 목소리를 낮추더니 주저하듯이 말했다.

"별일이 다 일어나더군요. 속임수가 아니고 실제로 별일이 다 일어난답니다. 그래서 전 무서워요. 하지만 틀림없습니다, 선생님. 그것이 옳지 못하다는 것은, 자연과 하나님을 배반하는 것이며, 누군가가 그 벌을 받아야만 합니다."

라울은 의자에서 일어나서는 그녀 곁으로 가서 가볍게 어깨를 토닥거려 주었다.

"침착해요, 엘리즈." 그는 미소 지으며 말했다.

"그런데 알려줄 것이 있어요. 심령술 모임도 오늘이 마지막이에요. 내일부터는 아주 없어지는 거지."

"그럼, 오늘은 있군요?" 노파는 의심스럽다는 듯이 물었다.

"마지막이에요, 엘리즈, 최후의 심령술 모임이지."

엘리즈는 마땅찮은 듯이 고개를 젓고는, "마담은 도저히 이제는……." 하고 말을 꺼내려 했다. 하지만 그 말은 중단되었다.

문이 열리고 키가 큰 금발 여인이 들어왔기 때문이다. 가늘고 우아하며 보티첼리가 그린 성모 마리아 같은 얼굴을 하고 있었다. 라울의 얼굴은 활짝 밝아지며 엘리즈는 눈치 빠르게 물러갔다.

"시몬!"

그는 그녀의 길고 하얀 손을 한꺼번에 쥐고 교대로 입을 맞추었다.

그녀는 아주 낮은 목소리로 그의 이름을 중얼거리듯이 말했다.

"라울, 사랑스러운 그대."

그는 다시 한 번 그 손에 입을 맞추고서 가만히 그녀의 얼굴을 들여다보았다.

"시몬! 어째서 얼굴빛이 이렇게 파랗지! 당신은 자고 있다고 엘리즈가 말하던데, 설마 병이 난 건 아니겠지?"

"예, 병이 난 건 아니지만……." 그녀는 우물거렸다.

그는 그녀를 소파로 데리고 가서 그 옆에 앉았다.

"자, 말해봐요."

그녀는 살며시 웃었다.

"틀림없이 저를 바보라고 생각하실 거예요." 중얼거리듯이 말했다.

"내가? 당신을 바보라고 생각한다고? 그럴 리가 있나."

시몬은 잡혀 있던 손을 빼내었다. 잠깐 동안 꼼짝도 않고 발밑 융단을 내려다보았다. 그런 다음 낮고 다급한 목소리로 말했다.

"전, 겁나요, 라울."

그는 그녀가 그 다음 말을 하리라 생각하고 1~2분 기다렸지만 그런 눈치가 안 보여서 힘내라는 듯이 말했다.

"그래, 뭐가 겁나지?"

"그냥 겁나요……. 그것뿐이에요."

"하지만."

그는 당혹해하며 그녀를 보았다.

그녀는 곧 그 표정을 알아차리고서 대답했다.

"예, 바보 같죠? 하지만 분명히 그런걸요. 무섭다는 것, 단지 그것뿐이에요. 뭐가 무서운지도, 왜 그런지도 모르지만, 뭔가 무서운 일이, 무서운 일이 제 몸에 일어날 것이라는 생각이 자꾸만 떠올라서는 사라지지 않는 거예요."

그녀는 가만히 앞을 보았다.

라울은 그녀를 다정하게 안아주고는 말했다.

"이봐요, 당신. 자, 힘내요. 난 알아요. 긴장, 시몬, 영매의 생활에서 오는 긴장이야. 당신에게 필요한 것은 휴식뿐이야. 쉬면서 안정해야 해."

그녀는 기쁜 듯이 그를 쳐다보았다.

"그래요, 라울, 말한 대로예요. 저에게 필요한 것은, 그건……, 휴식과 안정이에요."

그녀는 눈을 감고 잠깐 그의 팔에 몸을 맡겼다.

"그리고 행복도." 그는 그녀의 귀에 대고 속삭였다.

그의 팔이 그녀를 다시 힘주어 안았다. 시몬은 눈을 감은 채 깊은 숨을 쉬었다.

"그렇군요." 그녀는 중얼거렸다.

"그래요. 이렇게 당신에게 안겨 있으면 마음이 놓여요. 영매의 생활을, 무서운 생활도 잊어버리고. 당신은 여러 가지를 알고 계시는군요, 라울. 하지만 그런 당신도 제가 말한 의미를 완전히 아실 순 없어요."

그는 안고 있는 팔 속에서 그녀의 몸이 두려워하고 있는 것을 알 수 있었다. 그녀는 눈을 뜨고는 가만히 앞으로 바라보았다.

"캄캄한 구석방에 앉아서 기다리고 있으면 어둠이 겁나요, 라울. 정말 그건 텅 비고 아무것도 없는 암흑인걸요. 거기에 자진해서 빠져들어 가는 거예요. 그렇게 되면 그다음엔 아무것도 알 수 없고 아무 느낌도 없게 되었다가 끝에 가서는 천천히 고통스러운 회복이 오고 잠에서 깨어나는데, 그것이 굉장히 힘들어요……. 무섭게 지쳐버리는 거예요."

"알아……, 알아요." 라울이 중얼거렸다.

"너무 지쳐서……."

시몬이 다시 한 번 중얼거리듯 말했다. 그런 말은 되풀이하고 있는 동안에 그녀의 온몸에서 힘이 빠져나가는 듯했다.

"하지만 당신은 대단해, 시몬."

그는 그녀의 손을 잡더니 자신의 열기를 나누어주어 힘이 나게 해주려고 했다.

"당신을 당할 사람은 없어. 세계 최고의 영매란 말이야."

그녀는 그 말을 듣고 조금 미소를 띠고서 고개를 저었다.

"틀림없어, 그렇다니까."

라울은 힘주어 말했다. 그리고 주머니에서 편지를 두 통 꺼냈다.

"이걸 봐. 파리 여자양로원(이곳에선 정신병자도 취급함)의 로셰 교수에게서 온 것과, 이것은 낭시의 제니르 박사에게서 온 건데, 둘 다 앞으로 가끔 자기들을 위한 영매가 되어달라고 부탁한 거야."

"아아, 그만해요!"

시몬이 갑자기 일어섰다.

"안 돼요……, 안 돼. 이젠 완전히 끝내야 해요. 모든 것이 다 끝났으니까. 당신도 약속해주었지요, 라울."

마치 궁지에 몰린 짐승같이 당장에라도 도망칠 듯하다가 다시 돌아보는 그녀를 라울은 놀란 눈으로 바라보았다.

그는 일어나서 그녀의 손을 잡았다.

"그래, 그렇다니까. 분명히 끝났어. 그건 알고 있어. 그러나 나는 당신이 너무 자랑스러웠기 때문에 그만 이 편지에 대한 것을 말해버린 거야, 시몬."

그녀는 못 믿겠다는 듯이 옆 눈으로 그를 흘끔 보았다.

"나에게 이제 두 번 다시 강령술을 시키진 않을 거죠?"

"그래……, 그래. 당신이 정말 어쩌다가 옛날 친구들을 위해서 해볼까 하는 마음이 생기면 모르지만……."

그러나 그녀는 그 말을 가로막으며 흥분한 목소리로 말했다.

"안 돼, 안 돼. 이제 다시는 싫어요. 위험하다고요. 느낌으로 알 수 있어요……. 무서운 위험이."

그녀는 잠깐 동안 잡은 두 손을 이마에 대고 있다가 창으로 걸어갔다.

"이제 두 번 다시 시키지 않겠다고 약속해주세요."

그녀는 돌아서서는 착 가라앉은 목소리로 말했다.

라울은 그녀 곁으로 가서 그 어깨를 감싸 안았다. 그리고 부드러운 어조로 말했다.

"그래, 시몬, 오늘 이후론 절대로 시키지 않겠다고 약속할게."

그는 그녀가 깜짝 놀라는 것을 알 수 있었다.

"오늘? 아, 그렇군요. 난 엑스 부인의 일을 까맣게 잊고 있었어요."

그녀는 중얼거리듯이 말했다.

라울은 시계를 보았다.

"이제 거의 올 때가 되었군. 하지만, 시몬, 당신이 내키지 않으면······."

시몬은 제대로 듣고 있지 않는 듯했다―자기 생각에 빠져 있었던 것이다.

"그 여자 말이죠. 좀 이상한 사람이에요, 라울. 아주 묘해요. 아시겠어요? 나······, 난 왠지 그 사람이 무서워서."

"시몬!"

그의 목소리에 비난 어린 말투가 섞여 있었는데 그녀도 그것을 알아차렸다.

"예, 예, 알고 있어요. 당신도 다른 프랑스 남자분과 같군요, 라울. 당신 눈에는 어머니는 신성한 것이며, 아기를 잃고 그렇게 슬퍼하고 있는데 제가 그녀를 그런 식으로 생각한다는 건 사람으로서 너무 매정하다는 거겠죠? 하지만······, 설명할 수는 없지만 그녀는 너무 크고, 상복(喪服)을 입었지요? 거기에 손이······. 당신, 그녀의 손을 본 적 있어요, 라울? 아주 굉장히 크고 힘센 손이에요. 꼭 남자 손처럼 우악스러워요. 아아!"

그녀는 잠깐 몸서리치고 눈을 감았다.

라울은 그녀를 안고 있던 손을 풀고서 냉정하기까지 한 어조로 말했다.

"도저히 당신을 알 수 없군, 시몬. 당신은 여자니까 다른 여자에 대해서, 외동딸을 잃은 어머니에 대해선 당연히 마음 깊이 동정해야 할 텐데······."

시몬은 초조한 듯한 몸짓을 했다.

"어머! 모르는 건 당신이에요, 라울! 어떻게 해볼 수도 없는 일이에요. 전 처음 그녀를 만난 순간……."

그녀는 갑자기 두 팔을 벌렸다.

"소름이 끼쳤어요! 기억하시죠? 그녀를 위해서 신을 부르는 걸 승낙할 때까지 전 좀처럼 결심할 수가 없었어요. 왠지 그녀가 나를 불행으로 몰고 갈 것만 같은 생각이 들어서 견딜 수가 없는 거예요."

라울은 어깨를 으쓱했다. 그러고는 매정한 목소리로 말했다.

"하지만 실제로는 그 반대였잖아. 모든 심령술 모임이 다 대성공이었어. 그 아델리 꼬마의 영혼이 즉시 당신에게 옮겨올 수가 있었고, 모습을 나타낸 그 영혼은 정말로 아주 분명했어. 지난번 같은 때는 정말로 로셰 교수도 참석했으면 좋았을 걸 하는 정도였다니까."

"모습을 나타낸 영혼이라." 시몬은 낮은 목소리로 말했다.

"말해주세요, 라울. 당신도 아시다시피 저는 실신상태로 있는 동안에는 무슨 일이 일어나는지 전혀 모르니까……. 그게 정말 그렇게 멋있었나요?"

그는 열심히 고개를 끄덕였다.

"처음 한두 번은 아이의 모습이 희미하게 밖에는 보이지 않는데, 지난번 심령술 때는……." 하고 그는 설명했다.

"그래서요?"

그는 아주 조용히 말했다.

"시몬, 거기에 서 있는 아이는 육체도 피도 있는 정말로 살아 있는 아이였어. 나는 만져도 보았으니까……. 하지만 만질 때 당신이 정말로 고통스러워하는 것 같아서 엑스 부인에게는 만지지 못하게 했지. 그녀가 자제심을 잃고 당신 몸에 어떤 해를 끼칠지도 모른다는 걱정 때문이었어."

시몬은 다시 한 번 창 쪽으로 시선을 피하고 중얼거리듯이 말했다.

"눈을 떠보니 굉장히 피로했어요. 라울, 당신은 자신이 있나요? 그런 일을 하는 것이 잘못이 아니라고 말할 자신이 정말로 있나요? 우리 집 엘리즈 노파가 어떻게 생각하는 줄 아세요? 제가 악마와 거래하고 있다고 생각하고 있어요, 당신도 아시죠?"

그녀는 어쩐지 모호하게 웃었다.

라울은 아주 진지한 얼굴로 말했다.

"내가 어떻게 믿고 있는지 당신도 알잖아. 미지의 것을 취급할 때에 위험은 늘 따라다니는 거지만, 당신의 경우에는 그 목적이 크고 높은 거야. 과학을 위해서니까. 전 세계에는 과학을 위한 순교자가 있는 거야—다른 사람들이 무사히 그들의 발자국을 따라올 수 있도록 대가를 지불한 선구자들이. 지난 10년간 당신은 심한 신경적 긴장이라는 대가를 치르고 과학을 위해 이바지해왔어. 이젠 당신 역할은 끝났어. 내일부터는 느긋하게 행복을 누릴 수가 있는 거야."

그녀는 침착성을 되찾고 애정이 담긴 미소를 그에게 보냈다. 그러고는 흘끔 시계를 보았다.

"엑스 부인이 늦는군요……. 오지 않을는지도 모르겠네."

그녀는 중얼거렸다.

"나는 올 거라고 생각해. 당신 집 시계는 좀 빠르군, 시몬."

그녀는 방 안을 돌아다니며 여기저기 장식을 고쳐달았다.

"어떨까요, 그 엑스 부인 말이에요. 어디에서 태어났으며 가족은 누가 있을까? 우린 그녀에 대해서는 아무것도 모르니까, 이상하잖아요?"

라울은 어깨를 으쓱했다.

"영매에게 오는 사람들은 모두 되도록이면 신분을 숨기고 있어. 조심이 제일이라는 거겠지."

"그건 그렇죠."

시몬이 건성으로 맞장구를 쳤다.

그녀가 가지고 있던 조그만 화병이 손가락에서 미끄러져서 난로의 타일에 부딪쳐 산산조각이 났다. 그녀는 갑자기 라울을 돌아보았다.

"참, 전 어떻게 되었나 봐요. 라울, 제가 만일 엑스 부인에게 오늘은 영매가 될 수 없다고 한다면 아주……, 아주 겁쟁이라고 생각하시겠어요?"

그가 불쾌한 듯이 놀라는 것을 보고 그녀는 얼굴이 붉어졌다.

"당신은 방금 약속하고선, 시몬……." 그는 부드럽게 말했다.

그녀는 벽 쪽으로 뒷걸음질 쳤다.

"전 하고 싶지 않아요, 라울. 하고 싶지 않은데."

하지만 다시 한 번 흘긋 지나간 그의 비난하는 듯한 눈을 보고는 그녀의 마음이 약해졌다.

"내가 생각하고 있는 것은 돈 문제가 아니야, 시몬. 하긴 그 여자가 지난번 심령술의 대가라면서 내놓은 돈은 거금이었어. 아니, 정말 엄청났지."

그녀는 반항하듯 그 말을 가로막으며 말했다.

"이 세상에는 돈보다 소중한 것이 있다고요."

그는 부드럽게 맞장구쳤다.

"그건 그래. 나도 그 점을 말하고 있는 거야. 생각해봐. 그 여자는 어머니야. 외동딸을 잃어버린 어머니란 말이야. 만일 당신이 실제로는 병이 난 것이 아닌데, 다만 기분이 좀 나쁘다는 이유만으로(그야 돈 많은 여자의 감정을 상하게 하는 건 상관없지만), 그래도 마지막으로 한 번만 자기 자식을 보고 싶어 하는 어머니의 소원을 거절할 수 있겠어?"

시몬은 절망한 듯이 두 손을 앞으로 내밀었다.

"정말 왜 나를 못살게 하는 거죠?" 그녀는 중얼거리듯이 말했다.

"그야 당신 말이 옳아요. 당신이 원하는 대로 하고 싶지만 이제 겨우 내가 무엇을 겁내고 있는지 알았어요……. '어머니'라는 그 말이에요."

"시몬!"

"세상에는 원시적이고 기본적인 힘이 몇 가지 있지요, 라울. 대개는 문명이라는 것 때문에 없어지고 말았지만 모성애는 처음과 똑같아요. 동물이든, 인간이든 모두 같아요. 이 세상에서 자식에 대한 어머니의 애정에 맞설 만한 것은 아무것도 없지요. 어떤 가르침이나 명령이 그 앞을 가로막으며 어떤 슬픔이 모정보다 더하겠어요? 무엇과도 싸울 수 있으며, 가는 길을 방해하는 것은 용서 없이 때려 부수지요."

그녀는 입을 다물고 약간 거친 숨을 쉬고는 거리낌 없는 미소를 한순간 보였다.

"오늘은 제가 좀 이상하군요, 라울. 저도 알고 있지만요."

그는 그녀의 손을 잡았다.

"좀 누워 있는 것이 좋겠어……. 그 여자가 올 때까지 쉬어요."

그가 권했다.

"정말 그래야겠어요."

그녀는 그에게 미소를 짓고는 방을 나갔다.

라울은 그대로 혼자 남아서 1~2분 동안 생각에 잠겨 있었다. 그리곤 성큼성큼 문쪽으로 걸어가더니 문을 열고 조그만 홀 저편으로 갔다. 그러고는 막다른 방으로 들어갔다. 그곳은 거실이며 방금 나온 방과 비슷했지만, 한쪽 구석이 알코브(움푹 들어간 곳)로 되어 있고 거기에 커다란 팔걸이의자가 놓여 있었다. 또한 그곳을 막을 수 있도록 무거워 보이는 검은 커튼이 걸려 있었다.

엘리즈가 열심히 방을 정리하고 있었다. 알코브 안에는 의자 두 개와 작은 원형 테이블이 놓여 있었다. 테이블에는 텀블링이 하나, 뿔피리가 하나, 그 밖에 종이와 연필이 놓여 있었다.

엘리즈가 어쩔 수 없다는 듯이 중얼거렸다.

"이번이 마지막이겠지요. 선생님, 지금이 이미 끝난 뒤라면 얼마나 좋겠어요."

요란하게 초인종 소리가 울렸다.

"그 여자예요…… 그 커다란, 남자 뺨칠 부인이랍니다."

엘리즈는 이어 말했다.

"왜 그녀는 교회에 가서 돌아간 따님의 영혼에게 기도하고 성모님 앞에 초 한 자루도 세우지 않는 걸까요? 우리에게 무엇이 가장 좋은 것인지 고마우신 하나님께서는 알고 계실 게 아니겠어요?"

"현관에 나가봐요, 엘리즈." 라울은 책망하듯 말했다.

그녀는 흘끔 그를 쳐다보았지만 시키는 대로 했다. 1~2분 지나니 그녀가 손님을 안내해서 돌아왔다.

"오셨다고 마님께 전하고 오겠습니다, 부인."

라울은 앞으로 나아가 엑스 부인과 악수했다. 시몬이 한 말이 되살아났다.

"굉장히 크고 거무스름한 여자."

사실 그녀는 거구이며, 프랑스풍의 큼직한 상복은 그녀의 경우 어쩐지 야단스럽다는 느낌마저 들었다. 말소리도 무지무지하게 굵었다.

"좀 늦어서 미안합니다."

"아닙니다. 겨우 5~6분 지난걸요." 라울은 미소를 지으며 말했다.

"마담 시몬은 누워 있습니다. 이런 말씀 드리기가 좀 무엇합니다만, 그녀는 몸이 좋지 않아서요. 신경이 예민해진 데다가 과로까지 겹쳐서."

조금씩 힘이 빠지려던 그녀의 손이 느닷없이 그의 손을 바이스처럼 죄었다.

"하지만 심령술은 하는 거지요?" 날카로운 어조로 물었다.

"아아, 그건 당연하죠, 부인."

엑스 부인은 안도의 숨을 내쉬고 의자에 앉아서 얼굴 주위에서 하늘거리는 검을 베일을 한 장 떼어냈다.

"아아, 이 심령술이 나에게는 얼마나 멋지고 즐거운 것인지 당신은 상상도 못할 겁니다. 도저히 이해 못하실 거예요! 내 딸인걸요! 귀여운 아멜리! 그 애의 모습을 보고 목소리를 듣고……. 더구나, 만일……, 그래요, 만일 될 수 있다면 손으로 만져볼 수도……."

라울은 재빨리 단호하게 말했다.

"엑스 부인, 이런 말씀드리기가 뭣합니다만, 무슨 일이 있어도 제가 확실하게 지시하는 경우 말고는 어떤 행동도 해서는 안 됩니다. 그렇지 않으면 큰일이 납니다."

"내 몸에 큰일이 난다고요?"

"아닙니다, 부인. 영매에게 일어나지요. 그런 현상은 그 방법에 따라서는 과학적으로도 설명이 된다는 것을 이해해주셔야 됩니다. 전문 용어를 쓰지 않고 아주 간단히 그 점을 말씀드리지요. 영혼이 나타나기 위해서는 영매의 살아 있는 육체를 쓰지 않으면 안 됩니다. 부인도 영매의 입에서 기체가 흘러나오는 것을 보셨지요? 그것이 나중에는 응결되어 그 영혼의 죽은 육체와 똑같은 것을 형성하게 됩니다. 그러나 이 심령체는 다름 아닌 영매의 살아 있는 육체라고 저는 믿고 있습니다. 언제 기회를 봐서 신중하게 검토도 하고 실험도 해서 그 점을 입증할 생각입니다만……, 커다란 문제점은 그런 현상을 취급할 경우 영매에게 가해지는 위험과 고통입니다. 만일 누군가가 그런 모습을 갖춘 영혼에게 손을 댄다든지 하면 영매가 목숨을 잃는 결과가 될 수도 있습니다."

엑스 부인은 아주 진지하게 그의 설명을 듣고 있었다.

"아주 재미있는 말씀이군요. 그런데 한 가지 물어보겠습니다만, 그렇게 모습을 보인 영혼이 아주 진보된다면 그 영매에게서 분리시킬 수 있는 때가 올까요?"

"그것참, 아주 엉뚱한 생각을 하시는군요, 부인!"

그녀는 물러서지 않았다.

"하지만 있을 수 없는 일은 아니잖아요?"

"지금으로선 전혀 불가능합니다."

"하지만 아마 언젠가는……."

마침 그때 시몬이 들어와서 그는 대답을 하지 않아도 되었다. 그녀는 기운이 없고 얼굴빛도 나빴지만 침착성은 분명히 되찾은 뒤였다.

그녀는 앞으로 다가와 엑스 부인과 악수를 했는데, 그때 그녀의 몸에 전율이 지나가는 것을 라울은 보았다.

"마담, 기분이 좋지 않으신 것 같아서 안됐군요." 엑스 부인은 말했다.

"별것 아닙니다." 시몬이 쌀쌀하게 말했다.

"시작할까요?"

그녀는 알코브에 가서 팔걸이의자에 앉았다.

그런데 이번에는 라울이 갑자기 전신에 공포의 그림자가 스쳐가는 것을 느꼈다. 그는 외치듯이 말했다.

"당신은 아직 몸이 회복되지 않았어. 심령술은 그만둬. 엑스 부인도 이해할 거야."

"이것 봐요!"

엑스 부인이 벌떡 일어섰다.

"아니, 아니, 그만두는 것이 좋아. 아니, 꼭 그래야 돼."

"마담 시몬은 한 번은 더 해주겠다고 약속했다고요."

"그랬어요." 시몬이 조용히 시인했다.

"그러니까 약속은 지킬 생각입니다."

"지켜주셔야지요, 마담." 상대편 여자가 말했다.

"전 약속은 지킵니다." 시몬이 차갑게 말했다.

그러고는 다시 부드럽게 말했다.

"걱정할 것 없어요, 라울. 이제 이것이 마지막인걸……. 마지막이에요."

그녀가 신호를 하자 라울은 알코브 앞에 묵직한 검은 커튼을 쳤다. 그리고 창문 커튼도 쳤으므로 방 안은 어두컴컴했다. 그리고 의자 하나를 엑스 부인에게 권하고 자신도 남은 의자에 앉으려고 했다. 그런데 부인이 어물쩍어물쩍하고 있었다.

"실례인 줄 압니다만, 당신……, 아시다시피 저는 당신의 성실성이나 마담 시몬의 성실성을 절대로 믿고 있습니다. 하지만 제가 확인한 것을 더욱 소중하게 여기고 싶어서 미리 의논도 없이 이런 것을 가지고 왔습니다만."

그렇게 말하고 핸드백에서 가느다란 밧줄을 꺼냈다.

"부인! 이건 실례가 아닙니까!" 라울이 소리쳤다.

"만일을 위해서예요."

"다시 말씀드리겠습니다만, 실례되는 행동입니다."

"반대하시는 이유를 모르겠군요, 만일 조금도 속임수가 없다면 두려울 것이 뭐가 있나요?"

냉소적인 목소리였다.

라울은 경멸에 찬 미소를 지었다.

"나는 두려워하는 것은 하나도 없습니다, 부인. 하고 싶다면 내 손발을 다 묶어도 좋습니다."

그의 말은 기대한 만큼의 효과가 없었다─즉, 엑스 부인이 차디차게 이렇게 말했기 때문이다.

"고마워요."

그러고는 감아놓은 밧줄을 들고 그에게로 걸어왔다.

갑자기 시몬이 커튼 너머에서 소리쳤다.

"안 돼, 안 돼, 라울, 묶이면 안 돼요."

엑스 부인이 조롱하듯이 웃으며 비꼬았다.

"마담이 무서워하고 있군."

"예, 무서워요."

라울이 소리쳤다.

"말조심 해, 시몬, 아마 엑스 부인은 우리를 사기꾼으로 생각하는 모양이야."

"확인을 해야지." 엑스 부인이 차갑게 말했다.

그녀는 척척 익숙한 솜씨로 라울을 의자에 꽁꽁 붙들어 맸다.

그리고 그녀가 다 묶고 나자 그는 비꼬는 어조로 말했다.

"아주 대단한 솜씨군요. 이젠 만족하셨나요?"

엑스 부인은 대답하지 않았다.

방 안을 두루 돌아다니며 벽의 판자 틈새 같은 곳을 구석구석 살폈다. 그런 다음에는 홀로 통하는 문에 자물쇠를 잠그고 의자로 돌아왔다.

"자, 준비를 됐습니다."

말할 수 없이 소름끼치는 목소리로 말했다.

몇 분인가 지나갔다. 커튼 너머에서 시몬의 숨소리가 점점 거칠게 들리더니 코고는 소리처럼 되었다. 이윽고 점점 낮아졌다가 사라지고, 그다음에는 한동안 앓는 소리가 이어졌다. 그리고 다시 한동안 침묵이 흐르더니, 갑자기 들려오기 시작한 텀블링 소리로 그 침묵이 깨어졌다.

테이블에서 뿔피리가 들려지더니 바닥에 내동댕이쳐졌다. 비꼬는 듯한 웃음소리가 들렸다. 알코브의 커튼이 조금 벌어졌는지 영매의 모습이 그 틈새로 언뜻 보였다—고개를 떨구어 얼굴이 가슴에 묻혀 있었다.

갑자기 엑스 부인이 가쁘게 숨을 들이마셨다. 영매의 입에서 리본 같은 안개가 한 줄기 흘러나오고 있었다. 그것은 응결되어 서서히 형태를……, 조그만 아이의 모습이 되어갔다.

"아멜리! 내 귀여운 아멜리!"

그 쉰 듯한 속삭임이 엑스 부인 입에서 새어나왔다. 안개처럼 어렴풋하던 모습이 차츰 응결을 더해 갔다.

라울은 도저히 믿을 수 없다는 듯이 그것을 바라보았다. 여태까지는 이처럼 성공한 심령체는 한 번도 본적이 없었다. 이건 정말로 살아 있는 아이가 분명했다—살아 있는, 피와 살이 있는 아이가 거기에 서 있었던 것이다.

“엄마!”

낮은 아이의 목소리가 들렸다.

“내 아기야! 내 아기!”

엑스 부인은 소리쳤다. 그녀는 의자에서 일어나려고 했다.

“정신 차려요, 부인.” 라울이 경계하며 소리쳤다.

모습을 갖춘 영혼이 커튼 사이에서 머뭇거리며 나왔다. 아이였다. 멈춰 서서 두 팔을 내밀고 있었다.

“엄마!”

“아아!”

엑스 부인이 외쳤다. 그러고는 다시 한 번 의자에서 일어나려고 했다.

“부인, 영매가…….” 라울은 걱정이 되어 소리쳤다.

그녀는 한 발 앞으로 나갔다.

“부탁입니다, 부인, 침착하세요.” 그는 이제 정말 걱정스러웠다.

“빨리 앉아요!”

“내 귀여운 것, 저 애를 안아봐야지.”

“부인, 명령입니다. 앉아요!”

그는 줄을 풀어보려고 필사적으로 몸부림쳤지만 엑스 부인의 솜씨는 완벽했다―그는 어쩔 도리가 없었다. 당장에라도 재난이 덮칠 것 같은 공포감이 그의 마음을 사로잡았다.

“부탁입니다, 부인, 앉으세요! 영매를 생각해주십시오.”

그는 큰소리로 외쳤다.

엑스 부인은 그의 말 같은 것은 들은 척도 하지 않았다. 마치 사람이 변한 것 같았다. 그러고는 날쌔게 아이를 안았다. 커튼 너머에서 고통의 밑바닥에 있는 듯한, 길게 뒤를 끄는 신음소리가 들렸다.

“시몬! 시몬!” 그는 소리쳤다.

그는 엑스 부인이 자기 앞을 날쌔게 지나서 문고리를 풀고 계단을 뛰어 내려가는 발걸음 소리를 멍청하게 듣고 있었다.

커튼 너머에서는 여전히 길게 뒤를 끄는 높고 소름끼치는 신음소리가 들려왔다―라울이 아직까지 들어본 적이 없는 그런 신음소리였다. 그것은 차차 약해져서 목구멍을 막는 듯한 무서운 소리가 되어 사라졌다. 그리고 몸이 쿵하고 쓰러지는 듯한 소리가 들렸다.

라울은 묶인 줄을 풀려고 미친 듯이 날뛰었다. 그렇게 날뛴 끝에 그는 불가능한 일을 해냈다. 있는 힘을 다해 줄을 끊은 것이다. 일어나려고 허우적거리고 있는데 거기에 엘리즈가, "마담!" 하고 소리치며 달려 들어왔다.

"시몬!" 라울이 소리쳤다.

둘은 함께 뛰어가서 커튼을 젖혔다.

라울은 비틀거리며 뒷걸음질 쳤다.

"큰일났어! 빨개……, 새빨개……." 그는 중얼거렸다.

옆에서 엘리즈의 떨리는 말소리가 들려왔다.

"결국 마담은 세상을 떠났어. 이젠 끝이에요. 선생님, 무슨 일이 생겼는지 말해주세요. 어째서 마담이 이렇게 쪼그라들었을까요? 왜 살아 있을 때의 반밖에 안 되나요? 여기서 무슨 일이 일어났나요?"

"몰라." 라울은 말했다.

그 목소리가 굉장한 고함소리가 되었다.

"몰라. 나는 몰라. 하지만 난……, 미칠 것 같아. 시몬! 시몬!"

여기 소개하는 《리가타 미스터리(The Regatta Mystery, 1939)》는 애거서 크리스티(Agatha Christie, 1890~1976)의 33번째 추리소설이며 9번째 단편집이다.

이 책에 원래 실려 있는 단편은 다음과 같이 9편이다.

1. 리가타 미스터리(The Regatta Mystery)
2. 바그다드 궤짝의 비밀(The Mystery of the Baghdad Chest)
3. 당신의 정원을 어떻게 가꾸시나요?(How Does Yours Garden Grow)
4. 폴렌사 만의 사건(Problem at Pollensa Bay)
5. 노란 붓꽃(Yellow Iris)
6. 마플 양, 이야기를 하다(Miss Marple Tells a Story)
7. 꿈(The Dream)
8. 어두운 거울 속에(In a Glass Darkly)
9. 해상의 비극(Problem at Sea)

이중에서 '바그다드 궤짝의 비밀'은 단편집 《크리스마스 푸딩의 모험(The Adventure of the Christmas Pudding, 1960)》에 실린 '스페인 궤짝의 비밀(The Mystery of the Spanish Chest)'과 내용이 똑같아서 삭제했다.

단지 다른 점은 '바그다드 궤짝의 비밀'에서는 포와로의 파트너로 그의 친구인 헤이스팅스가 등장하고, '스페인 궤짝의 비밀'에서는 비서인 레몬 양이 등장한다. 또한 '꿈'도 《크리스마스 푸딩의 모험》에 실려 있어서 이 책에서는 삭제했다.

그밖에 이 책에 실린 '클래펌 요리사의 모험(The Adventure of the Clapham)'은 《패배한 개(The Under Dog, 1952)》의 9번째 단편으로 실려 있었으나 이 책에 수록하였고, '날개가 부르는 소리(The Call of Wings)'와 '마지막 심령술 모임(The

Last Seance)'은 《죽음의 사냥개(The Hound of Death and Other Stories, 1933)》에 실린 것을 이 책에 수록하였다.

이상과 같이 원작과 다소 다른 것은 크리스티 여사의 15권의 단편집 중에서 중복되는 것을 삭제하고 14권으로 재편집하는 과정에서 발생한 것으로, 독자 여러분의 이해를 바란다.

이제부터 이 책에 실린 10편의 단편을 살펴보기로 한다.

외견상으로 보면 이 책만큼 화려한 작품도 없다. 즉, 에르퀼 포와로가 네 번, 파커 파인이 두 번, 제인 마플 양이 한 번 등장하니 크리스티 여사의 대표적인 탐정이 모두 등장하는 셈이다.

이 세 탐정에 대한 평가는 독자들마다 다르겠지만 이 책에서도 그들의 개성이 뚜렷하게 나타나는 것을 볼 수 있다. 그중에서도 특히 파커 파인은 추리소설에 흔히 등장하는 '살인사건'을 해결하는 것보다는, '인간의 행복'에 관한 문제를 풀어주는 이른바 '해결사' 역할을 하고 있다.

따라서 오히려 우리의 현실적인 생활면에서는 파커 파인이 좀더 '인간적'일 수가 있다.

《명탐정 파커 파인》에 등장하는 12편의 단편에서도 이와 같은 것을 강하게 느낄 수 있다. 파인은 조간신문 1면에 다음과 같은 광고를 낸다.

> 당신은 행복하십니까? 그렇지 않다면, 파커 파인 씨와 상의하십시오.
> ─리치먼드가(街) 17번지

이 광고를 보고 자신의 생활에서 만족을 못하거나 새로운 삶을 추구하는 사람들이 파인을 찾아간다. 그러나 거기엔 한 가지 조건이 있다. 즉, 온갖 모험을 감수할 것. 그 뒤에 의뢰인은 항상 만족한 결과를 얻고 돌아간다. 혹시 독자들도 원하신다면 연락을 한 번……

이 책에는 두 편의 특이한 작품도 실려 있다. 즉, '날개가 부르는 소리'와

'마지막 심령술 모임'이다. '날개가 부르는 소리'에서는 우리와는 다른 세계에 존재하는 어떤 '영(靈)'에 의해 한 인간이 변화되는 모습을 그린 것인데, 그 결말이 상당히 특이하다.

여기에 대한 평가는 종교적인 문제도 있고 해서 피하겠지만, 한 가지 짚고 넘어가야 할 것은 그 '영'의 존재를 의식하는 방법이다. 즉, 이 작품에서는 '다른 세계의 정령'으로 표현했지만, 실은 자기 자신의 의지를 거부하기 위한 '편리한 수단'으로서 다른 세계에 존재하는 영으로 대체했을지도 모른다는 것이다. 이 점에 대한 평가 또한 독자들 개개인에게 맡긴다. 또 하나의 작품 '마지막 심령술 모임'은 상당히 충격적인 내용이다.

일반적으로 심령현상에는 물리적 심령현상(physical psychic phenomena)과 정신적 심령현상(mental psychic phenomena)으로 나눌 수 있다.

이 작품에 등장하는 내용은 물리적 심령현상에 해당되는데, 그중에서도 실제 상황에서는 거의 일어나기 힘든 가장 완벽한(?) 현상이다.

현재 이러한 심령현상을 초심리학(超心理學)이라는 이름으로 여러 곳에서 연구하고는 있으나 아직까지 정립된 학설은 없다. 1882년에 영국의 물리학자 바레트가 중심이 되어 '심령연구협회'가 설립되어 오늘날까지 많은 실험을 해오고 있으나, 특히 그 실험의 객관성이나 정직성 등에 많은 의문이 남아 있어 현재는 다소 퇴보되고 있는 느낌이다.

그러나 현재 상황이야 어떻든 크리스티가 이 글을 쓸 당시인 1930년대에는 이른바 심령과학이 상당히 인기(?)를 끌고 있는 시기였다. 그러한 가운데서 나온 이 내용은 당시 독자들에겐 꽤 큰 호기심을 끌었을 것으로 보인다.

사실 현실적인 면을 중시여기는 크리스티 여사가, 더군다나 보수적인 도덕관념을 지니고 있는 그녀가 왜 이러한 글을 썼는지는 의문으로 남는다.

그러나 셜록 홈스 시리즈로 유명한 코넌 도일도 만년에는 심령과학에 심취해 있었던 점으로 미루어보면 당시 영국인들이 얼마나 그쪽 방면에 많은 관심을 쏟았는지 알 수 있다.

모든 글은 받아들이는 사람에 따라서 그 가치가 달라진다. 추리소설이 '지적(知的)인 즐거움'을 얻기 위한 문학 장르라고 할 때, 추리소설 속에 등장하는 심령현상도 우리의 상상력을 충족시키는 한 방편으로 여기는 것이 좋지 않을까? 이러한 작품들을 '환상 미스터리'라고도 부른다. 이것 또한 독자들의 판단에 맡긴다.